Liebe Angela!

Damit Du bischen
eingestimmt wirst
auf deine Reise
und das neue Land
Viel Spaß beim
Lesen

Kuß u. Gruß

Yvonne

Zu diesem Buch

Alles und jedes hat seine Bedeutung, nur wer die Zeichen nicht sieht, wird überrollt. Der alte Maori-Holzschnitzer konnte sein größtes Lebenswerk, das Versammlungshaus mit den Ahnenfiguren, nicht vollenden; der letzte Pfosten blieb leer. Und Toko, das Kind mit den hellseherischen Kräften, dessen Mutter Mary ohne Erinnerung und Sprache ist, empfängt eines Tages bedrohliche Visionen von der Zukunft seines Dorfes.

So kommt Unruhe in den magischen Kreislauf von Mensch und Natur, Tag und Nacht, Leben und Tod in der Maori-Siedlung an der Küste Neuseelands. Der »Dollarmann« taucht auf: Ein moderner Freizeitpark an der Küste verheißt Fortschritt und Einkommen. Die Dorfgemeinschaft versucht den Bulldozern und der Verlockung des großen Geldes zu widerstehen.

Da wird Tokos Vision wahr: Die Dollarmänner überfluten die Felder und den Friedhof, und eines Nachts steht sogar das heilige Versammlungshaus in Flammen. Wie durch ein Wunder gelingt es Mary, den letzten, noch nicht vollendeten Pfosten aus den Trümmern zu retten, der für das Dorf zum Zeichen einer neuen Hoffnung wird.

Die Autorin

Patricia Grace, 1937 in Wellington (Neuseeland) geboren, veröffentlichte 1975 den ersten Band mit Erzählungen einer Maori-Autorin überhaupt. Seither hat sie mehrere Romane, Erzählungsbände und Kinderbücher veröffentlicht. *Potiki* ist ihr erstes Buch in deutscher Übersetzung. Weitere Romane von ihr sind im Unionsverlag in Vorbereitung.

1994 wurde Patricia Grace mit dem LiBeraturpreis des Ökumenischen Zentrums, Frankfurt, ausgezeichnet.

Patricia Grace

Potiki

Aus dem Englischen von
Helmi Martini-Honus und Jürgen Martini

Mit einem Nachwort von
Dieter Riemenschneider

Unionsverlag
Zürich

Die englische Originalausgabe erschien 1986 unter dem Titel *Potiki*
bei Penguin Books (N.Z.) Ltd, Auckland

Die Übersetzung aus dem Englischen wurde unterstützt durch die
Gesellschaft zur Förderung der Literatur aus Afrika, Asien
und Lateinamerika e.V. in Zusammenarbeit mit dem
Institut für Auslandsbeziehungen

Unionsverlag Taschenbuch 52

Rieterstrasse 18, CH-8059 Zürich, Telefon 01-281 14 00

Umschlaggestaltung: Heinz Unternährer, Zürich
Umschlagfoto: Geoff Moon
Druck und Bindung: Clausen und Bosse, Leck
ISBN 3-293-20052-4

1 2 3 4 5 - 97 96 95 94

Prolog

Aus der Mitte
Aus dem Nichts
Aus dem, was man nicht sieht
Aus dem, was man nicht hört

Da kommt
Ein Schieben
Ein Rühren
Und ein Vorwärtskriechen

Da kommt
Ein Stehen
Ein Springen
In einen äußeren Kreis

Da kommt
Ein Einziehen
Von Atem –
Tihe Mauriora

Es war einmal ein Holzschnitzer, der beschäftigte sich sein ganzes Leben lang mit Holz, damit, die Figuren, die darin verborgen waren, auszumachen und bloßzulegen. Diese wunderlichen oder mutigen, mürrischen, schrulligen, verschlagenen, betörenden, peinigenden Figuren des Leides oder der Liebe entwickelten sich zunächst in den Wäldern, im Schoß der Bäume, aber es kam auf den Meister mit seinem karakia und seinen Werkzeugen, seinem Verstand und seinem Empfinden, seinem Atem und seiner Besonderheit an, sie in diese Welt zu bringen.

Der Baum trägt nach einem Leben des Früchtetragens, nach seinem ersten Tod, in den Händen eines Meisters weiterhin Früchte.

Das heißt weder, daß der Mann Herr des Baumes ist. Noch ist er Herr dessen, was schließlich durch seine Hände entsteht. Er ist nur Meister des Handwerks, das zutage bringt, was schon in dem Schoß lag, im Schoß, der ein Baum ist – ein Baum, der seine weitere Zukunft als Haus oder Klassenzimmer oder als Brücke oder Mole zugebracht haben könnte. Oder er könnte auf dem Meer oder einem Fluß dahingetrieben oder von einem Sumpf verschlungen worden sein oder als Uferbefestigung gedient oder sich am Strand hingebreitet haben, wo er zwischen Sand, Steinen und Sonne ausblich.

Es ist, als würde ein Kind seinen Vater oder seine Mutter zur Welt bringen, weil das, was unter des Meisters Händen entsteht, älter ist als er, schon aus vergangener Zeit stammt.

Wenn der Holzschnitzer stirbt, läßt er ein Haus für sein Volk zurück. Er hinterläßt auch einen Teil seines Selbst – Späne von Herz und Sein, Hunger und Angst, Liebe, Unglück, Hoffnung, Sehnsucht, Freude oder Verzweiflung. Er hat dem Volk sein Selbst gegeben, und er hat mit den eigenen Vorfahren dem Volk auch die seinen gegeben.

Und diese Vorfahren kommen mit riesigen Köpfen, die rund oder eckig, spitz oder oval sein können, zu ihrem Volk. Sie haben weit aufgerissene Münder mit herausgestreckter Zunge; aber manchmal ist die Zunge eine Hand oder ein Schwanz, die hinter dem Kopf hervorkommen, oder sie ist wie ein Trichter geformt oder gespalten, wobei beide Teile in verschiedene Richtungen weisen. Es wird einen Grund geben für diese Art von Köpfen oder Zungen, die die Figuren erhalten haben.

Die geschnitzten Ahnen sind breitschultrig, haben aber einen gedrungenen Rumpf und kurze Beine und stehen fest auf ihren dreizehigen Füßen. Oder ihr Körper kann groß und gewunden und schuppig sein, Schwimmer, für den Fluß oder das Meer geschaffen.

Nach dem Herausformen von Kopf, Körper und Gliedmaßen macht sich der Holzschnitzer ans Glätten der Figuren und schmückt sie dann fein aus. Als letzten Schliff erhalten sie Augen.

Das frühere Leben, das Leben im Schoß des Baumes, war eine Zeit ohne Augen, des Wartens, Anschwellens, Erhärtens. Es war eine Zeit des Vorhandenseins, schon mit Augenbrauen, Zunge, Schultern, Fingern, Genitalien, Füßen, Zehen, und des Wartens darauf, als solche zum Vorschein zu kommen. Aber noch ohne Augen. Augen, die sich im Kreise drehen und tanzen, sind die letzte Gabe des Holzschnitzers, aber die Augen sind ebenso eine Gabe des Meeres.

Wenn alles beendet ist, hat das Volk seine Ahnen. Es schläft zu ihren Füßen, es lauscht ihren Geschichten, es nennt sie beim Namen, widmet ihnen seine Lieder und Tänze, scherzt mit ihnen, wird zu ihren Kindern, ihren Sklaven, ihren Feinden, ihren Freunden.

Auf diese Weise bleiben die Ahnen bekannt und in Erinnerung. Aber an den Holzschnitzer erinnert sich vielleicht keiner mehr, außer einige wenige. Diese wenigen, die mit ihm zusammen aufgewachsen sind oder an seiner Seite gesessen haben, werden hin und wieder an ihn denken und sagen: »Ja, ja, ich erinnere mich an ihn. Er arbeitete Tag und Nacht für unser Volk. Er war ein Meister.« Sie mögen vielleicht hinzufügen, daß er obendrein ein bißchen porangi war oder ein Trunkenbold, ein Klatschmaul, ein Schürzenjäger, ein Spieler oder ein ganz beschissener Künstler.

Abgesehen davon, daß er ein bißchen porangi gewesen sein mag und daß er gewiß ein Meister wurde, würde keine dieser Bezeichnungen auf den Holzschnitzer in diesem Kapitel unserer Geschichte zutreffen. Er war ein bescheidener und liebenswürdiger Mann.

Er war das jüngste Kind von Eltern in mittleren Jahren, die entschieden, er solle nicht zur Schule gehen, da er ein kränkliches Baby gewesen war.

Bevor sie starben und als der Junge zehn Jahre alt war, hüllten sie ihn in Schultertücher und setzten ihn einem Meisterschnitzer, der zu der Zeit gerade mit den Schnitzereien für ein neues Haus begann, zur Seite. Dieser Mann hatte keine Frau. Er hatte keine eigenen Kinder.

Der Junge saß da und schaute und hörte zu; bis er vierzehn war, rührte er sich kaum, außer daß er die Späne wegfegte und Holz schmirgelte und polierte.

Dann machte der Meister eines Tages aus einem Stück rimu einen neuen Fäustel und schnitzte an der Spitze des Griffs einen Kopf mit einem Schnabel und versah den Kopf mit zwei Augen. Er überreichte den Fäustel dem Jungen und sagte: »Leg deine Schultertücher ab, mein Sohn, und fang an zu arbeiten. Denk dabei immer an zweierlei: Schnitz niemals jemanden nach der eigenen Erinnerung und blas niemals auf die Späne, oder dein Holz wird sich erheben und dich erschlagen.«

Der Junge ließ die Tücher fallen und nahm den Fäustel in die Hand. In dem Augenblick verspürte er einen Tritt in den Unterleib.

Er kehrte nie wieder zu seinen Tüchern zurück. Er ließ sie genau da fallen, wo er an der Seite seines Mentors gesessen hatte, und griff nie wieder auf sie zurück. Später wurde er selber ein Meister seines Handwerks. Es gab niemanden, der ihm in seinem Können ebenbürtig gewesen wäre, und viele waren der Meinung, daß es niemanden gab, der ihn als Märchen- und Geschichtenerzähler hätte übertreffen können.

Gegen Ende seines Lebens arbeitete der Mann an einem Haus, von dem er wußte, daß es sein letztes sein würde. Es war ein kleines und stilles Haus, und das gefiel ihm sehr. Darin steckte die beste Arbeit, die er je geleistet hatte.

Es waren keine anderen Holzschnitzer da, um ihm bei seiner Arbeit zu helfen, aber die Leute kamen jeden Tag, um für ihn zu kochen und ihn zu versorgen und Motive zu malen und Bilder zu weben und ihm auf jede erdenkliche Weise zu helfen. Vor allem kamen sie, um seinen Geschichten zuzuhören, die aus lebendigem Holz waren, seinen Geschichten von den Ahnen. Er erzählte auch die Geschichten der Motive und was für eine Bedeutung die Motive für das Leben hatten. Er erzählte von der Wirkung von Wetter und Wasser auf das Holz und erzählte all das, was er an der Seite seines Meisters gelernt, all das, wofür er sein ganzes Leben gebraucht hatte.

Zu der Zeit, als er das letzte poupou für das neue Haus anfing, wurde er krank. Um die anderen poupou, die schon fertig waren, hatte es viele Diskussionen, Streitereien und Entwürfe gegeben. Die Leute waren besorgt, daß auch ja alle Facetten ihres eigenen Lebens und das ihrer Ahnen in dem neuen Haus dargestellt würden. Sie wollten, daß alle bekannten Ahnen, mit denen sie zusammenhingen, mit einbezogen waren, und ebenso sollten die Ahnen mit einbezogen sein, die alle Menschen von der Vergangenheit bis in alle Zukunft mit der Erde und dem Himmel verbanden und die den Menschen von ihrer Beziehung zueinander, zum Licht und zum Wachsen erzählten.

Aber über das letzte poupou war nicht debattiert worden, und um dem Mann die Ehre zu erweisen, die ihm gebührte, sagten die Leute: »Das hier ist deines, wir werden nichts dazu sagen. Du sollst selbst entscheiden.«

Der Mann wußte, daß diese Arbeit seine letzte war. Er wußte, sie würde seine ganze verbleibende Kraft aufbrauchen, und er würde dennoch die Arbeit nicht vollenden.

»Wenn ich das hier nicht zu Ende bringe«, sagte er, »dann deshalb, weil es noch nicht beendet werden kann und weil ich nicht die Kraft dazu habe. Ihr müßt es in euer Haus einsetzen, ob es nun fertig ist oder nicht. Da gibt es etwas, was ich gerne machen würde, aber es kann noch nicht vollendet werden. Es gibt noch keinen, der es für mich fortsetzen kann, weil da ein Teil ist, den noch niemand kennt. Es gibt noch keinen, der es vollenden könnte, das muß irgendwann in der Zukunft geschehen. Wenn es bekannt ist, wird es vollendet werden. Und da ist noch etwas, was ich euch erzählen muß. Der Teil, den ich mache, die Figur, die ich aus dem Holz herausarbeite, stammt aus meiner eigenen lebendigen Erinnerung. Es ist wohl verboten, aber es ist das, was ich unbedingt machen wollte.« Die Leute sagten nichts. Sie konnten es ihm nicht verbieten. Still gingen sie davon, als er sich der Werkstatt zuwandte.

Er beschloß, sich für diese letzte Arbeit ganz auszugeben, die letzte Figur nicht mit den Augen oder dem Verstand hervorzubringen, sondern nur mit den Händen und dem Herzen. Und als er mit dem Holz sprach, sagte er nur: »Es sind die Hände und das Herz, diese Hände und dieses Herz, die dich aus dem Schattenreich hervorholen, diese Hände und dieses Herz, ehe sie zu Erde werden.«

In seinem hohen Alter waren seine Augen schwach geworden, aber er verhängte das Fenster der Werkstatt, um den Raum abzudunkeln, und seine Hände und sein Herz machten sich an die Arbeit.

Der Junge an seiner Seite stellte keine Fragen, und niemand sonst kam hinzu.

Nach etlichen Wochen zog der Holzschnitzer das Tuch vom Fenster der Werkstatt weg. Er rief die Leute herein und sagte ihnen, die obere Figur sei fertig. »Ich werde euch ihre Geschichte erzählen«, sagte er, »aber die untere Figur muß, bis sie bekannt ist, für die Zukunft aufgespart bleiben.

Es ist die Geschichte von einem Mann mit roten Augen, der sein ganzes Leben lang gebeugt war und der keine Frau und keine eigenen Kinder hatte. Er erschuf Figuren aus Holz und ließ seine Erkenntnisse aus dem Ellbogen fließen. An diesem Ellbogen der Erkenntnis gibt es eine Stelle, die immer unausgefüllt bleiben kann, bis auf dieses Tuchmotiv. Sie ist wie eine Gedächtnislücke, ein blinder Fleck auf dem Auge, aber das Tuchmotiv ist da.

Sein Kopf ist groß, damit alles in ihn hineinpaßt, die Geschichten und Erkenntnisse der Menschen und die Lieder und Motive und das Wissen über Pflanzen und Bäume. Seine Stirn ist mit einem komplizierten Muster verziert, um den Grad seines Wissens zu zeigen. Seine Augen sind wegen ihrer Nähe zu seiner Arbeit klein, auch weil er, noch vor meiner Zeit, in einer schummrigen Hütte arbeitete, nachts beim Schein einer Laterne, noch viele Stunden nach Dunkelwerden.

Seine Zunge ist lang und schön und gedreht, die Zunge eines Geschichtenerzählers, und sein Hals ist kurz, so daß es vom Kopf zu den Armen nicht weit ist. Sein Kopf und seine Hände arbeiten zusammen.

Der gebeugte Rücken und die Krümmung seiner Brust erzählen uns von seiner Unterwerfung und Hingabe. Die Arme sind kurz wegen ihrer Nähe zu seiner Arbeit. Mit sechs Fingern an jeder Hand ist er zu uns gekommen, was die Begabtheit seiner Hände ausdrückt.

Der Fäustel in seiner rechten Hand ruht auf seiner Brust, und der Fäustel ist ein zweites schlagendes Herz.

Seine linke Hand umfaßt den Beitel, und er hält den Beitel an sein Becken. Das lange Blatt des Beitels wird zu seinem Penis, der sich zu der Form eines Mannes verdickt. Und dieser Beitel-Penis-Mann gleicht ihm wie ein Kind, das durch den Beitel von Holz oder durch den Penis von Fleisch und Blut erzeugt wird.

Die Augen des Mannes und die Augen des Penis-Kindes enthalten alle Farben des Himmels, der Erde und des Meeres, aber die Augen des Kindes sind klein, als wären sie noch nicht ganz geöffnet.

Die Beine sind nicht klar ausgebildet, und sie sind nicht übermäßig verziert, aber sie sind kräftig und geben ihm bei seiner Arbeit sicheren Halt. Und zwischen und unter seinen dreizehigen Füßen ist der Platz noch frei. Das ist der Platz für die untere Figur, aber bis jetzt gibt es noch keinen, der diesen Platz einnehmen könnte. Der bleibt der Zukunft vorbehalten.

Alles, was man bei dem Mann sehen kann, ist eine Verkörperung seines Lebens und Werks, bis auf einen Flecken an seinem Ellbogen, der bis auf das Tuchmotiv immer frei bleiben wird.

Ein Mann kann zu Lebzeiten ein Meister seines Handwerks werden, aber wenn er stirbt, gerät er vielleicht in Vergessenheit, vor allem wenn er keine eigenen Kinder hat. Ich übergebe ihn euch, damit er nicht in Vergessenheit gerät. Laßt ihn in unserem Haus weiterleben.

›Ein Leben für ein Leben‹ könnte bedeuten, daß ihr euer Leben für jemanden hergebt, der euch das seine schon gegeben hat. Ich bin davor gewarnt worden, ja nicht jemanden aus der eigenen Erinnerung hervorzurufen, aber nun ist es geschehen. Ich bin davor gewarnt worden, ja nicht dem Holz meinen Atem zu leihen, aber… ›Ein Leben für ein Leben‹ könnte bedeuten, daß man sein Leben für jemanden hergibt, der einem sein eigenes schon längst gegeben hat.«

Als die Leute gegangen waren und er den Jungen weggeschickt hatte, schloß der Holzschnitzer die Tür der Werkstatt. Er ging mit seinem Gesicht dicht an die Nasenlöcher des hölzernen Gesichts heran und blies.

Am nächsten Morgen hoben die Leute das poupou von ihm herunter und kleideten ihn in die allerfeinsten Sachen.

Erster Teil

1

Roimata

Ich heiße Roimata Kararaina und bin mit Hemi Tamihana verheiratet. Wir haben vier Kinder. James, Tangimoana, Manu und Tokowaru-i-te-Marama. Wir leben am Meer, das die ausgezackte Küste säumt und zusammenheftet. Dieses Stück Land ist Familienbesitz der Tamihanas. Unsere Häuser stehen dort, auf dem papakainga, eng beisammen und schauen auf die glatte Bucht des Meeres hinaus. Auf diese Krümmung richten wir ständig unsere Augen, Fluten von Augen, die in einer dem Meer entgegengesetzten Bewegung rollen.

Das Haus, in dem wir leben, ist der alte Familienbesitz, im Zentrum der Bucht gelegen. Auf beiden Seiten von uns leben die anderen Tamihana-Familien, und am äußersten Ende, nahe bei den Bergen, liegt das kleine wharenui, wo Hemis Schwester Mary jeden Tag mit Besen und Staubtuch hingeht, um zu putzen und polieren. Während sie arbeitet, singt sie, manchmal leise, manchmal laut, nur für sich und für das Haus.

Ich liebe Hemi schon, seit ich fünf war.

Unser Sohn James ist wie sein Vater – ruhig und sicher und mit der Geduld, die die Erde besitzt. Obwohl er der Erstgeborene ist, war er derjenige, der ganz leicht zwischen den Schenkeln hervorkam. Seine ersten Schreie riefen kein Erdbeben oder Himmelsgrollen hervor und erregten auch kein Aufsehen zu mitternächtlicher Stunde.

Tangimoana ist ein Jahr jünger als ihr Bruder. Sie ist nicht geduldig, aber so scharfkantig wie die Felsen im

Meer, und sie vernimmt jeden Hauch der Gezeiten. In der Nacht, in der sie geboren wurde, erwachte ich durch das gequälte Brüllen des Meeres. Wir nannten sie nach dem Geräusch, das das Meer machte.

Manu ist das jüngste Kind von Hemi und mir. Er fürchtet sich vor Lärm und der Nacht, vor Formen und Schatten. Er schreit und kämpft im Schlaf, und wir müssen ihn wecken oder beruhigen. Ich habe von seiner Geburt nichts mitbekommen. Als ich ihn das erste Mal sah, schlief er, und seine malvenfarbenen geschlossenen Lider zitterten.

Tokowaru-i-te-Marama ist zwei Jahre jünger als sein Bruder Manu, aber er ist nicht das Kind von Hemi und mir.

Hemis Schwester Mary lebt auch bei uns. Ich liebe sie schon, seit ich fünf Jahre alt war, seit dem Tag, an dem für uns beide die Schule begann. Schon damals begriff ich, daß sie jemand ist, den man liebhaben muß, daß sie ein gutes Mädchen war und daß dieses Gutsein Liebe und Fürsorge brauchte. Ich kümmerte mich um sie, obwohl sie größer und älter war als ich.

In der Schule bekamen wir Heiligenbildchen und Sahnebonbons, um Gottes Willen besser erfüllen zu können. Gottes Wille bedeutete für uns, stillzusitzen oder kerzengerade auf beiden Füßen zu stehen. Es war Sein Wille, daß wir beteten, daß wir saubere Taschentücher dabeihatten, Schürzen trugen, Pennies für arme Seelen mitbrachten, unsere Brotrinden aßen, unseren Nachbarn an der Hand hielten. Es war Sein Wille, daß wir nicht schubsten oder trödelten, pfiffen, ausspuckten, Schimpfwörter gebrauchten oder Eselsohren in Bücher machten. Aber wie machte man denn Eselsohren in Bücher? Gab es denn Eselsohren ohne den Rest des Esels? Es ging, denn es gab Klein Eselchen Schande, völlig auseinandergenommen und wieder zusammengesetzt – möglicherweise ohne Ohren.

Es war Gottes Wille, daß wir das Alphabet sangen, das Einmaleins, die Kirchenlieder und den Katechismus, und die Sahnebonbons und die Bildchen der leidenden Heiligen wurden in einer grünen Jesus-Dose aufbewahrt.

Die Kinder, die Jesus wohlgefielen, durften ihre Hand in die grüne Dose stecken und ein Bildchen oder ein Sahnebonbon nehmen – was wie ein kleines Stückchen vom Himmel war, der die letztendliche und höchste Belohnung sein würde, wo man hineingreifen und sich eine ganze Hand voll nehmen konnte und wo einem Bilder und Sahnebonbons zwischen allen Fingern steckten und manche auf den Boden oder vielmehr auf die Wolken fielen, die vorbeizogen. Wenn man wollte, konnte man sogar die ganze Dose nehmen.

Wir hatten jeder eine Schiefertafel und später Hefte und Bleistifte, bis auf Mary, die ein Staubtuch und einen Korb hatte. Wenn sie geknufft oder geärgert wurde, lachte sie manchmal und manchmal weinte sie. Wenn sie unglücklich war, kam sie und setzte sich zu mir.

Ich lauschte den Belehrungen über das Bravsein und wußte, daß Mary der Jesus-Dose am nächsten war, da sie niemals andere verleumdete oder herabsetzte, rachsüchtig, ungehorsam, habgierig, eifersüchtig oder betrügerisch war. Ich wußte, daß sie meine Fürsorge brauchte.

Jeden Morgen sah ich zu, wie Hemi und Mary mit ihrem Pferd auf die Koppel neben der Schule ritten. Sie hatte ihr Ohr an Hemis Rücken gelegt und ihre Arme um seinen Bauch geschlungen. Manchmal, wenn sie bei der Schule ankamen, vergaß sie, Hemi wieder aus ihrer Umschlingung zu entlassen, und er mußte ihr die Finger auseinanderziehen. Er versorgte immer das Pferd, und ich kümmerte mich um Mary.

Sie war ganz begeistert, in der Schule zu sein und mich zu sehen. »Roimata, Roimata«, sagte sie immer, »ich habe was in meiner Tasche«, und dabei grinste sie und zeigte ihre seltsamen spitzen Zähne. »Was denn?« fragte ich, und sie zeigte mir ihre Butterbrotpakete, ihre Äpfel oder Pflaumen, ihr sauberes Taschentuch, ihre Schürze und ihr Handtuch. Ich sagte jedesmal im Tonfall von Schwester Anne: »Braves Mädchen« und kümmerte mich darum, daß sie ihre Sachen beiseite tat, und holte ihr die Tücher und den Korb aus dem Schrank.

Hemi, der klein und gedrungen war, lächelte mich manchmal an und meinte, ein Schweineschwanz gehöre eben an einen Schweinehintern. In seinem Hemd, direkt über dem Herzen, trug er immer sein Rechtschreibheft.

An den Wochenenden brachte mein Vater mich oft hierher an diesen Strand, der den vordersten Rand des Tamihana-Landes bildet. Mein Vater ging dann fischen oder half den Tamihanas bei der Gartenarbeit, aber wahrscheinlich war es das Zusammensein, das so wichtig für ihn war. Zweifellos war er seit dem Tod meiner Mutter ein einsamer Mann. Ich ging immer mit Mary und ihren Geschwistern und Cousinen und Cousins schwimmen, oder wir spielten am Bach oder auf den Hügeln. Manchmal arbeitete ich aber auch mit ihnen im Garten oder zog los, um Meeresfrüchte zu sammeln, oder half im wharekai. Manchmal saßen wir auf der Veranda dieses Hauses und unterhielten uns und sangen. Ich habe mir immer gewünscht, auch einmal auf dem Pferd der Tamihanas reiten zu können, die Arme um Hemi Tamihana geschlungen, mein Ohr an seinem Rücken, durch seinen Rücken hindurch seinen Herzschlag zu hören, aber ich habe es nie getan.

Mary ging drei Jahre lang zur Schule, staubte für Schwester Anne die Bilder und Figuren ab oder schob ihren Bohnerbesen im Zickzack zwischen den Tischen herum. Sie sang leise vor sich hin, während sie Staub wischte oder bohnerte, oder laut, wenn sie den Tafellappen draußen auf dem Zementsims ausschlug. Doch manchmal schlief sie ein, den Kopf gegen das Marienstandbild gelehnt, den Mund leicht geöffnet, so daß man ihre seltsamen Zähne sah, die aussahen, als wären sie geschliffen.

Als Schwester Anne wegging, kehrte Mary nicht wieder zur Schule zurück. Hemi ging in dem Jahr auch fort, um auf die Oberschule zu gehen. Ein Jahr danach, als ihr Vater starb, verließ Hemi die Schule endgültig, um auf dem Land der Familie zu arbeiten.

Einige Jahre lang arbeitete er in der Landwirtschaft, lernte dabei alles, was er nur lernen konnte, und beschloß, daß es sein Lebensinhalt sein solle, das Wissen zu gebrauchen, das ihm vermittelt worden war, und dieses Wissen später auch weiterzugeben. Dann mußte das Land ein paar Jahre lang sich selbst überlassen bleiben und andere Arbeit gesucht werden, aber Hemi wußte immer, daß er eines Tages erleben würde, wie das Land uns wieder alle ernährte.

Als Kind lebte ich mit meinem Vater in einem Eisenbahnerhaus mit einer kleinen dunklen Küche. Das kleine Küchenfenster war ein Fenster mit Aussicht auf einen Bogen aus Stahl – Stahl, der aus der Erde gekommen und jetzt fest mit ihr verbunden war. Unser Fenster rahmte die fliegenden Fenster ein, fliegende Augen, von Zügen, die alle Sinne auf sich zogen und sie zu verschiedenen Morgen mitnahmen, zu verschiedenen Nachmittagen und verschiedenen Nächten.

Aber jetzt lebe ich an diesem anderen Bogen, der Land und Meer miteinander verbindet.

Der Strand ist ein Ort ohne Saat, ohne Nährstoffe, ein gereinigter toter Ort. Er ist wüstes Land, zu salzig für Wachstum, wo das Meer ablegt, was es nicht mehr braucht. Angespülter Tang schlägt keine Wurzeln, sondern trocknet aus und häuft sich, seine Hüllen platzen in der Sonne auf, während gebleichte Landpflanzen brechen und verknöchern.

Aber weil der Strand nichts ist, ein indifferenter Ort – nicht Land, nicht Meer –, gibt es dort Freiheit und Ruhe.

Es gibt dort die Freiheit, das Nichts zu suchen, Tanghaufen, Treibholz, leere Muscheln, Fischgerippe, die Suche nach dem Punkt, dem Anfang – oder nach dem Ende, das der Anfang ist.

Hoffnung und Verlangen können dort ruhen, Gedanken und Gefühle können mit den Sandkörnern ziehen, die von Wasser und Wind gesiebt werden.

Eines Abends stellte ich dort meine Tasche ab und ruhte mich aus und ließ das Nichts passieren, das Nichts, das ein Nadelstich sein kann, eine Bewegung. Ich nahm warme Sachen aus meiner Tasche und wartete die ganze Nacht lang bis zum Morgen, der ein neuer Anfang sein würde.

2

Mary

Mary stand auf der Stufe und schüttelte ihr Staubtuch aus, dann machte sie sich mit ihrem Eimer mit Dosen und Tüchern auf den Weg über das steinige Ufer zum Versammlungshaus. »Fort, fort, fort, Maria. Fort, fort, fort, Maria«, sang sie.

Sie ging an der Wasserkante entlang und sang, manchmal redete sie auch, während sie so vor sich hin ging. Ab und zu bückte sie sich und hob etwas auf. Wenn es etwas war, das lebte oder hätte lebendig sein können – ein Krebs, ein Schalentier oder Tang –, so warf sie es wieder ins Meer zurück. Wenn es etwas war, das nicht lebte und auch nicht lebendig sein konnte – Papier, Plastik, Dosen –, so tat sie es in ihren Eimer und nahm es mit nach Hause. »So ist es besser und schön«, sagte sie immer.

Am anderen Ende des Strandes sah sie einen Mann, der an einem kleinen Feuer stand und aus einem Blechkessel Tee ausschenkte. Sie hatte ihn seit dem Sommer nicht mehr gesehen, aber sie erkannte ihn wieder. »Joe-Blechkessel«, rief sie. Er hörte sie und winkte ihr zu.

»He, Joe-Blechkessel. Bist wieder da, nicht wahr?« Er rief ihr etwas zu, was sie nicht verstand, und sie fuhr fort, zu singen, zu reden und das Ufer zu säubern.

Als sie in die Nähe des wharenui kam, verließ sie die Wasserkante und stieg zu dem Haus hinauf. Bevor sie eintrat, rief sie Granny Tamihana, die schon nach ihr Ausschau gehalten hatte, zu: »Kommst du, Gran?«

»Später, mein Liebling.«

»Komm und sieh meine Arbeit.«

»Ja, gleich.«

»In meinem schönen Haus.«

»Bald.«

»Komm und fang mich.«

»Ja, gleich komm ich und fang dich, für unseren Tee.«

»Gleich?«

»Ae, dauert nicht mehr lange.«

Mary stand auf der Terrasse und tauschte ihre Schuhe gegen Pantoffeln aus und ging ins Haus. »Hier bin ich«, sagte sie zu dem Haus und legte den Stein neben die Tür. Sie öffnete das Fenster, dann setzte sie den Eimer ab und breitete die Tücher auf dem Fußboden aus. Sie strich die Tücher glatt, nahm die Dose mit der Politur, schüttelte sie dicht an ihrem Ohr und lauschte.

Sie staubte das poupou ab und polierte es, redete mit den Figuren und sprach sie mit den Namen an, die sie ihnen gegeben hatte. Manchmal sang sie ihnen ihr Lied vor. »Fort, fort, fort, Maria. Fort, fort, fort, Maria.« Manchmal flüsterte sie ihnen etwas ins Ohr.

Um zwölf Uhr humpelte Granny Tamihana auf die Veranda und rief nach ihr. »Haere mai te awhina o te iwi. Haere mai ki te kai, haere mai ki te inu ti.«

»Schau, Gran!«

»Sehr schön, Mary.«

»Schön und fein.«

»Sehr schön und fein... Komm jetzt und trink eine Tasse Tee.«

»Tasse Tee.«

»Komm und trink eine Tasse Tee und iß ein Brot.«

»Komme später wieder und mache meine Arbeit.«

»Nach deiner Tasse Tee und einem kai.«

»Komme nachher wieder, nachher«, sagte sie zu dem Haus und folgte Granny Tamihana hinaus.

In der Küche strich Granny Tamihanas Katze Mary um die Beine. Sie schmiegte sich an und schnurrte.

»Marama, na, du magst mich. Oder?«

»Streich du dir Butter aufs Brot«, sagte Granny Tamihana. »Und ich schenke uns Tee ein.«

Butter schmolz auf der Brotecke, und der Tee dampfte. Granny schaute durch den Dampf hindurch Mary an. »Nimm dir doch Brombeermarmelade. Lekker. Nimm doch.«

»Du magst Mary, nicht wahr? Marama, magst du Mary?«

»Nimm dir Marmelade. Leckere Marmelade.«

Mary bohrte ihr Messer in das Marmeladenglas und hebelte die Marmelade heraus. In der Marmelade waren ganze Früchte, und sie war weinrot, und Mary verstrich sie in der schmelzenden Butter.

»Iß, mein Liebling. Trink deinen Tee.«

»Marama, du komische Schmusekatze. Du magst Mary. Nicht wahr?«

»Deine Butter tropft vom Brot, meine Gute.«

Granny Tamihana schnitt ihre eigene Brotscheibe in kleine Stückchen. Sie ergriff jedes Stück mit Daumen und Zeigefinger und stopfte es sich so in den Mund, als würde sie einen Vogel füttern. Sie ließ ihren Tee abkühlen. Mary biß kleine Stückchen von ihrem Brot ab und kaute sie gründlich, ehe sie sie herunterschluckte, aber mit ihrem Tee war sie sehr vorsichtig.

»Vorsicht mit dem Tee«, sagte Granny Tamihana.

»Heiß«, Marys Ellbogen ragten vor. Sie blickte stirnrunzelnd in ihren Tee.

Nachher begleitete die Katze sie zu dem Haus

zurück und rollte sich auf dem paepae, wo die Sonne hinschien, ein.

»Da bin ich«, sagte Mary zu den tipuna, als sie hineinging. »Bin wieder zurück bei meiner Arbeit und mache euch hübsch und fein.«

Mit ihrer Politur und dem Staubtuch und dem Hocker zog sie von einem poupou zum nächsten und plauderte und sang: »Du magst es, wenn ich singe, nicht wahr?«. Und sie sprach sie alle mit den Namen an, die sie ihnen gegeben hatte – Böse Mutter, Kämpfender Mann, Fischfrau, Redendes Mädchen, Trauriger Mann, Hübsche Mutter. »Ich mach dich so hübsch und fein«, sagte sie. »Das magst du, nicht wahr? Du magst Mary, nicht wahr?« Langsam arbeitete sie sich mit ihrem Tuch die Figuren abwärts, vom Kopf zu den Schultern und die Arme entlang, den Rumpf und die Beine herab, und stand dabei auf ihrem Hocker, um an die oberste Figur jedes Pfostens zu reichen. Sie rieb mit ihrem Tuch sorgfältig jedes Eckchen des whakairo ab und sang: »Schöner Mann, schöne Mutter. Ihr habt das gern. Nicht wahr? Mary macht euch hübsch und fein. Ausgesprochen hübsch und fein.«

An der rechten Wand, fast am obersten Ende, war ihre Lieblingsstelle. »Da bist du ja«, sagte sie. »Und ich bin auch da.« Sie stieg auf ihren Hocker, schüttelte die Dose mit der Politur dicht an ihrem Ohr, sprühte dann Politur über den Kopf der Figur und begann, das Gesicht abzureiben und kreisend auch die glitzernden Augen. Sie arbeitete sich abwärts über den kurzen Hals zu den Schultern, und abwärts die Arme und Hände entlang. Sie legte ihr Ohr an deren Brust und lauschte, sie sang nicht und redete nicht, lauschte nur. »Ich höre dich, Liebender Mann«, sagte sie, dann fuhr sie mit ihrer Arbeit fort. Liebevoll rieb sie über seinen Körper und redete und sang dabei, bis sie bei seinem Penis ankam, der die Form des gebeugten, schmaläugigen Selbst der Figur hatte.

Da bemerkte sie, daß dem Penis-Mann ein Auge fehlte. »Ach, du Ärmster«, sagte sie. »Du Ärmster. Nicht schlimm, nicht schlimm. Mary hilft dir.« Sie schaute sich auf dem Fußboden nach dem fehlenden Auge um, konnte es aber nicht finden. Also ging sie vor die Tür und fand dort einen kleinen schwarzen Stein, den sie in die Höhlung, in der das Auge gesessen hatte, einfügte. Sie nahm ihr Tuch und polierte den Penis und die Schenkel. Als sie fertig war, stieg sie wieder auf ihren Hocker und sagte: »Da, hübsch und fein. Das gefällt dir, nicht wahr, Liebender Mann?« Und sie legte ihr Gesicht an das geschnitzte Gesicht und schmiegte ihren Körper an den geschnitzten Körper. Dann schlossen sie einander in die Arme und hielten sich fest und lauschten dem Schlagen und Hämmern und der Stille ihrer Herzen. Hinter ihnen war das sanfte Wispern des Meeres.

3

Roimata

Ich beschloß, nicht anzurufen oder zu schreiben, sondern einfach meine Habe zu packen und hinzufahren. Ich mußte zum papakainga zurückkehren und zu Hemi und Mary, die ich beide immer schon geliebt habe. Nur Hemi konnte mir Sicherheit geben, er, der mit der Erde so fest verwurzelt war wie ein Baum. Nur er konnte mich davon befreien, auf alle Zeiten zwischen Himmel und Erde zu taumeln – was immer die Folge von großer Einsamkeit und Verlassenheit ist.

Ich schaute aus dem Zugfenster, und meine Aufmerksamkeit wurde von den Hügeln auf der einen Seite in Anspruch genommen, dem Meer auf der anderen, den Häusern, die sich am Hang festhielten oder sich entlang der Küste hinduckten. Das lenkte mich von den Gruppen von Leuten ab, die an den Bahnhöfen warteten und deren teilnahmslose Gesichter ihr verrinnendes Leben verbargen. Statt dessen beobachtete ich die Möwen, die den einlaufenden Booten folgten oder einen großen Bogen über das Meer flogen, ehe sie auf den grasbewachsenen Sportplätzen oder auf den Felsen im Meer rasteten.

Möwen sind die Erben der Küste, wo sie den Tod aufheben und ihn erneuern, indem sie den Fischen die Augen aushacken und die Läuse aufpicken, die an den Maulpartien und Gräten kleben, und die weißen aufgeblähten Körper der Igelfische schnappen, die die Wasserkante wie grausige Partylampions schmücken, und sie knacken Muscheln auf und ziehen sie aus ihren

Schalen. Sie sind auch die Begleiter von Tawhiri Matea, der für immer zwischen Himmel und Erde weilt. Und manchmal sind sie seine Herausforderer und kreischen den eiskalten Winden zwischen die Zähne, Winde, die voller Graupeln sind, voller dahintreibender Wolken und Donner. Aber dennoch sind sie frei, außer von Hunger und Wut. Frei, denn sie sind auch am oder auf dem Meer zu Hause, wie ihnen der Himmel gehört, und sie haben das Land als Zuflucht. Das Land bietet der wilden Paarung festen Halt und ebenso Schutz für die Nester. Im Unterschied zu Tawhiri Matea sind die Möwen nicht dazu verdammt, in der Leere herumzuwüten. Sie laufen am Strand entlang und fliegen von dort hinaus, erproben ihr Leben und leben es aus. An der letzten Biegung stand das kleine Bahnwärterhaus, das ich verlassen hatte, als mein Vater starb. Immer noch war da die Einsamkeit, und diese eine Erinnerung, neben anderen Erinnerungen, wie mein Vater jeden Morgen durch die Pforte im Zaun hinter dem Haus ging, die Böschung hinaufstieg und mit seinem kai in einer kleinen Blechbüchse über die Schienen zur Bahnstation ging.

Die Tamihanas kamen und blieben bei mir, als er starb. Sie warteten mit ihm und mir, bis seine Familie ihn holte, und begleiteten uns zu Vaters Familiengruft. Da sagten sie mir, was sie früher schon gesagt hatten, daß ihr Heim jederzeit mein Heim sei, und sie baten mich, mit ihnen zurückzukehren. Aber mein Vater hatte für mich verabredet, daß ich von hier weg auf eine Schule gehen sollte. Ich war fünfzehn Jahre alt.

Ich stand mit meiner Tasche auf dem Bahnsteig. Sie enthielt alles, was ich besaß, und sie war nicht schwer. Dann machte ich mich auf den Weg, der dort endete, wo die Straße endete, ein Weg, der immer noch vertraut war, auch wenn die Straße in der Zwischenzeit begradigt und befestigt worden war. Es war der Weg, den Hemi und Mary mir jeden Morgen auf ihrem Pferd entgegengekommen, der Weg, den mein Vater und ich an den Wochenenden zu ihnen gegangen waren, wenn wir Wärme und Gesellschaft brauchten.

Ich beschloß, nicht die Straße, sondern am Strand entlangzugehen, wo ich nicht erkannt werden würde. Ich war noch nicht soweit, daß ich das Erkanntwerden aushalten konnte. Also kämpfte ich mich durch den schneidenden Wind vorwärts und zog meine Füße durch den Sand. Das Meer zog sich zurück. Die Möwen wogten in durchdringend schreienden Verbänden vor mir her, als ob es doch ein Erkennen gegeben hätte. Es war, als ob sie von mir erwarteten, daß ich mit meiner Last aufsteigen und kreischen und ihnen folgen würde.

Der Himmel war in gedämpftes Licht getaucht, und das Meer wich dunkel zurück und schurrte die Steine umeinander und zog sich zwischen die nassen Felsen zurück. Auf der Straße fuhren Autos vorbei, aber ich wandte mich nicht um, um ihnen nachzuschauen.

Bevor ich zur letzten Biegung kam, setzte ich mich hin und ruhte mich aus, da die Nacht hereinbrach. Die Tasche war doch ziemlich schwer, und außerdem war es leichter, im Dunkeln anzukommen – leichter, im Schutze der Nacht herauszufinden, ob es dort noch einen Platz für mich gab.

Als ich meine Tasche wieder aufnahm, war das Licht völlig gewichen, aber ich wußte, wie es weiterging. Ich kletterte über die Barriere aus Felsbrocken, die eine Bucht von der nächsten trennte.

Ich hatte es nicht vergessen, wie man auf Felsen geht, jeden Schritt zu ertasten und festen Halt unter den Füßen zu suchen. Der Fels war hart und scharfkantig, wie ich ihn da so sicher in der Dunkelheit überquerte. Und als ich schließlich wieder hinunterstieg, wußte ich, daß das letzte Stück Strand, das noch vor mir lag, der schwerste Teil meiner Reise war.

Ich sah auf und in das jetzt völlige Dunkel hinaus, in die Richtung, in der die Hügel sein mußten, in der ich die Häuser sehen mußte oder Licht von den Häusern, die verstreut am Ufer entlang lagen.

Aber vor mir war nichts als Dunkelheit. Die Hügel waren in der völligen Dunkelheit ausgelöscht. Da waren keine Häuser mehr, keine Schatten von Häusern, kein Licht von Häusern. Da war kein Himmel mehr und kein Licht vom Himmel. Alles, alle weg, als ob ich ins Nichts und ins Nirgends gekommen wäre.

Aber als ich in die Ferne schaute, wo, wie ich wußte, das äußerste Ende der Bucht sein mußte, sah ich Schatten. Da begriff ich, wo die Leute waren und warum in den Häusern kein Licht war. Dort am Ende der Straße gab es ein mattes Licht, und in diesem Licht gingen Leute wie Schatten hin und her.

Da wußte ich, daß sie alle im Versammlungshaus waren und daß im wharekai die Tische schon für den nächsten Morgen gedeckt und das Frühstück vorbereitet war. Bestimmt waren die großen Töpfe schon auf den Feuerstellen, war Holz gesammelt, gehackt und aufgetürmt. Im Versammlungshaus waren sicherlich die Betten schon für die Nacht gemacht, und ich wußte, daß die, die vor kurzem durch den Tod beraubt worden waren, sich darauf vorbereiteten, sich die Nacht über zu dem zu legen, der vor kurzem verstorben war. All das war mir schlagartig klar, aber ich wußte nicht, wer es war, wußte nicht, für wen die Abstammungsgeschichte vorgetragen werden würde. Ich wußte nur, daß ich in dieser Nacht nicht weitergehen konnte. Ich konnte mich dem wharenui nicht zu so später Stunde nähern, und auf keinen Fall wollte ich das Haus des Todes allein betreten.

Die Möwen waren in die Dunkelheit verschwunden. Am Morgen würden sie das Licht zwischen schweren Wolken und dem Meer durchpflügen, einem Meer, das jetzt nur durch seine silbrige Kante und seinen starken Geruch nach Heimat wahrzunehmen war.

Ich nahm ein paar warme Sachen aus meiner Tasche und bereitete mich darauf vor, die Nacht durch zu warten. Ich bin jemand, der warten kann, eine geduldige Beobachterin des Himmels. Die Flut begann langsam den Sand zu erklimmen und weiter draußen gegen das Riff zu donnern.

Ich rückte am Strand weiter hoch, wickelte mich in eine Decke und legte mich hin, um zu warten. Eine Zeitlang schlief ich, aber den größten Teil der Nacht wachte ich, sah nur das Dunkel und hörte die beharrlichen Stöße des Meeres.

Der Morgen dämmerte allmählich und gab dem Meer und den Hügeln eine Form, zeichnete die Vierecke der Häuser und formte die Felsen, die Strommasten und das niedrige Buschwerk. Am hinteren Ende der Bucht um das wharekai herum bewegten sich schon Schatten.

Es war wieder Ebbe, und die Vögel rührten sich, stiegen auf, schrien, kreisten unter den dichten Wolken, beäugten das Wasser, stießen herab, machten kehrt und stiegen wieder auf.

Ich nahm ein Handtuch aus meiner Tasche und ging zum Meer hinab, um mich zu waschen. Die Kälte der Nacht lag noch über dem Wasser, als ich hineinwatete. Es war eine salzige Wäsche, die nicht nur den Straßenstaub abwusch. Es war ein Abwerfen oder eine Erneuerung, so wie die Waschung der Hände, mit der man sich vom Tod verabschiedet und sich wieder den Lebenden zuwendet.

Ich zog mich an und breitete mein Handtuch zum Trocknen auf dem Boden aus. Ich mußte noch mehr Warten hinter mich bringen, also setzte ich mich an einer Stelle hin, wo man mich nicht sehen oder erkennen konnte. Ich wollte nicht das Haus des Todes allein betreten, deshalb wartete ich auf andere Besucher, die, wie ich wußte, kommen würden.

Im Laufe des Vormittags hörte ich, wie ein Bus sich näherte. Er hielt hinter mir auf der Straße an, und die Menschen in ihm begannen sich zu rühren. Ich wußte, daß sie bestimmt den größten Teil der Nacht unterwegs gewesen waren und sich jetzt warme Sachen anzogen und ihre Wolldecken zusammenlegten und daß die Frauen sich Laub unter die Kopftücher steckten.

Der Bus fuhr wieder an, langsam an den Häusern entlang bis ans Ende der Straße, wo die Leute ausstiegen, sich versammelten und darauf warteten, daß sie auf das marae gebeten wurden.

Ich nahm meine Tasche und folgte dem Bus zu dem Versammlungsplatz, wo ich jeden einzelnen begrüßte und auch von jedem einzelnen begrüßt wurde. Sie stellten die Tasche für mich in den Bus, da konnte ich sie lassen, bis die Zeremonie vorbei war. Der Himmel war der Erde näher gerückt, und das weiße Meer trieb auf den Strand zu. Ich nahm wahr, daß ich Hunger hatte, und war froh darüber. Beim wharenui hatten sich die Leute auf der Veranda zusammengefunden, um uns zu sich zu bitten.

Die erste Aufforderung kam, und wir schritten langsam über das marae. Ruf und Antwort erfüllten den

Platz gegenüber dem geweihten Boden, der Himmel hüllte die Hügel in ein Leichentuch, das Meer zerbarst stiebend seine Stirn an den Felsen, als der Regen einsetzte.

Im Herzen des marae blieben wir stehen, um den Tod zu beklagen, die Tode vieler Zeiten und die Tode aller Orte, all die vielen Toten, die mit uns versammelt waren. Wir weinten wegen eines bestimmten Todes, aber ich wußte immer noch nicht, wessen Tod wir im besonderen beweinten. Ein kurzer Blick hatte mich davon überzeugt, daß der, der gestorben war, jemand aus Hemis unmittelbarer Verwandtschaft war, denn keiner von ihnen war auf der Veranda anwesend. Sie warteten, wie ich wußte, mit ihrem Verstorbenen im Inneren des Hauses auf uns.

Dann wurden wir wieder gerufen, hineingebeten, aus dem Regen heraus. Wir betraten die Veranda, zogen unsere Schuhe aus und traten ins Haus ein, wo wir zu den Sitzplätzen gingen, die für uns vorbereitet waren. Vor uns hatten die Leute in dunkler Kleidung um den schön geschmückten Sarg herum Platz genommen. Dort standen die Blumen und die Photographien.

Auf der einen Seite des Sarges waren Granny Tamihana und Mary mit gebeugten Köpfen, und auf der anderen Marys ältere Schwester Rina, ihre Tanten und eine Frau und ein paar Kinder, die ich nicht kannte. Neben uns, wo ich noch nicht hingeschaut hatte, mußten Hemi und sein Bruder Stan mit weiteren Mitgliedern der Familie sitzen.

Diejenige, die unter den Trauernden fehlte, war Hemis und Marys Mutter, aber sie war in den Photographien an der Wand anwesend, und nun wußte ich, daß sie im Tode unter uns anwesend war.

»Tihei maurimate…«

Und zwölf Jahre waren wie weggeblasen.

»Kommt näher, kommt näher. Bringt das große Kanu jenes Ortes ans Ufer. Bringt die vielen Verstorbenen von dort mit, von jenem Berg und jenem Fluß, denn es sind die Verstorbenen aller Zeiten der Vergangenheit und der Gegenwart aus vielen Teilen dieses Landes. Zahlreich sind die Toten, so zahlreich wie die Myriaden von Sternen. Vereint die Verstorbenen von dort mit den vielen Verstorbenen des Ortes, wo wir jetzt sind. Vereint sie mit dem singenden Vogel, der jetzt hier schläft, so daß um alle zusammen geweint werden kann...«

Die Augen der paua-Muschel sind bunt und aufmerksam. Sie umfassen die Tagwelt und die Traumwelt, und sie umfassen die an allen Orten und zu allen Zeiten Versammelten. Zwölf Jahre waren wie weggeblasen.

»Dann macht Euch auf den Weg, Ihr Großen, Ihr, die man liebt, aus den vielen Teilen unseres Landes. Kehrt zurück in die Heimat, folgt den Fußspuren derer, die Euch vorausgegangen sind, in den Fußspuren, die zu Anbeginn aufgezeichnet waren...

Und jetzt schließe sich jeder den Seinen an – die Toten den Toten, die Lebenden den Lebenden. Laßt die Ufer eins sein. Wir grüßen Euch, Ihr Lebenden. Dieser Hügel ruft jenen Berg, dieses Meer ruft jenen Fluß, hört den Ruf. Laßt die Ufer eins sein und sich umschlingen, so daß wir eins sind...«

Hinter den Augen donnerte das Meer, weiße Vögel stiegen auf in den Sturm.

»Du bist gegangen
Wie der Singvogel
Geflogen,

Aber mein Fuß ist gefangen
In den Wurzeln
Des blühenden Baumes.

Du bist gegangen
Und ich bin hier
Allein,
Die Blüten fallen
Wie Regen.«

Regen stürzte auf das Dach hernieder, und der Wind wütete gegen den Zugang, während ein Redner dem anderen folgte. Körper bewegten sich, und Augen leuchteten auf bekannte Weise, als die ererbten Worte gesprochen und die Choräle gesungen wurden.

»Wir grüßen Dich, Du Boden, den wir überqueren. Wir grüßen Dich, Haus des Volkes, Haus des Volkes von hier...

Und jetzt
Sei hier gebettet, Schwester,
In diesem Haus der Ahnen,
Lausche dem Klang des Meeres
Und dem Weinen der Hügel,
Breite des Todes feinen Mantel über Dir aus,
Und breite ebenso über Dir aus
Unsere Worte und Tränen,
Verlaß uns dann und gehe
Von den Lauten des Wassers getragen,
Dem Sprechen der Worte,
Geh in die immerwährende Nacht,
Wo die vielen sich sammeln...

Und Familie der Lebenden, wir hören Euren Ruf. Wir grüßen Euch und teilen Euren Kummer unter uns alle auf, damit er geringer werden möge.

Wir sind gespalten und geleert
Wie der Panzer des kihikihi,
Das an dem starken Stamm eines Baumes haftet,
Aber wir hören den Schrei
Tatarakihi tatarakihi.
Wir überbringen Euch unsere Grüße.
Die Grüße von uns allen.«

Wir standen auf und gingen umher, einander zu begrüßen, das hongi abzuhalten, uns zu umarmen und für diesen Verlust und den Tod das tangi zu begehen. Ich ging Schritt für Schritt vorwärts, um die alte Granny Tamihana zu begrüßen und mit ihr zusammen zu trauern. Sie stand dort und hatte die mühselige Last des Trauerns auf sich genommen. Dann ging ich weiter zu Mary, die mich nicht vergessen hatte. Wir drückten unsere Nasen aneinander, wir küßten und umarmten uns. »Sieh dir die Mama an. Sie ist so hübsch. Sie ist so fein. Nicht wahr, Roimata?« Ich schaute in den Sarg und auf das schmale ruhige Gesicht und die dunklen Haare hinab. Sie hatten sie in eine weiße Bluse aus Chenille und Spitze gekleidet, und an der Bluse steckte die Gedenkmünze mit der Schmerzensreichen Mutter Gottes, die sie immer getragen hatte, wie ich mich erinnerte. Aber das schien schon so lange her zu sein. Um den Hals hatte sie ein Medaillon, das sie immer zu besonderen Anlässen getragen hatte. Jetzt war es offen, und winzige Photographien des Sohnes und der Tochter, die schon als Kinder gestorben waren, waren zu sehen. Der fein gewebte Umhang mit dem Saum aus Federn bedeckte sie bis zur Taille, und darauf ruhte ein mere pounamu. »Hübsch«, sagte ich. Zwölf Jahre, aber ich hatte nicht vergessen, wie man mit Mary reden mußte. »Hübsch und fein.«

Die Schwester und die Tanten drückten mich an sich, und wir weinten über all das Leid, das sich ereignet hatte, seit wir uns das letzte Mal getroffen hatten, aber vor allem über das jetzige. Dann begrüßte ich die Frau und Kinder, die ich noch nicht kannte – aber im Bewußtsein, daß die Frau Hemis Frau und die Kinder seine Kinder sein könnten. Hemi und ich begrüßten uns förmlich, dann umarmten wir uns, denn wir beweinten den Tod seiner Mutter und den Tod eines jeden Menschen. Dann ging ich weiter, um seinen Bruder und seine Cousins und Cousinen zu begrüßen.

Als wir hinausgingen, uns zu waschen, versammelte sich gerade eine weitere Gruppe am Rand des marae.

Mit Hemi redete ich nicht wieder bis zu dem Abend des Tages, an dem seine Mutter beerdigt wurde, oder jedenfalls redete ich nicht längere Zeit mit ihm. Ich war die ganze Zeit über sehr beschäftigt gewesen, denn ich hatte beim Bewirten und Versorgen der vielen Leute, die gekommen waren, mitgeholfen. Viele Male deckten wir die langen Tische und räumten sie ab und machten die großen Töpfe sauber und füllten sie wieder. Jeden Tag arbeiteten wir nach dem karakia bis spät in die Nacht, backten Brot und bereiteten Fleisch und Gemüse für den nächsten Tag vor. Es war, als wären die zwölf Jahre nie gewesen, so gut fand ich mich wieder in die vertrauten Abläufe ein.

Hemi blieb meistens im wharenui, wo die Vorbereitungen für seine Mutter besprochen und wo Entscheidungen getroffen wurden. Er war dort, um jede Gruppe oder jede Person, die kam, zu begrüßen und von ihnen begrüßt zu werden.

An jenem Abend, nachdem alle Arbeit getan und viele der Besucher bereits fort waren, setzte er sich zu mir und sagte: »Wann hast du davon gehört?« Weiter wollte er von mir nichts wissen.

»Ich habe es gar nicht gehört«, sagte ich. »Ich wußte es nicht...«

»Dann war das also gar nicht der Grund.«

»Gerade aus dem Flugzeug... den Tag zuvor. Ging vom Bahnhof hierher, und als ich an die Biegung kam, wußte ich, es war... jemand.«

»So... also ganz allein. Nicht mit dem Bus, mit dieser Gruppe. Ich habe mich schon gewundert.«

»Hab mich ihnen am Tor angeschlossen, am nächsten Morgen.«

»Du bist hergekommen, aber nicht wegen ihr!«

»Es war Nacht, als ich hier ankam, es war dunkel. Ich sah die Lichter... hier ganz am Ende. Ich war schon zu spät dran... also habe ich gewartet.«

»Die ganze Nacht.«

»Ich wußte, es war... jemand, aber ich wußte nicht, wer. Als ich das Haus betrat, die Familie sah, die Photos, da wußte ich...«

»Aber deshalb bist du nicht gekommen. Du bist einfach so gekommen.«

Es war keine Frage.

Leute sangen – Lieder für die Lebenden, da die Belange des Todes an die äußeren Ringe der Spirale gewandert waren.

Rina und Joyce zogen uns hoch, damit wir uns an den Liedern beteiligten, die ich, wie ich feststellte, noch nicht vergessen hatte:

»Titiro ki a Rona
Ki runga i te rangi
Mo te riri
O te marama e,

Titiro ki te rakau
Mau i te ringaringa
Ki runga
I te rangi e…«

Es war so, wie ich es mir gedacht hatte. Man wurde durch Zufall Bewohner des Himmels oder durch eine Strafe, nicht weil man es selbst so wollte. Rona war eine einsame Gestalt dort oben im Mondhaus und hielt sich an ihrem kleinen Baum und ihren Kalebassen fest. Hätte sie nach einem kräftigeren Baum gegriffen, einem, der stärker verwurzelt war, hätte sie der Wut des Mondes vielleicht standhalten können. Joyce war die Frau von Hemis Bruder, und die Kinder, die ich noch nicht gekannt hatte, waren deren Kinder.

»Also bist du gekommen«, sagte er, aber es war immer noch keine Frage.

»Ich hatte das Gefühl, ich treibe so dahin«, sagte ich. »Als wäre da gar nichts mehr… nichts Wichtiges.«

»Und da bist du gekommen.« Danach sagten wir eine ganze Zeit lang nichts mehr. Wir beteiligten uns am Singen und an den Gesprächen um uns herum. Dann sagte Hemi: »Ich hätte nicht gedacht, daß es jemanden gibt…«

»Ich brauche zumindest einen Halt für die Zehen…«

»Jemanden… für mich.«

»Irgendwo.«

»Alles ist vorherbestimmt«, sagte er. »Ich habe das immer geglaubt. Und… ich bin glücklich darüber.«

4

Roimata

Das Meer war grau und ruhig nach einer Woche der Stürme und peitschenden Wellen. Es war eine feuchte Stille und ein flacher grauer Himmel.

Wenn James und Tangimoana aus der Schule kamen, setzte ich immer den Wasserkessel auf. Wir machten uns etwas Heißes zum Trinken und warteten darauf, daß Mary heimkam. Wenn Mary den Schulbus hörte, faltete sie ihre Tücher zusammen und legte sie mit der Politur in ihren Eimer. Dann schloß sie die Fenster und die Tür des Hauses und ging nach Hause, damit wir gemeinsam Tee trinken konnten. Manchmal brachte sie Grannys Katze mit.

An diesem Morgen hatte ich mir Sorgen um Mary gemacht, denn sie hatte gesagt, sie habe Schmerzen, aber ich hatte sie nicht dazu bringen können, zu Hause zu bleiben und sich auszuruhen. Am Nachmittag dann hatte sie vergessen zu kommen. Es fällt ihr nicht schwer, etwas zu vergessen. Um diese Zeit hätten wir sie längst hören müssen, wie sie das Tor aufmachte, wie sie sang oder redete, wenn sie um das Haus herum kam, und wie sie den Eimer und die Lappen wegstellte und die Schuhe in der Veranda auszog.

Als sie nicht kam, ging ich ans vordere Fenster, um nach ihr Ausschau zu halten, und da sah ich, wie sie unbeholfen beim Versammlungshaus zum Meer hinabging. Sie hat ihre ganz eigene Art zu gehen, sie wiegt ihren kurzen breiten Körper hin und her, aber an diesem Tag sah ihr Gang anders aus, noch unbeholfener – und dennoch war irgend etwas Vertrautes daran... Sie hatte ihren Eimer nicht dabei, aber ich wußte, daß sie leicht etwas vergaß. Ich sah, daß sie sich hinsetzte und dadurch hinter den Ufersteinen, die sich dort aufgetürmt hatten, aus dem Blick verschwand.

Wir tranken unseren Tee, während wir auf sie warteten. Ich ging immer wieder ans Fenster, und nach einer Weile sah ich, daß sie aufgestanden war und bis ans Wasser ging und daß sie etwas in den Händen hielt. Ich fragte mich, was das rauhe Meer diese Woche am Ufer zurückgelassen hatte, das sie so interessieren könnte. Mary ist eine Ordnungsfanatikerin. Sie will immer den Müll vom Strand wegräumen, und sie bringt, was sie findet, entweder in ihrem Eimer mit nach Hause oder gibt es dem Meer zurück.

»Tangimoana«, sagte ich. »Lauf zum Strand hinunter und hol Tante Mary nach Hause.« Ich erwartete ein Maulen von Tangi, aber sie hatte mit aus dem Fenster geschaut. Neugierde bringt sie immer in Schwung. Sie war sechs Jahre alt, klein und dünn, und sie hatte einen bissigen Gesichtsausdruck.

»Sie ist plemplem«, sagte sie. »Plemplem-porangi. Tante Mary ist ganz schön plemplem-porangi.«

»Hör sofort damit auf, Tangimoana. Wirst du wohl...« Aber sie war schon weg. Ihr rotes T-Shirt war wie eine Flagge aus Farbe gegen das graue Meer, die grauen Steine, den grauen Himmel. Ich beobachtete, wie Tangimoana dastand und vom Dünenkamm aus Mary rief, aber Mary blieb nicht stehen und drehte sich auch nicht um. Sie ging ins Wasser und hielt immer noch, was immer es war, dicht an ihrem Gesicht, als ob sie es essen oder ablecken würde. Da wurde mir klar, daß ich Tangimoana nicht hätte nach Mary schicken dürfen, sondern sie selber hätte holen müssen.

Tangimoana stand oben auf dem Strand und stampfte mit den Füßen auf, und ich wußte, daß sie Mary anschrie. Ich sah, daß sie hinablief und Mary ins Wasser folgte. Dann sah ich, daß sie Mary mit ihren kleinen Fäusten schlug und an dem, was Mary in ihren Armen hielt, was immer es war, zog und zerrte.

Dann stürzte Tangimoana nach Hause – rennend, gehend, rennend, und Mary stand immer noch bis an den Bauch im Meer und schaute zurück.

Ich lief hinaus, um Tangimoana entgegenzugehen, und rief: »Du bist aber ungezogen, du bist böse, Tangimoana. Warum hast du sie nicht mitgebracht, warum hast du nicht auf sie gewartet, was hast du so herumgeschrien?«

Und Tangi rief mir zu: »Mama, Mama, sie hat da irgendwas! Sie wollte es wieder ins Wasser tun. Aber, Mama, es ist gar kein Fisch!«

Tangi weint eigentlich niemals, außer wenn sie schlechte Laune hat, aber ich sah, daß sie jetzt kurz davor war.

Was sie mir hinhielt, was ich ihr abnahm, war ein mißgestalteter neugeborener Junge mit einer Glückshaube.

Ich pellte das Stück Haut von dem kleinen Gesicht, und da kamen ganz leise Töne aus dem Mund, der sich spannte. Die Haut hatte eine Farbe wie Stein. Meine Hände bewegten sich wie von selbst und drehten den Jungen auf den Kopf und schüttelten ihn sanft, so daß er zu schreien anfing. Dann lief ich ins Haus und nahm ein warmes Handtuch vom Warmwasserspeicher und wickelte ihn ein.

»Sie wollte ihn gerade wegwerfen, Mama, Mama, ins Meer!«

»Wo war er...? Woher hat sie...?«

Aber Tangimoana war einen Atemzug schneller als ich.

»Mama, Mama, ich glaube, sie hat ihn geboren.«

Mir fiel Marys ungeschickter Gang wieder ein, als sie vom Dünenkamm hinunterging, noch linkischer als ihre gewöhnliche linkische Art, und ich begriff, daß das, was Tangimoana gerade gesagt hatte, stimmte.

»Sie ist eine porangi. Oh, ich hab's dir ja gesagt. Ich hab gesagt...«

»Hör auf, Tangi! Hör damit auf! Du mußt mir helfen. Du mußt Mary holen...«

»Onkel Stan ist schon los. Er kam gerade zu seinem Tor heraus.«

»Tangi, was sonst noch...? War da noch etwas...?«

»Sie hat es mit ihren verruchten Zähnen durchgebissen...«

»Tangi, benimm dich...«

»Und es rutschte und fiel direkt ins Meer.«

»Lauf schnell, Tangimoana, und sag Onkel Stan, er soll Mary und Granny herbringen. Er soll sie in seinem Auto herfahren. Sofort. Jetzt gleich!«

James kam herein, gefolgt von Manu. Aus Angst blieb er an der Tür stehen – nicht etwa, glaube ich, aus Angst vor dem schniefenden eingepackten Bündel, das ich auf dem Arm hielt, sondern wegen des Schocks, der mir im Gesicht stand.

»Ein Baby«, sagte ich. »Ein kleiner Junge. Tangimoana hat ihn... Tante Mary abgenommen und nach Hause gebracht.«

Ich horchte nach Stans Auto und wunderte mich über Mary und machte mir Sorgen. Gleichzeitig war ich über den buckligen Babyrücken und die verdrehten schmächtigen Beine entsetzt.

»James, geh schnell und mach die Tür und das Tor

auf«, sagte ich, als ich das Auto kommen hörte. Ich breitete eine Wolldecke auf dem Sofa aus und legte das Baby darauf.

Granny Tamihana und Stan hielten eine Decke um Mary geschlungen, als sie sie hereinbrachten.

»Weiß nicht, was sie da im Wasser gemacht hat«, sagte Stan. »Und sie ist gar nicht ganz beisammen. Sagt nichts. Und... da ist auch Blut.«

»Unsere Mary ist ein ganz klein bißchen krank«, sagte Granny.

»Fragt sie nicht aus, jetzt noch nicht.« Ich zeigte ihnen das Baby. »Sie hat es gerade gekriegt, eben gerade...«

»Gekriegt?«

»Geboren, unten am Strand.«

Sie schauten ungläubig auf das Bündel, das ich ihnen entgegenhielt.

»Es muß von ihr sein«, sagte ich.

»Da hat ihr aber jemand übel mitgespielt«, sagte Granny. »Komm, mein Liebling, ist nicht schlimm. Jemand war bös zu dir. Komm, Gran bringt dich ins Bett.«

Es war schrecklich, Mary so still und ausdruckslos zu sehen.

»Ich helfe dir dabei, sie ins Bett zu bringen, Gran, und du siehst nach, wie's ihr geht.«

»Ist der Rest gekommen?«

»Er ist... ins Meer gefallen. Tangimoana sagte...«

»Ich seh zu, daß ich ihn finde«, sagte Stan.

»Bring ihn bloß her, damit wir alles richtig machen, ihn richtig begraben«, sagte Granny Tamihana.

»Ich vermute, das war dieser alte Schnorrer«, sagte Stan, als er hinausging. »Hing immer hier rum. Na, das werden wir noch rauskriegen...«

»Tangi, du bringst Granny die Handtücher vom Warmwasserspeicher, und James, du machst Milch warm für Mary, bitte, Sohn.«

Manu lag neben dem eingeschlafenen Baby und strich ihm sanft über seine langen, feuchten dunklen Haare.

Es war Mary gewesen, die dem alten Mann den Namen Joe-Blechkessel gegeben hatte. Er kam jeden Sommer mit seinem Kessel und seinem Bündel, um einen oder zwei Monate lang am Strand zu zelten. Die meiste Zeit blieb er für sich, aber er hatte sich mit den Kindern und Mary angefreundet. Sie warteten immer gespannt auf ihn und schauten, ob sie nicht den Rauch von seinem Feuer entdeckten und daran sahen, daß er da war. James und Tangimoana hatten mit ihm manchmal ganze Abende beim Fischefangen am Strand verbracht. Er schenkte ihnen dann aus seinem Kessel Tee aus und röstete Brotscheiben. Er hatte immer einen netten Eindruck gemacht. Man mochte nur schwer glauben, daß er mit Mary geschlafen hatte, obwohl er doch wußte, daß sie eigentlich noch ein Kind war und daß sie all das niemals verstehen würde. Ich war wütend und erschüttert, als ich Granny Tamihana half, sie zu versorgen. Und Mary war stumm und starr, als wir sie wuschen und ihr danach halfen, ihre warme Milch zu trinken, die James gebracht hatte.

Als wir Mary versorgt und es ihr behaglich gemacht hatten, wusch Granny Tamihana dem Baby den Kopf und blies ihm fest auf die Schläfen. Sie blies ihm in den Mund und in die Nase und massierte mit zwei Fingern sanft seine Brust, bis der Schleim abfloß. Sie nahm einen Anhänger von ihrem Ohr ab und legte ihn neben das Baby auf die Decke. »Tokowaru-i-te-Marama.

Ko Tokowaru-i-te-Marama te ingoa o tenei«, sagte sie. Als sie fertig war, setzte sich Manu wieder auf seinen Platz neben dem Baby und schlief ein.

5

Roimata

Als Manu fünf wurde, brachte ich ihn zwei Wochen lang jeden Tag zur Schule und ließ ihn dort in der Vorhalle bei Tangimoana und James, die ihn an der Hand hielten. Um zehn Uhr rannte er dann den Strand entlang nach Hause und rief nach mir und Mary und seinem kleinen Bruder. Er kam zitternd und erschöpft an, und nachts schrie und weinte er im Schlaf. Wenn ich ihn fragte, warum er weine und warum er immer aus der Schule weglaufe, sagte er mir, da seien Risse im Fußboden, und fing wieder an zu weinen.

»Er hat Angst«, sagte ich zu Hemi, »und er ist erschöpft und blaß.«

»Behalt ihn doch zu Hause«, sagte Hemi.

»Er sagt, es seien Risse im Fußboden und die Kinder summten herum wie Bienen. Er denkt, er würde verschwinden.«

»Dann ist es besser, wenn er hier bei dir bleibt. Wir wollen ihn doch nicht... verlieren.«

»Er sagt, es gäbe da keine Geschichten für ihn...«

»Die Schule ist für manche das richtige, aber man findet nicht immer das, was für einen das richtige ist«, sagte Hemi.

»Er hat Angst. Und sein kleiner Bruder fehlt ihm. Sie sind noch nie getrennt gewesen, seit Toko zur Welt gekommen ist, und es ist irgendwie nicht richtig...«

»Er ist bei dir bestimmt besser aufgehoben. Behalt ihn zu Hause. Alles, was wir brauchen, ist hier vorhanden, und sie lernen bei uns genug. Für Toko wird es so auch besser sein, wenn er erst einmal soweit ist.« Hemi hat die Gabe, klar zu sehen, was das Wichtigste ist.

Also behielt ich Manu bei mir zu Hause, und auch Toko wollte zu Hause bleiben, als er fünf wurde. Abgesehen von seiner körperlichen Behinderung und den Aufenthalten im Krankenhaus hätte Toko gut zur Schule gehen können, wenn er es gewollt hätte. Er hat eine rasche und sichere Auffassungsgabe, und er ist zu wachsam, um sich ein Ausrutschen und Verschwinden zu erlauben. Alle Geschichten gehören ihm.

Als ich daran dachte, Manu zu Hause zu behalten, kam ich zunächst auf die Idee, unsere Veranda in ein Klassenzimmer zu verwandeln, eine kleine Ausgabe der Klassenzimmer, in denen ich sonst unterrichtet hatte. Ich hatte an Tische und Bücher, Tafeln, Kreide und bunte Bilder von Gärten, Stränden und Straßen gedacht. Es sollte einen Tisch geben, dachte ich, auf dem wir Kartoffeligel hätten und Weizenmenschen – Mutter, Vater und Kind – mit ihren grünen wachsenden Haaren, die man messen und schneiden konnte. Da hätte es Eier und Vogelfedern und Lieblingssteine gegeben und Bohnen, die auf einer Unterlage mit feuchter Watte gekeimt hätten. Da wären Rechentafeln und Zahlenreihen, Laubsägen und Scheren und Farbe gewesen und ein Buchstabenfries und Uhren, die uns sagten, wann wir anfangen und aufhören mußten.

Aber dann fiel mir wieder ein, worüber wir gesprochen hatten, daß die Schule für manche das Richtige war, aber daß man nicht immer das findet, was das Richtige ist. Ich dachte daran, daß Manu gesagt hatte, es gäbe keine Geschichten für ihn und daß da Risse im

Fußboden seien und Kinder, die wie Bienen summten. Es fiel mir wieder ein, daß alles, was wir brauchten, hier vorhanden war.

Was war wohl das Richtige für einen kleinen Kerl, der nachts im Schlaf schrie und dessen Augen zuviel hereinließen? Was war das Richtige für einen, der nicht in die Schule gehörte, oder besser gesagt, zu dem die Schule nicht paßte? Was war das Richtige für einen, der Angst hatte zu verschwinden und der seine Geschichten nicht finden konnte?

Da wußte ich, daß nichts anders zu werden brauchte. »Alles, was wir brauchen, ist hier vorhanden. Wir lernen, was wir brauchen und was wir lernen wollen, und das ist alles vorhanden«, sagte ich zu Hemi, aber er hatte das immer schon gewußt. Wir brauchen nur unser Leben zu leben, unsere Geschichten aufzuspüren und sie miteinander zu teilen.

Also wurde ich nicht Lehrerin oder wurde vielmehr nicht wieder eine solche Lehrerin, zu der man mich ausgebildet hatte. Es bestand keine Notwendigkeit, einen Raum zu verändern, weil ein Junge fünf geworden war und sich in der Schule nicht zurechtfinden konnte. Statt dessen wurde ich eine Geschichtenerzählerin, eine Zuhörerin beim Erzählen von Geschichten, jemand, der Geschichten schrieb und las, jemand, der Geschichten spielte, sammelte und erfand. Aber ich nahm an alledem nur teil. Denn eigentlich wurden wir alle all das – Erzähler, Zuhörer, Leser, Schreiber, Lehrer und Schüler in einem.

Die Geschichten, die ich selbst mitzuteilen hatte, waren Geschichten aus meiner Kindheit in dem Bahnwärterhäuschen, von der Schule und Heiligenbildchen und einem Jungen und einem Mädchen auf einem Pferd. Sie erzählten von Spielen und Gärten und Einsamkeit und Ausschauhalten nach Zügen. Sie erzählten vom Weggehen und Zurückkehren und von Tod und Geburt. Ich kannte auch andere Geschichten, allgemein bekannte Geschichten von der Zeit vor dem Leben und dem Tod und dem Erinnern, von vor der Zeit der einsamen Frau im Mond. Geschichten, die uns geschenkt worden waren. Aber »vor dem Leben und dem Tod und dem Erinnern« ist nur, was ich immer schon gedacht hatte. Es war eine neue Entdeckung festzustellen, daß diese Geschichten letzten Endes von unserem eigenen Leben handelten, daß sie nicht abgerückt waren, daß es da keine Vergangenheit und Zukunft gab, daß jede Zeit immer die Jetzt-Zeit ist, die sich auf das Sein konzentriert. Es war ein neues Begreifen, daß sich das Sein im Mittelpunkt dieser Jetzt-Zeit einfach in alle Richtungen ausdehnt bis hin zu den äußeren Kreisen, diesen äußeren Kreisen, die nur zu unserer Bequemlichkeit »Vergangenheit« und »Zukunft« genannt werden. Das Sein reicht so weit, daß es die Verzierungen ergreift, die ein Teil des Selbst werden. Das »Jetzt« ist also ein Geben und Empfangen zwischen dem inneren und dem äußeren Horizont, aber die ungeheure Schwierigkeit besteht darin, Feinheit in dieser Gegenseitigkeit zu erlangen, denn das Rad, die Spirale ist vorzüglich ausbalanciert. Das war es, was ich begriff, als wir unsere Geschichten, die sich um das Selbst drehten, erzählten und wiedererzählten.

Wenn James und Tangimoana aus der Schule heimkamen, brachten sie ihre Geschichten mit. Die Schule war wichtig für sie. Sie hatten keine Angst, in Rissen im Fußboden zu verschwinden, denn das eine Kind war zu vorsichtig und selbstbewußt und das andere zu aufgeweckt und leichtfüßig.

James' Schulgeschichten drehten sich um die Erde und das All. Diese Schul-Erde war durch Linien unterteilt – Längengrade, Breitengrade, den Äquator. Die Menschen dieser Schul-Erde lebten in Ländern, die auf Kontinenten lagen, in Meeren und auf Erdhalbkugeln. Manche dieser Menschen in manchen dieser Schul-Länder lebten in Eierschalen auf Papierschnee, manche lebten in Orten aus Streichhölzern an Seen aus Farbe, die von Fischen mit Punktaugen bevölkert waren. Andere saßen an Zellophanfeuern mit silbrigen Schokoladepapierfedern in den Haaren, und noch andere hatten Häuser aus Pappkarton hinter einer Papiermauer, die vom Meer nicht überwunden werden konnte.

Auf Karten eingetragene Regenfälle, Sonnenschein, Hurrikane, Monsune, Taifune und Schneefälle und die Querschnitte von Bergen, Flüssen, Land und Boden waren es, die den Menschen sagten, wie ihr Leben sein würde.

Diese Schul-Erde war eine Apfelsine – geneigt und die beiden Enden zusammengedrückt –, die einen ganzen Tag brauchte, bis sie sich um sich selbst gedreht, und ein ganzes Jahr, bis sie die Tennisball-Sonne umwandert hatte. Und sie fügte sich in ein Universum ein, das durch ein Guckloch in einer Pappschachtel betrachtet werden konnte, wo Papierplaneten an Fäden vor einem marineblauen All baumelten und Licht durch einen zellophanbespannten Ausschnitt im Schachteldeckel hereinkam.

James kannte auch Geschichten vom Licht und Schall, vom Multiplizieren, Dividieren, Addieren und Subtrahieren. Und wir stellten fest, daß wir alle Geschichten über solche Dinge kannten und daß sie alle miteinander verzahnt waren.

Tangimoana kannte Geschichten von Menschen.

Manche waren Geschichten aus Büchern über Königinnen und Könige, Ungeheuer, Zauberer, Mörder, Geister, Waisenkinder, Dämonen und Heilige. Und wir hatten unsere eigenen Helden und Heldinnen, Zauberer, Übeltäter, Ausgestoßene und Magier, die wir diesen Geschichten aus den Büchern hinzufügen konnten.

Manche von ihren Geschichten waren Geschichten von Menschen aus ihrem Umfeld – die verrückte Margaret mit ihren knochigen Händen in der Schule, die in die Zimmerecken starrte und zeigte, Billy, der schrie, Sila, die Gewänder und Blumen trug. Julieann, die Bleistifte und Radiergummis durch bloße Berührung verschwinden lassen konnte. Manche Geschichten handelten von ihr selbst und auch von uns. Sie schrieb alle ihre Geschichten auf, in alten Schulheften oder auf irgendwelchen Zetteln. Es waren Geschichten, Gedichte, Zeilen, ganze Seiten, die sie irgendwo für uns liegenließ, damit wir sie entdeckten und lasen.

Abends kam Hemi mit Geschichten von seiner Arbeit nach Hause, Geschichten von Männern, die Messer schwangen und Blut an den Händen hatten, die die Häute von den aufgehängten Tierkörpern abzogen, sie zerlegten und in Streifen schnitten und die an Ketten schaukelnden Kadaver weiterschickten. Ihre Tage waren eingehüllt in den Geruch vom Verbrennen der Fleischabfälle, und alle waren wie Ärzte weiß gekleidet. Er erzählte davon, wie er ein Junge war und wie man ihm Arbeit und Wissen vermittelt hatte, das den Menschen nutzen sollte.

Mary erzählte uns auch ihre Geschichten, und wenn man genau zuhörte, lauteten sie nicht immer gleich, vom Redenden Mann und der Bösen Ehefrau, dem Listigen Mann und dem Singenden Mädchen, dem Schönen Mann und der Kämpfenden Mutter, aber keine vom Liebenden Mann mit dem riesengroßen Hammer.

Da gab es Geschichten, die Granny Tamihana zu erzählen hatte, die aus Leid und Freude, Land und Gezeiten, Krankheit, Tod, Hunger und Arbeit gesponnen waren. Da gab es die Geschichten, die andere Mitglieder dem whanau erzählten, wenn sie kamen und den Vormittag bei uns verbrachten.

Dann gab es die Geschichten aus den Zeitungen und dem Fernsehen, die wir jeden Tag lasen und uns ansahen. Und da gab es die Geschichten, die wir in den Büchern der Bücherei fanden, wo wir alle paar Wochen zum Ausleihen hingingen.

Nach und nach wurden die Geschichten ausgebaut, oder sie veränderten sich. Keine veränderten sich mehr als die von Hemi, die mehr und mehr von Menschen erzählten, die nicht mehr arbeiteten, weil es keine Arbeit mehr für sie gab, und von Menschen, die allmählich kalt und arm wurden. Mehr und mehr erzählte er über das Land und wie das Land und das Meer uns versorgen könnten. Es könnte auch diejenigen versorgen, die weggezogen waren, die aber zurückkommen würden, jetzt, wo es schwer war, Arbeit zu finden. »Es gibt manches, worüber ich euch Geschichten erzählen könnte«, sagte er. »Aber ich kann es euch auch zeigen, und dann seid ihr ganz bestimmt davon überzeugt, daß alles, was wir brauchen, hier vorhanden ist.«

Und so lag es also an unserem kleinen Vögelchen, daß Geschichten wieder zu einem wichtigen Teil im Leben eines jeden von uns wurden, im Leben des ganzen whanau. Und obwohl die Geschichten alle verschiedene Stimmen hatten und von verschiedenen Zeiten,

Orten und Vorstellungen handelten, obwohl manche eher gezeigt, gespielt oder aufgeschrieben als erzählt wurden, war jede wie ein Puzzlestückchen, das sich mit seiner Zunge oder Vertiefung in ein anderes einfügt. Und diese Reihe von Geschichten bestimmte unser Leben und wand sich, von beliebigen Punkten auf der Spirale ausgehend, in immer größer werdenden Kreisen, bei denen weder ein Anfang noch ein Ende festzustellen war.

6

Toko

Ich kenne die Geschichte meiner Geburt. Als ich geboren wurde, war die Mutter, die mich geboren hat, nicht viel älter als ich jetzt, und ich bin jetzt älter als sie.

Ich weiß nicht, wer der Vater, der mich gezeugt hat, ist. Roimata sagt, der Vater, der mich gezeugt hat, könnte ein alter Mann mit einer zusammengerollten Decke und einem Blechkessel gewesen sein, der vor langer Zeit hier regelmäßig zu Besuch kam. Nun, macht ja nichts. Mein Erzeuger könnte ein Geist gewesen sein oder ein Baum oder ein Blechkessel-Mann, aber es ist egal. Ich habe Hemi, der ein Vater für mich ist.

Ich wurde auf den Strandkieseln an einem Tag ohne Farben geboren, und die Mutter, die mich geboren hat, trug mich ins Wasser. Sie hätte mich dort den Vögeln zurückgelassen, denn sie hielt mich für etwas, das sie gefunden hatte. Oder sie hätte immer weiter mit mir ins Wasser gehen können, bis das Meer sich über uns geschlossen hätte und wir beide zum Besitz der Fische geworden wären. Aber meine Schwester Tangimoana kam in ihrem roten T-Shirt und entriß mich meinem ersten Ertrinken und rannte mit mir nach Hause.

Dann nahm mich Roimata, die eine Mutter für mich ist, streifte mir die Haut von den zweifarbigen Augen, damit ich sehen konnte. Sie drehte mich auf den Kopf, damit mir der Stein aus dem Rachen herausfallen konnte, klopfte mich, daß ich Atem holte, und wickelte mich in warme Tücher. Mein Bruder legte sich neben mich und schlief.

Dann kam bald Granny Tamihana mit allen ihren Gaben. Sie blies alles Falsche weg, um mich zu reinigen und frei zu machen, und rieb die Blasen hoch, um mich vor meinem zweiten Ertrinken zu retten. Sie gab mir Zauberkraft von ihrem Ohr und gab mir einen Namen aus der Zeit, als sie noch ein Kind war.

Mein Onkel Stan ging ans Meer hinunter, um nach meiner anderen Haut zu suchen, aber das Wasser enthielt zu viel Grau.

Er tauchte und suchte bis zum Einbruch der Dunkelheit, und mein Vater Hemi auch, als er nach Hause kam, und mein Bruder James und die ganzen Leute halfen ebenso. Sie suchten meine alte Schale, aber sie konnten sie nicht finden, um sie nach Hause zu bringen und zu vergraben. Mein altes Selbst wanderte in den Magen eines Fisches, und noch lange Zeit danach durfte keiner dort fischen, Schalentiere fangen, schwimmen, im Meer spielen.

Vielleicht ist es der Zauber von Granny Tamihanas Ohr, der mir mein besonderes Wissen gab und der als Ausgleich für meine Buckligkeit und mein Fast-Ertrinken dient. Aber ich habe auch andere Gaben aus der Zeit, ehe ich geboren wurde, bekommen. Ich kenne alle meine Geschichten. Es gab nichts, was man gegen meine Buckligkeit hätte tun können.

7

Roimata

Meine Kinder und ihre Neffen und Nichten waren wie die Zikaden, kihikihi, die in der Sonne zirpen. Sie türmten das Strandholz am einen Ende des Sandstreifens auf und legten lange gerade Stücke beiseite, die als Waffen eingesetzt wurden.

Wir waren Erzähler, Zuhörer, Leser, Schreiber, Spieler und Sammler von Geschichten geworden. Und Spiele sind auch Geschichten, nicht nur Zeitvertreib oder Knospen, die nicht zur Frucht heranreifen. Spiele sind gespielte Geschichten und machen unser Leben aus – aber was ich nicht verstand, waren die Kriegsspiele unserer Kinder. Ich könnte nicht sagen, was ihre Kriegsspiele widerspiegelten.

Als wir noch Kinder waren,, hatten wir auch unsere Kriegsspiele. Der Strand war der Kampfplatz für die verschiedensten Kriegsarten. Im einen Krieg war der Strand ein Schlachtfeld, auf dem Soldaten aufgereiht waren, und die Steine am Strand waren Handgranaten, die im hohen Bogen in Panzer aus Treibholz geworfen wurden, oder Torpedos, die auf Unterwasserziele losheulten. Stöcke vom Strand waren Gewehre, an deren Kolben Bajonette festgebunden waren. Raketen stürzten unter Granaten- und Maschinengewehrfeuer im Zielanflug in den Sand. Jeder Tod war heldenhaft und dramatisch, aber schnell erledigt – jeder Held starb noch und noch und erwachte immer wieder zum Leben.

Der Strand war ein weit entferntes Land, wo wir das

auslebten, was durch Zeitungen, Radio und Filme zu uns gekommen war. Denn damals war irgendwo jenseits des Meeres ein echter Krieg, der in unseren Spielen wiederzufinden war.

Und es gab auch noch andere Kriege von jenseits des Meeres, die aber aus einer anderen Zeit stammten. Samstags gingen wir ins Kino, sonntags machten wir daraus unsere eigenen Geschichten. Der Strand wurde zu Felsen und Wüste und gesetzlosen Städten. Wir ritten auf Treibholzpferden und hatten hölzerne sechsschüssige Schießeisen, Pfeil und Bogen. Oder manchmal standen wir auf Baumstammschiffen und trieben die Feinde mit weißen Schwertern auf das Meer hinaus.

In wieder anderen Kriegsspielen befestigten wir unsere Dörfer und fochten mit Knüppeln und taiaha in Kriegen, die nicht etwa aus anderen Ländern in unser Leben geschossen kamen, sondern die laufenden, springenden, tanzenden Schlachten darstellten, die von unseren eigenen Geschichten aus einer anderen Zeit in unser Leben kamen.

Aber ich konnte die Bedeutung der Kriegsspiele nicht erfassen, die die kihikihi spielten. Ihre Spiele schienen nicht von der Vergangenheit oder einem anderen Land zu handeln. Es gab keine Gewehre, keine Militärfahrzeuge, keine Knüppel oder Schwerter. Die Stöcke waren einfach nur Stöcke, die Steine waren nur Steine, die großen Baumstämme waren Barrikaden und nichts weiter. Keine neuen Stimmen gab es und keine neuen Namen. Da gab es keine Verkleidungen außer schmalen Stirnbändern, die sie manchmal trugen. Es gab keinen Feind, oder jedenfalls war der Feind unbekannt.

So war denn alles, was ich verstehen und woran ich

mich erinnern konnte, daß Tumatauenga zu Anfang jeglicher Herausforderung widerstanden hatte und daß er seither felsenfest auf der Erde stand und auf alle Zeiten stehen wird. Es war nicht sehr beruhigend, daran zu denken.

Es war nicht sehr beruhigend, daran zu denken, daß Tu durch die Herausforderung noch stärker und nicht etwa schwächer wurde. Der heftige Angriff durch Tawhiri führte dazu, daß Tu seine Füße noch fester auf den Boden stemmte. Tawhiri stärkte Tu auf diese Weise, so wie ein Streit immer durch einen weiteren Streitpunkt verstärkt wird.

Nicht einmal Tane und Tangaroa konnten sich ihrem Bruder entgegenstellen, wenn er sich an denen rächte, die ihm nicht beigestanden hatten. Sie mußten ruhig zusehen, wie Tu ihren Kindern die Köpfe zerstampfte, kochte und verspeiste. Es hätte für Tane und Tangaroa nur einen Trost in alledem gegeben, und das war das Wissen, daß aus Tod Leben entsteht – daß alles, was unter Tus Knüppel zu Boden geht und in Tus Bauch gelangt, im Innern der Erde zu neuem Leben erwacht. Der Tod ist eine Aussaat.

Aber es war nicht beruhigend für mich, mir das alles vor Augen zu halten, wenn mir die alten Geschichten im Kopf herum gingen.

Die Kinder bewegten sich vorwärts, rannten auf den Wall aus aufgestapeltem Holz zu. Sie schleuderten Steine, rannten in gellenden Wogen auf die Barrikade zu und hinüber und hieben und stachen dabei mit ihren Stöcken in die Luft, ehe sie wieder kehrt machten und den Rückzug antraten. Es gab keinen Feind – oder aber der Feind war unbekannt und unsichtbar, irgendwo hinter der Barrikade.

Es gab nichts, das aus Filmen oder alten Geschichten

stammte. Es gab keine Gewehrschützen oder marschierende Heere oder Mörder, keine Schlachtfelder oder befestigte Dörfer oder stille tödliche Fußpfade durch den Dschungel.

»Um was geht's in euren Kriegen eigentlich, Toko?« fragte ich.

»Ums Kämpfen«, sagte er.

»Aber gegen wen?«

»Irgendwelche Feinde.«

»Aber wer sind die? Wer sind denn die Feinde?«

»Das wissen wir auch noch nicht. Aber sie haben uns etwas geklaut.«

»Was haben sie euch denn geklaut?«

»Das wissen wir noch nicht, aber es ist irgendwas, was mit unserem Leben zu tun hat.«

»Und wo? An welchem Ort, in welchem Land?«

»Nirgends, einfach nur da, wo man gerade ist, denn es ist nicht gut, wenn einem das Leben genommen wird.«

»Also, was ist es denn, das Leben, das euch gestohlen wird?«

»Das wissen wir noch nicht, aber es könnte so etwas sein wie ein leuchtendes Herz aus besonderen Farben, rosa, grün, braun, blau, purpur und silbern.«

»Aber wo? Ist das auf dem Mond oder im Weltall, in der Wüste oder auf hoher See?«

»Es ist einfach irgendwo. Es ist da, wo man selber gerade ist.«

»Und wie geht das weiter?«

»Wir wissen es nicht. Wir wissen nicht, ob wir unser Lila, Rosa und Silber zurückkriegen, das uns aus der Kehle und den Augen gestohlen wurde. Wir wollen nicht, daß unsere Farben, die auf besondere Weise leuchten, aus unserem Inneren gezerrt und auf die

Straße geworfen werden, direkt vor diese Füße, die wie Hämmer klingen.«

»Wessen Füße sind es, die auf das Rot und Silber trampeln?«

»Das wissen wir nicht, wir können sie nicht sehen, aber ich glaube, eines Tages werden wir es wissen.«

Toko ist eine Gabe, die uns geschenkt wurde, und er besitzt selbst Gaben. Er hat ein besonderes Wissen. Ich nahm ihn in die Arme und fürchtete mich.

»Weißt du etwas über die kihikihi?« fragte ich ihn.

»Ja«, sagte er. »Sie sind schon alt, wenn sie geboren werden. Sie lassen ihr altes Leben an einem Baum hängen, und in ihrem neuen Leben bekommen sie gläserne Flügel. Ihre Augen sind blutrote Edelsteine. Sie fliegen hoch hinauf, um in der Sonne zu trommeln, und Vögel fallen vom Himmel.«

8

Toko

Ich kenne die Geschichte, die sich zutrug, als ich fünf war. Die Geschichte ist mir von meiner Mutter Roimata, meinem Vater Hemi, meiner Schwester Tangimoana und meinen Brüdern James und Manu erzählt worden. Aber davon abgesehen, erinnere ich mich auch selbst an die Geschichte. Fünf ist ein Alter, an das man sich schon erinnern kann, und fünf ist noch nicht sehr lange her.

Es ist die Geschichte von einem großen Fisch.

Hemi brauchte Köder für das Fischen am folgenden Tag, und nach dem Tee bat er James und Tangimoana, mit ihm an die Lagune zu gehen und Heringe zu fangen. James ging zum Schuppen, um die leichten Angeln für die Heringe mit den winzigen silbernen Haken zu holen. Mein Vater schnitt Speck als Köder in kleine Stücke.

Ich lief James zum Schuppen nach, kletterte am Regal hoch und holte eine schwere Angel herunter.

»Die brauchen wir aber nicht«, sagte James.

»Ich brauche sie aber«, antwortete ich.

James stritt sich nicht mit mir. Er hatte nie etwas dagegen und ließ mich immer machen, was ich wollte. Ich folgte ihm zum Haus zurück und nahm die große Angel mit.

»Laß das mal, die brauchen wir doch nicht«, sagte Tangimoana.

»Ich brauche sie für meinen großen Fisch«, erklärte ich ihr. Sie hatte etwas dagegen.

»Aber doch nicht in der Lagune. In der Lagune gibt es keine großen Fische, nur kleine.«

»Doch, da ist einer. Da ist ein großer Fisch für mich.«

»Nur Heringe. Und außerdem kannst du sowieso nicht mit.«

Aber es war mir völlig klar, das da ein großer Fisch für mich war, und es war mir völlig klar, daß ich mitging. Das ist es, woran ich mich an diesem Abend noch deutlich erinnere. Ich erinnere mich noch an die Gewißheit, die ich hatte. Ich erinnere mich deutlich, daß es mir klar war. Es war mir klar, ich würde mitgehen. Es war mir klar, es war da ein großer Fisch für mich.

Mein Vater Hemi sagte: »Du darfst mit, Bübchen, wenn du im Boot stillsitzt. Du kannst eine kleine Angel haben, aber sei vorsichtig damit.«

»Ich habe meine Angel schon geholt«, sagte ich. »Für meinen großen Fisch.«

Hemi widersprach mir nicht, aber meine Schwester Tangi starrte mir direkt ins Gesicht, und ich denke, sie war böse auf mich. Das heißt, an Tangimoanas Anstarren erinnere ich mich nicht genau, aber ich weiß, daß sie das immer so macht. Sie starrt einem ins Gesicht. Keiner kann ihr entkommen.

Der Tag neigte sich zum Abend, und das Meer sah aus wie das Silberpapier von einer Tafel Schokolade, das man mit dem Daumennagel glatt gestrichen hat. In dieser Nacht kam ich mir nicht so klein vor, wie einen das Meer manchmal macht. Ich hatte meine große Angel dabei. Meine Mutter Roimata hatte einen der Haken entfernt, damit die Angel ungefährlicher war, aber das machte nichts, es war ja nur ein Fisch, den ich fangen würde. Ich wollte nur einen großen Haken für meinen einen großen Fisch. Sie befestigte ein Stück paua an meinem großen Haken. Das Stück paua war der Köder, aber es sollte auch den Draht verdecken, damit er sich nicht an mir verhakte. Daran erinnere ich mich nicht mehr, aber man hat es mir erzählt.

Tangi und James trugen jeder ein Ruder, und ich trug nur meine Angel, aber ich kam mir nicht klein vor. Ich kam mir auch nicht klein vor, als Tangimoana und James Hemi halfen, das Dingi zum Wasser hinunterzuziehen. Ich stieg eilig in meinen besonderen Stiefeln hinterher, und Hemi setzte mich in den Bug.

Zwei Ruderschläge, und wir waren in der Mitte der Lagune. Tangi warf Brot ins Wasser, um die Heringe anzulocken. Ich weiß noch, das Wasser hatte eine leicht orangene Farbe, und kleine Heringe durchbrachen die Wasseroberfläche mit ihrem Maul und machten kleine scharfe Kreise, die immer größer und größer wurden.

Mein Vater, mein Bruder und meine Schwester zogen die Angel dicht über der Wasseroberfläche hin und her, und die Heringe sprangen immer wieder an die Haken. Ich sollte eine kleine Angel nehmen, damit ich auch Heringe fangen konnte. Ich weiß noch, daß es ihnen viel Spaß machte – und so ist es mir auch erzählt worden –, aber ich war nicht auf Spaß aus und auch nicht auf Heringe. Ich wußte schon, weshalb ich wartete. Ich war still und aufgeregt, und ich wußte es. Da war eine große Blechdose im Dingi, und sie füllte sich schnell mit Heringen.

Das Licht war bald vom Wasser verschwunden, und dann war das Meer nur noch Geräusch – ein weiches, saugendes Geräusch und das platschende Geräusch der Fische. Als die Dunkelheit einsetzte, setzte auch die Kälte ein, und die anderen haben mir erzählt, daß

Hemi mir eine Strickjacke anzog. An die Kälte kann ich mich nicht mehr erinnern, aber Hemi hatte bestimmt eine Strickjacke für mich dabei, und er hat sie mir bestimmt angezogen, als die Sonne unterging. Als es dunkel war, war der Himmel weiß von Sternen. Tangimoana hat mir das erzählt. Ich kann mich an den Sternenhimmel nicht erinnern oder daß die Sterne weiß waren, ich war mit meinen Gedanken vollständig im Wasser. Der Himmel wäre wie ein Meer voller Heringe gewesen, hat Tangimoana mir erzählt, aber ich habe keine Erinnerung mehr daran. Meine Gedanken waren nicht auf den Himmel gerichtet.

James wollte, daß ich für einen Augenblick seine Angel nahm, weil er sich nicht an etwas freuen kann, wenn er es nicht mit jemandem teilt. Aber ich wartete und hielt meine kräftige Angel mit ihrem großen alten Haken für das tiefe Wasser und dem schweren Senkblei, das größer als meine Faust war, voller Kraft fest. Ich weiß nichts mehr von den Sternen oder der Kälte oder daß mein Bruder James mir seine Angel geben wollte oder daß das Senkblei größer als meine Faust war, obwohl es mir erzählt worden ist. Aber ich erinnere mich an das Warten und wie das Licht wegging und an die leisen, platschenden Geräusche des Wassers, nachdem jegliche Farbe gewichen war.

Ich erinnere mich noch, wie der Ruck kam. James, der neben mir saß, griff nach mir und hielt mich fest, damit ich nicht seitlich über Bord fiel. Ich hielt eisern meine Angel fest. Ich weiß noch, eine Zeitlang gab es nichts, außer festzuhalten – ich hielt die Angel, James hielt mich. Hemi griff nach dem anderen Ende meiner Angel, rollte ein bißchen Schnur ab und befestigte sie am Sitz.

»Halt ihn fest, mein Sohn«, sagte er zu James. Dann

sagte er zu mir: »Nun laß los, Bübchen. Sie ist jetzt fest.«

Ich hörte ihn nicht, und ich kann mich nicht mehr daran erinnern. Ich hielt fest und zog, und James hielt mich fest. »Mein Fisch, mein großer Fisch«, rief ich, das weiß ich noch.

Und dann weiß ich noch, daß mein Vater meine Hände nahm und sagte: »Jetzt kannst du sie locker halten, Bübchen. Die Schnur ist befestigt.« Er brachte mich dazu, dahin zu sehen, wo er die Schnur am Sitz festgebunden hatte. »Du zerschneidest dir die Hände«, sagte er, »wenn du die Schnur zu fest hältst.« Er hinderte mich daran weiterzuziehen. »Du wirfst uns alle ins Meer. Hör jetzt auf zu ziehen, laß jetzt los, dann werden wir mit deinem großen Fisch an Land rudern.«

Ich erinnere mich daran, daß Tangimoana alle herbeirief, meine Mutter Roimata und meine Mutter Mary und meinen Bruder Manu und ein paar andere, die sich versammelt hatten und die am Strand an einem kleinen Feuer saßen, das sie sich dort gemacht hatten. »Er hat ihn«, rief sie. »Bübchen hat ihn. Toko hat seinen großen Fisch gefangen.«

»Bleib mit deiner Angel da sitzen«, riet Hemi mir, als wir mit dem Dingi auf das Ufer fuhren.

Er und Tangi und James stiegen aus. Meine Onkel und Vettern halfen ihnen, das Dingi mit mir drin ans Trockene zu ziehen. Hemi hob mich heraus, und wir konnten hören, wie mein großer Fisch nicht weit vom Ufer entfernt klopfte und platschte.

Hemi und ich fingen an, meinen großen Fisch einzuholen. Es war ein kräftiger Fisch, der im seichten Wasser rückwärts schwamm.

»Der schwimmt ja rückwärts!«

Ich weiß noch, daß Hemi das sagte. Und dann

konnten wir nicht weiterziehen. »Er hat einen Felsbrocken gefunden«, sagte Hemi, »und daran klammert er sich mit dem Schwanz fest. Halt fest«, sagte er. »Aber zieh jetzt nicht mehr. Lauf und hol einen Landungshaken und eine Taschenlampe«, sagte er zu James.

Hemi und ich hielten weiter fest, während James nach Hause rannte, um einen Landungshaken und eine Taschenlampe zu holen.

»Wenn wir jetzt weiterziehen, kann es sein, daß unsere Angel bricht, oder wir zerreißen deinem großen Fisch das Maul, und dann kriegen wir ihn nie an Land.« Das sagte Hemi.

Als James angerannt kam, war er nichts weiter als ein kleiner Lichtkreis und das Geräusch von rutschenden Steinen. Er gab Hemi den Landungshaken und die Taschenlampe und hielt dann mit mir zusammen die Angel fest.

Mein Vater Hemi watete mit meiner Schwester Tangimoana, die hinter ihm herplatschte, nur ein kleines Stückchen ins Wasser. Er hielt den kleinen Lichtkreis der Taschenlampe dicht über der Wasseroberfläche und hakte meinen großen Fisch unter dem Kopf ein. Er riß seinen Arm herum und zog den großen Fisch von dem Felsbrocken weg, um den er seinen Schwanz geschlungen hatte.

Wir zerrten den Fisch ans Ufer, wobei er bellte und bellte und mit seinem langen schweren Schwanz gegen die Steine klatschte.

Ich weiß noch, daß der große Fisch viel viel größer war als ich und sogar länger als das kleine Dingi, das auf dem Strand lag.

»Wir haben ihn, wir haben ihn«, schrie Tangimoana, und alle redeten durcheinander und machten Lärm.

»Es ist ein Meeraal, Papa«, sagte James. »Ein großer Meeraal.«

»Der Fisch ist ja größer als der Junge«, sagte Hemi. »Bübchen, der ist größer als du.«

Wir zogen den großen Aal noch ein Stück weiter auf den Strand, und mein Vater Hemi nahm ein schweres Stück Holz und schlug meinem großen Fisch damit auf den Kopf. Ich habe noch das Geräusch im Ohr. Mein Bruder Manu sah weg, und Mary legte ihre Arme um ihn und sagte: »Nicht aufregen, Junge. Mary paßt auf Jungen auf.«

Mein Vater Hemi faßte den großen Aal unter den Kiemen, hob ihn an, und halb zog und halb trug er ihn zur Veranda, wo wir ihn bei Licht betrachten konnten. Er war so lang wie die halbe Veranda, oder jedenfalls habe ich es so in Erinnerung. Er war glänzend und schwarz und am Bauch silbrig glänzend. Seine Augen waren kleine dunkle Punkte, und man konnte an ihnen nichts ablesen – nichts über sein Leben oder seinen Tod. Sein Kopf war so groß wie meiner, oder jedenfalls habe ich es so im Gedächtnis. Und ich weiß noch, daß mir mein Fisch einerseits leid tat und ich mich andererseits über diesen Fang freute. Außerdem weiß ich noch, daß ich keine Angst vor ihm hatte, obwohl man an seinen Augen nichts ablesen konnte.

Wir nahmen meinem großen Fisch den Magen heraus und die cockabullies und die Taschenkrebse, von denen er sich ernährt hatte. Dann schnitt Hemi den Kopf ab, der so groß wie mein eigener war, oder jedenfalls habe ich es so in Erinnerung. Er schnitt den Fisch der Länge nach auf, vom Kopf bis zum Schwanz, nahm die Mittelgräte heraus und breitete den Fisch flach auseinander. Das weiße Fleisch überraschte mich.

Hemi schickte Tangi Salz holen und James nach einer Wanne. Ich half James, die Wanne auszuspülen, dann schütteten wir Salz hinein. Der Haufen aus Salz sah wie ein kleiner Schneeberg aus, und als wir Wasser hineingossen, schmolz der kleine Schneeberg sofort weg. Hemi und Roimata schnitten den Aal in Streifen und legten die Streifen in der Lake, die wir vorbereitet hatten, ein. Hemi reinigte ein schweres Brett, um die Wanne damit abzudecken, damit der Fisch sauber blieb und keine Katzen kämen und sich etwas von dem Fisch klauten.

Jedenfalls blieben wir in dieser Nacht lange auf und halfen mit, meinen großen Fisch zu verarbeiten, das weiß ich noch genau, und dann waren wir noch nicht einmal gebadet. Wir mußten uns beim Baden beeilen und durften dabei nicht spielen und kein großer Aal sein, der herumschwimmt und planscht.

Manu kam mit in mein Bett, damit er in der Nacht nicht nach jemandem rufen und weinen mußte. Wir krochen sofort unter die Decken und waren große Meeraale, die am Fuße des Schneeberges im Wasser lebten. Wir hatten so kleine Augen wie Punkte und eine lange Rückenflosse vom Kopf bis zum Schwanz. Wir hatten scharfe, dichtstehende Zähne und Taschenkrebse im Bauch, und wir schwammen und tauchten und kämpften und bissen und peitschten mit unseren Schwänzen, bis die Decken auf dem Fußboden lagen.

Da kam unsere Mutter Roimata herein und redete mit uns und schaffte wieder Ordnung, aber trotzdem konnten wir danach noch lange nicht einschlafen. Ich kann mich nicht erinnern, ob Manu in dieser Nacht geweint und nach jemandem gerufen und im Dunkeln um sich getreten und gekämpft hat. Ich kann mich nicht mehr erinnern, ob das so eine Nacht war, wo ich aufwachte, weil er seine Finger fest in meinen Arm krallte.

Es gibt eine ganze Reihe Erinnerungen an diese Nacht, an einiges erinnere ich mich selbst, und einiges stammt aus den Erzählungen der anderen. Aber an was ich mich am besten von allem erinnere, an was ich mich wirklich und wahrhaftig erinnere, ist, daß ich alles wußte. Ich wußte, daß da ein großer Fisch für mich war. Ich wußte es, als Hemi sagte, er ginge Heringe fischen, als ich zu dem Schuppen ging, um mir die Angel zu holen, als ich in das Dingi gehoben wurde, als das Wasser glatt, orangefarben und kreiselnd war, als ich die große schwere Angel absenkte, als die Nacht hereinbrach und die Kälte kam – aber an die Kälte selbst erinnere ich mich nicht –, ich wußte es, als ich die leisen Geräusche des Meeres hörte und schon bevor der Ruck kam, daß da ein großer Fisch für mich war. Und was ich seitdem ein für allemal weiß, ist, daß mein Wissen, mein eigenes Verständnis anders ist als bei anderen. Es ist ein Bewußtsein von davor, von jetzt, von danach, nicht wie das Wissen, das andere Menschen haben. Es ist ein Jetzt-Wissen, so als wäre alles nur jetzt. Meine Mutter Roimata weiß von meinem Anderssein. In jener Nacht sagte sie zu mir: »Du hast es gewußt, nicht wahr, Toko? Du hast es gewußt.«

Am nächsten Morgen erwachten wir früh, aber mein Vater und meine Onkel gingen nicht schon in der Frühe fischen, wie sie es vorgehabt hatten. Zunächst gruben sie den Kopf des Fisches und seine Innereien an den Wurzeln der Passionsfrucht ein. Danach brachen wir alle in den Busch hinter unserm Haus auf, um grünes manuka-Reisig für das Räucherfeuer zu holen. Hemi entfachte das süßriechende Feuer in der Räuchertonne, und wir nahmen die Aalstücke aus der Lake und tupften die Feuchtigkeit mit einem Tuch ab. Dann hängten Hemi und Onkel Stan die Stücke in die Tonne, in der der Rauch aufstieg, und sie zeigten James und uns anderen, wie man das Räucherfeuer mit dem manuka in Gang hält, ohne daß es offene Flammen gibt.

Für den Rest des Tages waren wir damit beschäftigt, uns um den Rauch zu kümmern. Ich erinnere mich zwar nicht, aber ich weiß, daß unser Bruder James derjenige war, der für alles sorgte und alles verstand und wußte, was er zu tun hatte. Er konnte schon immer Erwachsenenaufgaben ausführen. Er war immer schon sorgfältig und geduldig und ordentlich, so wie Hemi, das sagt unsere Mutter Roimata immer.

Als Hemi und unsere Onkel nach Hause kamen, waren sie mit James und uns anderen sehr zufrieden, und sie nahmen die Aalstreifen aus der Tonne.

Das Aalfleisch war goldfarben und roch nach dem Meer und den Bäumen. Wir wollten sofort etwas davon haben, aber Hemi wurde ein bißchen unwirsch, und er erklärte uns, daß man mit dem Essen nicht eher anfängt, als bis man es geteilt hat, besonders wenn es aus dem Meer stammt. Wir sind eine große Familie, sagte er, das sollten wir niemals vergessen.

9

Toko

Zu der Geschichte, die sich zugetragen hatte, als ich fünf war, gibt es noch mehr zu erzählen, und zwar, wie ich zu Granny Tamihana ging, um ihr ihre Stücke von dem Fisch zu bringen.

Granny hörte mich ihren Weg heraufkommen. Sie wußte wegen des besonderen Klanges meiner Schritte, daß ich es war, und rief: »Haerema. Tokowaru-i-te-Marama.« Ich setzte mich auf ihre Türschwelle, um die Stiefel auszuziehen, obwohl das für mich keine Vorschrift war. Ich darf meine ganz besonderen Stiefel im Haus tragen, wenn ich sie mir ordentlich abputze. Aber ich war froh, die großen Stiefel von den Füßen zu bekommen und in Grannys Küche gehen zu können. Granny war nicht in der Küche, aber ich wußte, wo sie sein mußte. Ich ging zu der kleinen verglasten Veranda, wo sie auf ihrem Schaffell saß und Flachs für ihre Körbe vorbereitete.

Ich hielt die Tasche mit dem Fisch hoch, damit sie sie sehen konnte. Sie sagte, ich sei wirklich sehr tüchtig und stark. Daran erinnere ich mich noch. Sie sagte, ich sei ein guter Fischer und ein guter kleiner Vater für sie und ein guter kleiner Vater für die ganze Familie und daß ich mich mit dem Fisch selbst hergäbe. Und sie sagte, sie würde es sich nicht nehmen lassen, den Fisch für mich in Milch zu kochen, und daß sie und ich den Fisch zusammen essen würden, bald, hier an ihrem eigenen Tisch. Sobald ihr Korb fertig sei.

Ich legte den Fisch in ihren Kühlschrank, damit die

kleine Katze ihn nicht stahl. Dann sahen die Katze und ich der Granny zu, wie sie die Flachsstengel kratzte und an den Enden muka daraus machte. Sie flocht die muka zusammen, bis ihre Arbeit wie die Mittelgräte aussah, die Hemi aus meinem Fisch herausgenommen hatte.

Während sie arbeitete, sagte und zeigte sie mir, was man hochheben mußte und wo ziehen, aber es war zu viel, als daß ich es hätte behalten können. Es sah aus, als würde sie einfach mit den Händen winken – als hielte sie die Flachsstengel und vollführte mit ihren Händen einen kleinen grünen Tanz, und schon war nach einer Weile ein neuer Korb für mich fertig.

»Ich drücke mich darin aus«, sagte sie. »Und gebe es dann her.«

Die Sonne rückte allmählich in den kleinen Raum aus Fenstern vor. Ich weiß noch, wie ich mich warm und glücklich auf einem von Grannys Teppichen fühlte, mit dem Gartengeruch von Flachs und dem Meeresrauschen ihrer Stimme und den Geräuschen, die ihr Körper bei jeder Bewegung machte, und ihren Händen voller Linien.

»Hier ist dein Korb. Er ist fast fertig«, sagte sie. »Mache nachher ein paar Griffe dran, wenn wir unser kai hatten.«

Vielleicht bin ich dann eingeschlafen, aber ich bin mit Granny in die Küche gegangen und habe ihr dabei zugesehen, wie sie den Fisch in einem Topf mit Milch ziehen ließ, den Teig für das paraoa parai rührte und dann die Teigfladen in eine Pfanne mit Fett gleiten ließ. Ich weiß noch, wie wir beide an ihrem Tisch gesessen haben, und der Fisch dampfte auf unseren Tellern, und der Sirup schmolz und rann an den Seiten von unserem warmen Brot herab. Ich habe noch vor

Augen, wie Granny ihre Fingerspitze auf den Knopf ihres Teekannendeckels legte, als sie Tee für uns eingoß. Vielleicht weiß ich es auch nur deshalb, weil es etwas ist, was sie immer macht. Ich weiß noch, daß sie redete und redete und mir Ratschläge gab, was ich in meinem noch vor mir liegenden Leben anfangen sollte. Einiges von dem, was sie mir sagte, verstand ich nicht ganz, und es blieb irgendwo am Rand hängen. Selbst wenn mein Horizont weiter war, als es bei jemandem, der fünf ist, gewöhnlich der Fall ist. Na ja, das ist etwas, was mir erzählt worden ist. Als Ausgleich für einen geraden Körper, und um das Beinahe-Ertränktwerden wieder wettzumachen – das hat mir zwar keiner gesagt, aber ich denke, es könnte so sein.

Und ich weiß noch, wie Granny vom Tisch aufstand und den Schürhaken von der Wand nahm, wo er immer hing, und die Feuerklappe von dem Holzherd aufschwang. Sie beugte sich vor und schürte das brennende Holz, daß die Funken stoben, und legte dann nach. Das Feuer erfaßte das neue Holz, und die trokkene manuka-Rinde hob sich und zog sich zusammen und flammte auf. Es bullerte im Schornstein, als ob ein Sturm käme.

Dann stand Granny da wie eine magische Feuerfrau, und ich dachte, sie hätte aus dem Feuer kommen können. Sie stand da, in ihrer dunklen Kleidung, mit ihrem ururalten Gesicht und Haaren voller Rauch. Ihre Augen hatten einen schwarzen Mittelpunkt, aber das Weiße war von roten Linien durchzogen wie von winzigen feurigen Pfaden. Und ich versuchte, diese feurigen Pfade entlangzuwandern, stellte aber fest, daß sie an Orte führten, wohin man schwer folgen konnte. Der Weg entlang der Pfade war zu weit und zu magisch, zu geheimnisvoll und zu versperrt, als daß man hätte folgen können, oder jedenfalls kommt es mir jetzt so vor.

Wir wuschen und trockneten unser Geschirr ab und stellten es weg. Ich schüttelte das Tischtuch draußen aus, wo die Möwen hinkamen, und ging zu Granny ins Wohnzimmer mit seinen großen braunen Sesseln und blumenbezogenen Kissen und Photographien in großen Holzrahmen. Die Photographien stammten von Leuten aus alter Zeit in ihren besten Sachen. Eine zeigte Granny als Kind; sie stand neben ihrem Bruder, der seit siebzig Jahren tot war. Das hat Granny erzählt. »Das ist Tokowaru-i-te-Marama, dein Urgroßonkel, und er ist jetzt seit siebzig Jahren tot. Nur er und ich, weißt du?« sagte sie. »Wir zwei. Und danach nur ich noch.«

Wieder im kleinen Fensterraum sah ich Granny zu, wie sie muka machte und die Griffe zu meinem Korb flocht.

»Wir ritten auf unseren Pferden«, sagte sie. »Kurz nachdem dieses Photo gemacht worden war, und die Ebbe war auf ihrem tiefsten Stand. Wir galoppierten auf unseren Pferden über den von der Ebbe freigegebenen Sand. Nun, es war an diesem Tag ein kehua da, auf so einem kleinen Felsen, und dieses kehua jagte dem Pferd meines Bruders einen großen Schrecken ein. Ja, das Pferd sieht ein sehr großes kehua auf dem Felsen sitzen, der da aus dem niedrigen Wasser herausragt, hier geradeaus. Also. Das Pferd wird wild, weißt du, furchtbar wild. Das Pferd hat einen großen Schrecken gekriegt. Mein Bruder fliegt durch die Luft, weißt du, weil das große kehua sein Pferd wild gemacht hatte. Und herab, herab und klatscht ins niedrige Wasser. Und zack. Er bricht sich den Schädel an diesem Felsen da, auf dem ein großes kehua sitzt. Mein armer Bruder, ka pakaru te upoko.

Damals habe ich geweint und geweint wegen meinem Bruder. Und hab ihm auch eine Ohrfeige gegeben. Sie haben meinen Bruder fertig gemacht für die Leute, die kommen würden, und ihn schön angezogen und ihn da in unserem wharenui gebettet. Und ich habe ihn mir angesehen und, stell dir vor, ich habe ihn ganz fest geschlagen. Ich habe meine Blumen wie wild auf den Boden geschmissen und so fest ich konnte gegen den schönen Kasten getreten, in dem mein Bruder lag.

Nun ja, mein Vater und meine Tanten haben mich angeknurrt und mich festgehalten, und ich konnte nicht mehr um mich schlagen und treten. Ich mußte danach ein braves Mädchen sein. Die Leute kamen von überall her und sahen sich meinen Bruder an. Ich mußte ein braves Mädchen sein.

Noch lange Zeit danach kein Fischen«, sagte Granny. »Kein Fischen und kein In-das-Meer-Gehen mehr. So, wie damals, als du geboren wurdest, Kleiner Vater. Alle Leute mußten warten und warten, bis das Wasser wieder in Ordnung war. Wie bei dir damals, Kleiner Vater.«

Sie gab mir den fertigen Korb, der kühl war und nach frischem Grün roch, dann führte sie mich wieder zu den Photos.

»Zu der Zeit, als dein Urgroßonkel geboren wurde, zu der Zeit starben alle diese Leute an einer schlimmen Krankheit, tokowaru i te marama. Acht Menschen starben hier in einer Woche, acht tupapaku auf unserem marae. Acht in einem Monat. Aber es ist ein guter Name für dich, Kleiner Vater, der Name deines Urgroßonkels. Und es ist jetzt dein eigener Name.«

Ich dachte an den anderen Tokowaru-i-te-Marama, der über den Sandstrand galoppierte, von seinem Pferd abgeworfen wurde und mit dem Kopf gegen den Felsen schlug. Der dumpfe, harte Klang von dem Aufschlag, als mein Vater mit dem schweren Knüppel auf meinen großen Fisch einschlug, kam mir wieder in den Sinn. Und das Leben des Toko vor Urzeiten und das Leben meines großen Fisches schienen sich irgendwie zu verbinden. Da mußte ein großes kehua sein.

Ich zog meine Stiefel an und ging am Strand entlang nach Hause und trug dabei die Gaben, die ich bekommen hatte, auf der Schulter.

Es gibt noch etwas, das mit meiner Geschichte als Fünfjähriger und der Geschichte von meinem großen Fisch zu tun hat. Es geht um den Passionsfruchtwein. »Wein« und »Lake« waren damals beides neue Wörter für mich, und wann immer ich diese Wörter höre, habe ich sofort diese Zeit vor Augen.

Meine Mutter Roimata hatte einen Ableger von Granny Tamihanas Wein. Zu der Zeit, als ich meinen großen Fisch gefangen hatte, war der Ableger trocken und abgestorben, so habe ich es erzählt bekommen. Aber nachdem wir den Fischkopf und die Eingeweide dort vergraben hatten, fing die Pflanze wieder üppig zu wachsen an. Die Triebe krochen überall herum, als hätten sich die Aale vervielfältigt. Es war, als ob der große Aalkopf mit seinen kleinen Samen-Augen ständig einen Schweif von Nachkommen nach dem anderen hervorbrachte. Die vielen kleinen Aale rankten an den Schuppenmauern und den Bäumen empor, peitschten mit ihren Schwänzen, hakten sich überall an den Mauern und Zweigen fest und wuchsen und verzweigten sich dabei ständig. Und die Aal-Reben hatten tausend verborgene Augen, tausend Schwänze und tausend verborgene Herzen.

Die Herzen sind dunkel und warm und passen genau

in eine hohle Hand. Man kann die Herzen schmerzlos herausziehen, und wenn man sie öffnet, findet man tausend dunkle Samen-Augen. Die Samen sind ein neuer Anfang, aber sie stammen von etwas Totem. Tja, das ist mit allem so – sagt meine Mutter Roimata. Das Ende ist immer ein Neubeginn. Tod ist Leben.

Die goldene samenreiche Frucht hat einen scharfen und beißenden Geschmack, und hinterher hat man rote fleckige Finger, und der Mund tut weh und blutet.

Und der endlose Wein, der überall hinklettert, ist wie eine Erinnerung an die Zeit, als ich fünf war, die wirklich eine Jetzt-Zeit ist, und an den großen bellenden Fisch, der, wie ich wußte, in der Nacht mit dem weißen Himmel in der orangefarbenen Lagune auf mich wartete.

10

Hemi

An dem Tag, als der Betrieb endgültig dichtmachte, ging er am Strand entlang nach Hause und führte ein Pferd an der Leine. Es war ein gutes Pferd, ruhig und stark, auch wenn es für seinen Zweck ein bißchen zu alt war.

Es war für viele Leute ein schweres Jahr gewesen, mit immer weniger Arbeitsplätzen und so vielen Menschen, die arbeitslos waren. Es war eine Zeit von Gehaltseinstellungen und Streiks und viel politischer Unruhe gewesen, und jetzt war auch er arbeitslos. Aber eigentlich war er glücklich. Es tat ihm leid, daß die Leute allgemein so ein hartes Schicksal zu erwarten hatten, aber für sich selbst, für das whanau war er froh. Er hatte Wichtiges vor, Wichtiges, das schon seit Jahren in seinem Kopf steckte, und bislang hatte er nichts weiter getan, als darüber zu reden. Vielleicht inzwischen ein bißchen zu alt dafür? fragte er sich. Nun, er war immer schon ein bißchen langsam gewesen, wenn es darum ging, etwas voranzutreiben, war eher geneigt, die Dinge sich entwickeln zu lassen. Er hätte schon früher damit anfangen sollen, zum Wohl der Arbeitslosen, die nach Hause zurückkehren wollten. Aber jedenfalls war jetzt der Zeitpunkt gekommen.

Es war über fünfzehn Jahre her, als er mit fünfzehn mit der Schule aufgehört hatte, um das Land zu bearbeiten, nachdem sein Vater gestorben war. Er trug damals einen großen Teil der Verantwortung für die Felder, während sein älterer Bruder Stan weg war, um seine Ausbildung fortzusetzen, und seine Cousins ihr Handwerk lernten. Seine eigene Lehrzeit, seine eigene Ausbildung hatte er in der Landwirtschaft verbracht, und als sein Vater gestorben war, hatte sein Großvater Tamihana ihm alles beigebracht, was mit Pflanzen, Hegen, Ernten, Lagern und Verkaufen zu tun hatte. Er hatte gelernt, das Wetter zu beobachten und die Jahreszeiten, die Mondphasen und die Rituale, die zum Pflanzen dazugehören. Gleichzeitig hatte er gelernt, daß er diese Kenntnisse für seine Leute erhalten hatte und daß sie alle ihr Vertrauen in ihn und sein Wissen setzten. Es war nicht nur für ihn, sondern für die ganze Familie da.

Jahrelang war ihr Lebensunterhalt ganz annehmbar gewesen, wobei er und sein Großvater die Hauptarbeit leisteten und andere ihnen halfen, wo sie konnten. Dann starb der alte Mann, und als auch noch seine Geschwister und Cousins heirateten, ihr eigenes Zuhause aufbauten und eine Familie gründeten, da reichte es nicht mehr zum Überleben, und es waren nicht mehr genug Leute da, die Zeit genug gehabt hätten, auf den Feldern zu arbeiten.

Er war nicht glücklich darüber gewesen, daß er das aufgeben mußte, was, wie er wußte, in seine Obhut gegeben war. Aber er hatte es nur vorübergehend aufgegeben, das hatte er immer gewußt. Er hatte immer gewußt, daß er eines Tages auf sein Land zurückkehren und daß das Land sie wieder alle ernähren würde.

Und sie besaßen ihr Land immer noch, das war etwas, was einem ein sicheres Gefühl gab. Sie besaßen immer noch alles, bis auf die Hügel. Die Hügel nicht mehr, aber das war vor seiner Zeit gewesen, und daran konnte er nichts ändern, keiner konnte etwas daran ändern. Was damals passiert war, war nicht richtig, aber es war aus und vorbei. Jetzt war wenigstens die Familie noch da, auf dem Land der Vorfahren. Sie hatten immer noch ihr urupa und ihr wharenui, und das Wasser da draußen war noch sauber.

Trotzdem war es auch nicht immer leicht gewesen. Sie hatten all die Jahre aufpassen, vorsichtig sein müssen. Die Familie hatte Anfragen erhalten, ob sie nicht das Land hinter den Häusern verkaufen wollten, und sie wurden unter Druck gesetzt, die Straße am Strand entlang zu erschließen. Aber sie hatten alle jahrelang standhaft widerstanden. Und das war auch gut so.

Heutzutage legten die Leute mehr Wert auf ihr Land. Nicht nur auf ihr Land, sondern auch auf ihre Besitztümer. Das mußten sie auch, wenn sie nicht gänzlich von der Erdoberfläche verschwinden wollten. Es war jetzt eine größere Entschlossenheit da – Entschlossenheit, die Hoffnung weckte, und die Hoffnung wiederum weckte Vertrauen und Energie. Es kam etwas in Bewegung, und das ging so weit, daß das Volk dafür kämpfte, daß seine Sprache, die im Begriff war, verlorenzugehen, erhalten blieb, und es ging so weit, daß das Volk dafür kämpfte, das Land, das ihnen vor Jahren verlorengegangen war, zurückzugewinnen. Die Menschen von Te Ope waren ein Beispiel dafür, und es sah jetzt ganz gut für sie aus. Sie sollten ihren Kampf am Ende doch gewinnen, nach jahrelangem Briefeschreiben und Delegationen und Protest. Aber erst als die Menschen sich zu einer Besetzung entschlossen, hatte man ihrer Lage Aufmerksamkeit geschenkt und eine Untersuchung angeordnet. Die Te Ope werden sich jetzt durchsetzen, nachdem das Gericht ihnen in dem Recht gegeben hat, was sie immer beansprucht hatten, und ein Urteil zu ihren Gunsten gefällt worden ist. Schön für sie. Das war etwas, was einem Mut machen konnte. Er war stolz darauf, daß er und seine Familie, das ganze whanau die Te Ope unterstützt hatten. Nun, sie hatten es mit ihren koha ja auch nicht weit, und Tangimoana, James und andere Kinder hatten während der letzten zwei Jahre viele Wochenenden dort verbracht. Das war etwas, worauf man stolz sein konnte, und es war sowieso richtig, daß sie ihnen ihre Unterstützung gegeben hatten. Schließlich hatten sie ihre eigenen Verbindungen dorthin, ihre eigenen whanaunga. Es war richtig gewesen, daran gab es nichts zu rütteln.

Die Kinder hatten ihnen nicht nur ihre Hilfe und Unterstützung gegeben, sondern hatten selber auch einiges dabei gelernt. Noch eine letzte Schlacht vor Gericht, und die Te Ope würden endlich ihr eigenes wharenui auf ihrem eigenen Land bauen, wieder aufbauen. Sie hatten schon Pläne entworfen, so voller Vertrauen waren sie, und sie hatten James gefragt, ob er kommen und ihnen bei den Schnitzereien für ihr Haus helfen wolle. Na, das war eine große Sache. Sie hatten immer Holzschnitzer unter ihren tipuna gehabt, aber obwohl die Schnitzereien und Geschichten überlebt hatten, hatte das Handwerk nicht überlebt. Jetzt, dank James und dank eines alten Mannes aus Te Ope, würden sie diese künstlerischen Fähigkeiten wieder in ihre Familie aufnehmen.

Es war vorherbestimmt, alles war vorherbestimmt, und die Menschen hatten nicht vergessen, sich Gedanken zu machen. Vieles war verlorengegangen, aber die Menschen hatten stets das Wissen darum, wie man sich füreinander einsetzt, wach gehalten. Es war gut so. He aha te mea nui i te ao? He tangata, he tangata, he tangata. Er glaubte daran.

Und die Menschen mühten sich wieder um ihr Land. Sie wußten, daß sie zu diesem Grund und Boden gehörten. Sie hatten immer schon gewußt, daß man dadurch einen Halt bekam, sonst war man wie Staub, der in alle Himmelsrichtungen geblasen wird – man war verloren, weg. Es war gut, daß das jetzt mehr in den Blick geraten war, und es machte Hoffnung.

Für ihn hieß arbeitslos zu sein, daß er auf diese Weise in der Lage war, seine eigentliche Arbeit fortzusetzen und das weiterzugeben, was er erhalten hatte. Alles war vorherbestimmt, daran hatte er immer schon geglaubt. Aber wenn man die Zeichen übersah oder auf Abwege geriet, konnte man sich verlieren. Alles war vorherbestimmt, aber man mußte schon selbst seinen Teil dazu beitragen.

Die beiden Kinder hatten ihn mit dem Pferd daherkommen sehen. Sie waren enttäuscht, daß es kein Reitpferd war, aber es war gut, überhaupt wieder ein Pferd zu haben. Dieser herrliche Pferdegeruch, der mit zum Land gehörte, und eine Brise frischer Meerluft, die sich damit vermischte. Er konnte Manu und Toko ein bißchen reiten lassen, dann mußte er los und den Zaun, den er gerade machte, fertigstellen. Er hatte jetzt viel Zeit, um alles in Schwung zu bringen, und er würde auch viel Hilfe bekommen. Da waren die Heranwachsenden, die keinen Arbeitsplatz hatten, und die nur darauf warteten, etwas tun zu können, was ihr Eigenes war, nur für sich. Da waren diejenigen, die weggezogen waren, aber zurückkehrten, sobald sie von ihrem Arbeitgeber auf die Straße gesetzt würden.

James verbrachte seine Zeit hier und in Te Ope und brachte auf diese Weise andere Kunstfertigkeiten zurück in die Familie. Er kam nach Hause, wenn er gebraucht wurde.

Tangi sollte auf die Universität, denn das war es, was die Leute von ihr erwarteten. Sie verbrachte die Ferien zu Hause bei ihnen.

Sie mußten dafür sorgen, daß sie zunächst einmal für ihr eigenes kai genügend produzierten und natürlich für jedes manuhiri auch. Das würde nicht einfach sein. Später würde dabei auch noch ein Überschuß zum Verkaufen und Lagern herausspringen. Sie würden es mit anderen Getreidesorten versuchen, die Nachfrage war jetzt anders. Sie konnten doch nicht so lange warten, bis sie da einen Platz gefunden hatten.

»Wie heißt es denn?« Manu hielt Toko am Arm fest. Sie waren gerannt.

»Werdet euch wohl einen Namen ausdenken müssen.«

»Hat es denn noch keinen Namen gehabt?«

»Hab nicht danach gefragt, wir werden ihm halt einen Namen geben.«

»Können wir denn auf ihm reiten?«

»Ist kein Reitpferd, aber ihr könnt euch draufsetzen. Es ist ein Arbeitspferd.«

Er half Manu auf das Pferd hinauf, hob dann Toko hoch und setzte ihn davor.

»Es braucht einen großen Namen«, sagte Toko.

»Dann nennt es doch Kaha.«

Kaha. Ja, das war ein guter Name, stark, aber sanft. Manu hatte den Dreh heraus. Er erkannte immer das Besondere an einer Person – oder einem Pferd. »Kia kaha«, sagte er und bewegte das Pferd wieder vorwärts.

Roimata erwartete sie auf der Veranda.

»Was hältst du von ihm, Roi?«

»Groß. Größer als das, was ihr früher hattet.«

»Das hier ist ein Arbeitstier.«

»An den kalten Morgen, wenn ihr schnell mit eurem

Pferd auf die Schule zu geritten kamt, sah man, wie es dampfte.«

Jahre zurück.

Manu glitt über die Flanke des Pferdes herab auf die Veranda. Hemi hob Toko herunter und zügelte das Pferd. »Wir können es hinter dem Haus weiden und irgendwas für Wasser aufstellen«, sagte er. »Dann müssen wir den Zaun noch fertigkriegen, ehe es dunkel wird. Kia Kaha.«

Das Schweineschwanz-Mädchen. Wartete jeden Morgen auf sie und hielt ihnen das Gatter zur Schulkoppel auf. Und war so lieb zu Mary, er würde das nie vergessen. Keiner von ihnen würde das je vergessen. Ein paar Jahre danach, sie war sechs oder sieben, brachte ihr Vater sie zum erstenmal hierher ans Meer. Kurz nachdem ihre Mutter gestorben war. Müssen damals schon ein einsames Paar gewesen sein, aber er hatte bis dahin nicht darüber nachgedacht. War ein guter Mann, ihr Vater. War während der Kriegsjahre gut zu ihnen. Er kam her und half den alten Leuten in einer Zeit auf den Feldern, als keine jungen Männer da waren. Wenn es einen Todesfall oder eine Heirat gab, war er zur Stelle und half mit.

So, als wäre er ein weiterer Onkel. Und Roimata war für die anderen Kinder wie eine weitere Cousine. Hätte damals nie daran gedacht, daß er eines Tages mit ihr verheiratet sein könnte, aber sie hatte es gewußt. Sie sagte, sie hätte es schon gewußt, als sie fünf war, daß sie ihn heiraten würde. Nun, er war wirklich lahmarschig, aber er glaubte daran, daß alles vorherbestimmt sei. Konnte sich nicht ein Leben mit jemand anderem vorstellen, auch wenn es so war, daß es eine Zeitlang jemand anderen in seinem Leben gegeben hatte.

Konnte sich nicht daran erinnern, wo er Sue kennengelernt hatte, aber wahrscheinlich war das bei einer Party gewesen. Im Rugby-Club, höchstwahrscheinlich. Er schien in sie verliebt zu sein, wirklich verliebt zu sein. Damals. Aber rückblickend war es nicht schwer festzustellen, daß ihn und Sue eigentlich nichts miteinander verband. Genau das hatte Granny Tamihana schon damals gesagt. Sie hatte ihm erklärt, er könne doch nicht eine Frau heiraten, die er nur einmal bei einer Tanzveranstaltung getroffen habe, eine Frau, mit der ihn nichts verbinde, oder sonst jemanden aus seiner Familie. Niemand sonst hätte auf Granny und ihr Gegrummel gehört, und auch er hatte zunächst nicht hinhören wollen. Aber dann hörte er doch auf sie, und es war ihm klar, es war ihm eigentlich die ganze Zeit klar gewesen. Auch Sue war es klar gewesen. Es war ihnen beiden klar gewesen, daß er niemals von dort weggehen würde, daß er seine Schwester Mary oder seine Mutter, die damals schon krank war, allein lassen würde. Und Sue hätte sich niemals in ihren Haushalt eingefügt, das war ihnen beiden klar gewesen.

Er war damals schon sehr einsam gewesen, als Sue fortgegangen war, und er hatte gedacht, er würde niemals heiraten. Nicht, daß er nicht gewollt hätte, aber so war das Leben nun einmal. Er konnte die Augen nicht davor verschließen.

Dann war Roimata gekommen. Sie war immer ein Teil ihres Lebens gewesen, sie und ihr Vater. Aber sie war von dort weggegangen, als sie fünfzehn war, so alt wie Tangimoana jetzt war. In vielerlei Hinsicht war er damals schon ein Mann gewesen, mit den Arbeitsbelastungen eines Mannes. Roimata war wie eine junge Cousine, die wegzieht. Nicht, daß er sie vergessen hätte, aber es war doch Mary gewesen, die es viel stärker wahrgenommen hatte, daß Roimata weg war. Mary war diejenige gewesen, der sie gefehlt hatte.

Er hatte damals noch nicht gewußt, daß Roimata zwölf Jahre später wiederkommen würde, um nach ihm zu sehen. Trotzdem komisch, denn als sie kam, als er sie sah, da wußte er gleich... als hätte er die ganze Zeit gewartet... Es war alles vorherbestimmt, daran glaubte er.

Hinter dem Haus nahm er wieder die Arbeit an dem fast fertigen Zaun auf. Am nächsten Tag wollte er das Geschirr sichten, das im Schuppen hing. Glaubte nicht, daß allzu viele Reparaturen notwendig wären, vielleicht ein bißchen entrosten, aber eigentlich hatten sie sich all die Jahre darum gekümmert. Sie würden zunächst den Grund hinter dem Haus abholzen und dann mit dem Pflügen beginnen. Er war schon ganz versessen auf die erste Furche, auf das Erstemal-Boden-Umbrechen. Vor Wintereinbruch würden sie ihr Brennholz von den Hügeln holen. Ein Pferd war einfach nicht zu schlagen, wenn es darum ging, manuka von den Hängen herunterzuholen.

Und er hatte zurzeit so vieles zugleich im Kopf. Da waren nicht nur die Felder, es war einfach alles, der ganze Ort, die Menschen. Da war das Meer. Es stimmte wohl, daß sie sich das Meer und die Küste zunutze gemacht hatten, aber jetzt taten sie das nicht mehr in dem Maße wie früher. Die Kinder hatten schon eine Menge gelernt. Sie kamen im Wasser gut zurecht und auch mit den Booten, aber es gab noch viel, was man ihnen zeigen konnte, jetzt wo die Zeit dafür vorhanden war und die Unabhängigkeit. Das war jetzt wichtig, wichtig für ihr Überleben. Da war das ganze Wissen über die Mondphasen und die Gezeiten, Winde und Strömungen, und wie man einen guten Fischgrund findet, alles das mußte ihnen erklärt werden. Nicht nur erklärt, sondern gezeigt. Da waren Handfertigkeiten, die weitergegeben werden mußten, wie das Flicken der Netze und das Herstellen der Gefäße zum Fangen von Langusten.

Dann waren da noch, abgesehen von Land und Meer und abgesehen von dem, was zum Überleben notwendig war, ihre Lieder und Geschichten. Da war ihre Sprache. Es war jetzt eher möglich, dafür zu sorgen, daß sie, die Älteren, das weitergaben, was sie wußten.

Die Kinder waren heutzutage anders. Sie wollten in erster Linie etwas über ihre eigenen Angelegenheiten erfahren. Sie waren stolz und versteckten ihre Kultur nicht, und keiner konnte sie mehr wie Scheißdreck behandeln.

Von ihnen war seinerzeit erwartet worden, daß sie das alles verbargen, daß sie vorgaben, nicht das zu sein, was sie waren. Es ist schon seltsam, wie Menschen sich gegenseitig sehen. Seltsam, wie man sich selbst in dem Raster sieht, in den einen die anderen hineinpressen, und wie man aufhört, Selbstvertrauen zu haben. Es kam allmählich so weit, daß man glaubte, man müsse sich im alten Seetang verstecken wie ein Sandfloh, und alles, was man tun konnte, wenn man aufgeschreckt wurde, sei, wegzuhüpfen und zu hoffen, daß keiner auf einem herumtrampelte. Aber natürlich trampelten sie auf einem herum.

Nun gut, ihre Vorfahren waren in Schulen und Büchern und überall für wertlos erklärt worden. Und ebenso ihre Bräuche und ihre Sprache. Wurden immer noch für wertlos erklärt, soweit er sehen konnte. Für wertlos erklärt oder mißachtet. Und wenn das alles für wertlos erklärt wird, dann war das ein Angriff auf einen selbst, auf ein ganzes Volk. Man konnte durch so einen Angriff geschwächt werden, man konnte aber auch wieder stark werden.

Die Kinder heutzutage waren stark, jedenfalls einige von ihnen. Andere waren verloren und ohne Hoffnung. Und die Starken? Die waren anders, hartnäckiger, als er und seine Altersgenossen als Kinder gewesen waren. Sie nahmen einige der Bemerkungen, die sie über sich selbst bekamen, nicht einfach hin, konnten sich das auch gar nicht leisten, wenn sie auf der Erdoberfläche bleiben wollten.

Bildung war eine gute Sache, das hatte er immer geglaubt, hatte es für seine Kinder angestrebt. Und die Kinder fanden das auch. Aber die Kinder nahmen nicht jeden Unsinn hin, und das war auch richtig so. Er wußte nicht, was mit ihnen allen damals falsch gelaufen war. Sie hatten sich blindlings auf alles gestürzt und versucht, einen Weg in den Himmel zu finden. Hatten alles geglaubt, was ihnen über sie eingeredet wurde, alle Demütigungen hingenommen, als wäre das gut für sie.

Natürlich hatte es schon zu seiner Zeit auch Ausnahmen gegeben, so wie ihr Kumpel Reuben dort oben in Te Ope, der genauso alt war wie er. Zu der Zeit, als er selbst auf dem Land arbeitete und lernte, was er nur lernen konnte, setzte Reuben sich mutig gegen sie alle zur Wehr und wich nicht einen Zentimeter. Während vieler Jugendjahre und zunächst ganz auf sich allein gestellt. Aber Reuben hatte sich niemals etwas vormachen lassen oder alte Leute als Trottel hingestellt, so wie die Behörden es getan haben. Es stimmte zwar, daß Junge und Alte zu gewissen Zeiten ziemlich wüste Meinungsverschiedenheiten darüber hatten, wie man mit diesem und jenem umzugehen hatte, aber Reuben richtete seinen Blick immer gradeaus. Ohne Selbstzweifel. Immer im Vertrauen auf sich selbst und auf sein Volk.

Seine Tochter Tangi war genauso, erlaubte niemandem, sie selbst oder ihr Volk zu verunglimpfen. Die hatte eine klare Vorstellung von dem, wofür sie eintrat, und niemand konnte sie an der Nase herumführen. Wenn sie zu Reubens Zeit gelebt hätte, wäre sie bei ihm da oben gewesen und hätte ausgespuckt. Ja, Tangimoana war genauso. Er hoffte, daß seine Tochter nicht zu sehr darunter würde leiden müssen, daß sie zu dieser Art von Mensch gehörte.

Die Nacht, in der sie geboren worden war, war die schlimmste Nacht in seinem ganzen Leben. Die Kleine war ohne allzugroße Schwierigkeiten gekommen, aber dann gab es Probleme mit der Nachgeburt, und seine Roimata wäre fast gestorben. Als er sie nach der Notoperation so daliegen sah, ohne jede Farbe und regungslos, hatte er das Gefühl, er habe sie umgebracht.

Hatte danach keine Kinder mehr gewollt, aber nach ein paar Jahren hatte Roimata entschieden, daß sie noch ein Kind haben wollte. Ihr ging es diesmal gut, aber jetzt war es der kleine Manu gewesen, der um sein Leben kämpfte, und er brachte die ersten paar Wochen im Brutkasten zu. Nun, vielleicht blieben diese ersten paar Wochen die einzige Zeit in seinem Leben, die Manu fern von seiner Familie verbringen mußte, die Zeit würde es zeigen. Man mußte auf das vertrauen, was die Menschen tief in ihrem Herzen wußten. Die Menschen wußten allerhand in ihrem Herzen, sogar kleine Kinder oder vor allem kleine Kinder. Manu wußte, daß er nicht zur Schule gehen sollte, und ihre Entscheidung, ihn zu Hause zu behalten, stellte sich für sie alle als gut heraus. Sie mußten entscheiden, was wichtig war und was nicht.

Nach Manus Geburt hatten sie sich entschieden, keine Kinder mehr haben zu wollen. Und er hatte sich dann entschieden, bei sich selbst etwas dafür zu unternehmen. War damals noch nicht so einfach. Alles war ja vorherbestimmt, aber das bedeutete nicht, daß man nur dasitzen mußte und hoffen. Die alten Tanten hatten ihn deshalb natürlich aufgezogen, aber das war nur ihre Art, es offen auszusprechen und ihn wissen zu lassen, daß sie ihm bei dem, was er gemacht hatte, den Rücken stärkten, ihn wissen zu lassen, daß sie glaubten, er habe seine guten Gründe. Aber wie üblich war es die Angelegenheit der ganzen Familie.

Deshalb war Toko ein richtiges Geschenk gewesen. Natürlich war das nicht ihr erster Gedanke gewesen, weil sie damals aufgebracht und wütend waren. Wütend war eigentlich nicht das passende Wort. Er hätte am liebsten jemanden umgebracht... irgendeinen. Wußte nicht wen und hatte nur Vermutungen. Sie erfuhren nichts von Mary, die keine Erinnerung oder keinen Begriff von dem hatte, was sie fragten, und es schien so, als hätte sie auch keine Erinnerung an die Geburt des Babys. Niemals würde er vergessen, wie sie ihn in jener Nacht angesehen hatte, als er nach Hause kam. Ausdruckslos. Sprachlos. Und niemals wird er das arme verwachsene kleine Baby vergessen, das er gezeigt bekam.

Dieser alte Kerl war niemals wieder aufgetaucht, zu seinem Glück, aber trotzdem hatte man nur Vermutungen. Aber woran sie am Anfang gar nicht gedacht hatten, war, daß es ja auch sie gewesen sein konnte... Mary. Ihr eigenes... Verlangen. Aber auch dann wäre ihr übel mitgespielt worden.

Zunächst hatten sie versucht, ihn, Williams, aufzuspüren. Sie hatten herausgefunden, daß er ein kleines

Haus am Ende der Bahnlinie hatte, wo er im Winter wohnte, aber das Haus war leer gewesen, als er und Stan hingekommen waren. Die Nachbarn hatten erzählt, daß der alte Knabe jedes Jahr im späten Frühjahr die Straßen und Strände unsicher machte und daß er seit einer Woche weg sei. Dann hatten sie kurze Zeit danach in der Zeitung gelesen, daß er irgendwo am Straßenrand tot aufgefunden worden war.

Mein Gott, war er damals außer sich gewesen. Er fühlte sich immer noch schuldig, nicht mehr wütend, aber schuldig, wo er doch seiner Mutter versprochen hatte, immer gut auf Mary aufzupassen. Sie hatten jedenfalls den alten Kerl als Vater angegeben, ob er nun verantwortlich war oder nicht. Joseph Williams.

Hatten seinen Namen gar nicht gekannt, bis sie ihn von den Nachbarn erfahren hatten. Ja, und Mary – sie schien ihn auch gekannt zu haben. Dann hatten sie das von Joseph Williams in der Zeitung gelesen. Da stand auch eine ausführliche Beschreibung von ihm drin.

Jedenfalls war Toko etwas ganz Besonderes, das sie geschenkt bekommen hatten, zweifellos, Joseph Williams hin oder her. Ein taniwha. Genau das hatten sie bekommen, ein taniwha, das einem irgendwie Kraft verlieh… und ihnen Freude machte.

Und er selbst hatte viel bekommen und konnte sich jetzt, wo er endlich wieder zu den Familienangelegenheiten zurückgekehrt war, dessen, was er erhalten hatte, würdig erweisen. Man mußte sich alles verdienen. Er kam dahin zurück, und es war ein gutes Gefühl.

Es war jetzt dunkel, an seinem ersten Tag ohne Arbeit, und er kriegte den Zaun letztlich doch nicht fertig, aber es gab ja noch ein Morgen. So wie der Zaun jetzt war, reichte er aus, das Pferd am Ausreißen zu hindern. Er konnte es in der Dunkelheit schnauben und stampfen hören, und er konnte seinen Schwärzer-als-die-Nacht-Schatten sehen, als er das Zaumzeug zur Scheune brachte und dann zum Haus ging. Er hörte Mary im Haus singen.

11

Roimata

Die Woche, in der wir erfuhren, daß Hemi seine Arbeit verloren hatte, war für mich wie für viele andere Leute eine Zeit voller Sorge. Ich fragte mich, was wir jetzt wohl anfangen, wovon wir wohl leben sollten. Aber als ich mit Hemi darüber redete, sagte er nur: »Alles, was wir brauchen, ist hier vorhanden.« Dann fing er an, einmal mehr seine Geschichte zu erzählen, so daß die Kinder herbeikamen und zuhörten.

Er erzählte wieder, wie es früher gewesen war, und ich sah das Land noch einmal, wie es gewesen war, und sah Menschen, die inzwischen von uns gegangen sind, die sich zur Erde niederbeugten. Einer von ihnen war mein Vater. Da war die dunkle Erde, die dunkel unter dunklen Wolken zu liegen schien. Und als sich dann die Erde begrünte und das Grün dichter wurde und sich ausbreitete, erhellte sich das Firmament zu ausgedehnten Sommern. So kam es einem jedenfalls aus der Erinnerung heraus vor.

Säcke mit Kartoffeln, kumara und Mohrrüben wurden auf die Lastwagen geladen, Säcke, bei denen ich oft Mary und ihrer Mutter mit Nadel und Faden stopfen geholfen hatte. Oder es gab Kisten mit Tomaten und Kohl und Getreide, die zu verteilen waren oder zum Verkauf weggebracht werden mußten. Ich sah mich selbst, wie ich mit den anderen Kindern Kürbisse trug, als hätte jedes von uns mit dem Rund seiner Arme eine Sonne umschlungen.

Und Hemi erzählte auch die neue Geschichte, davon, wie es wieder werden würde, davon, wie man wieder dazu kommen könnte, daß das Land den vollen Ertrag brachte, indem man neue Getreidearten einführte, die er schon im Hausgarten erprobt und mit denen er schon Erfahrungen gesammelt hatte. Der letzte Lohn von seiner Arbeitsstelle würde uns für den Anfang helfen, sagte er. Er wollte wieder ein Pferd einarbeiten, aber auch einen kleinen Trecker und einen Laster haben. Während er sprach, spürte ich, wie sehr er voller Hoffnung und Selbstvertrauen war.

Eines Tages, als die neuen Felder ihren ersten Frühling erlebten, kam Toko hereingerannt, um mir etwas zu erzählen. Am Morgen hatten wir unsere Geschichten erzählt und aufgeschrieben und waren dann hinausgegangen, um auf den Feldern mitzuarbeiten. Am frühen Nachmittag waren meine Schwägerin und ich ins wharekai zurückgegangen, um das Abendessen vorzubereiten.

Toko kam hinter uns her ins Haus gestürmt. »Die Geschichten verändern sich«, sagte er. Seine Augen waren groß und glänzten, und seine Haare hingen ihm feucht in die Stirn.

»Hetz dich doch nicht so ab«, sagte ich.

»Wann kommen sie?« fragte er.

»Wer? Wer kommt wann?«

»All die Leute. Die Leute, für die wir die Felder bestellen.«

»Die Felder sind für uns, für unser kai… und für den Markt.«

»Und für die Leute.«

»Es wird immer kai geben… für Leute… die uns besuchen kommen.«

»Wann kommen sie? Kommen sie schon bald?«

»Ich weiß es nicht.« Ich wußte nicht, was ich ihm sonst sagen sollte. Ich wußte nur, daß Tokowaru ein besonderes Wissen hatte.

Dann sagte er: »Werden sie mit den Füßen stampfen und marschieren und rennen? Werden ihre Augen grün, gelb und silbern leuchten? Werden sie wunde Füße und den Kopf verbunden haben? Was werden sie in den Händen halten?«

Ich wußte nicht, was ich ihm antworten sollte.

»Und wird ihr Hunger und ihre Wut groß sein?« sagte er. »Was werden sie machen, und was machen wir? Geben wir ihnen etwas zu essen und helfen ihnen? Und helfen sie uns dann auch? Tun sie das für mich oder für dich? Ist meine Schwester bei ihnen und mein Bruder? Sind unsere Väter dann da oder unsere Kinder? Sind wir es? Was ist es denn überhaupt? Ist es für mich?«

»Ich weiß es nicht, ich weiß es nicht!« Mehr als das konnte ich nicht sagen. Ich konnte ihn nur fest an mich drücken und ihn halten und mich um ihn fürchten, so wie ich ihn an dem Tag, als er geboren wurde, gehalten und mich um ihn gefürchtet hatte.

12

Toko

Es gibt auch eine Geschichte über Te Ope. Ein Teil der Geschichte ist alt, ein Teil der Geschichte ist neu. Den alten Teil der Geschichte hat uns meine zweite Mutter Roimata erzählt. Den neuen Teil haben die Zeitungen und das Fernsehen in Worten und Bildern erzählt. Aber wir sind auch selbst in Te Ope gewesen und haben die neue Geschichte mit eigenen Augen gesehen, und wir waren sogar selbst Teil dieser neuen Geschichte. Mein Bruder James und meine Schwester Tangimoana bleiben manchmal in Te Ope, und wenn sie wieder nach Hause kommen, hören Manu und ich gespannt all den Geschichten zu, die sie mitbringen.

Die alte Geschichte handelt von einem Gebiet im Te-Ope-Land, wo die alteingesessenen Familien von Te Ope lebten. Da waren fünfundzwanzig Häuser, in denen die Menschen lebten, und ein leeres Haus, das als wharenui benutzt wurde. Das war nicht so ein whare whakairo wie das Haus, das wir haben, sondern ein ganz normales Haus, in dem früher einmal eine Familie gelebt hatte. Es waren ein paar Wände herausgenommen worden, und das Haus war von den Familien als wharenui geweiht worden.

Hinter den Häusern gab es kleine Obstgärten, und die Hügel hinter den Obstgärten waren mit Gebüsch bewachsen. Die Leute, die dort lebten, waren arm und konnten das Land nicht weiter nutzbar machen, aber sie bauten ihre eigenen Nahrungsmittel an und hatten reichlich Feuerholz für ihre Öfen und Herde. Ihre Lage war so wie unsere jetzt, sie hatten keine feste Arbeit, aber sie waren viel ärmer, als wir es jetzt sind, und hatten ein hartes Leben, hat Roimata gesagt. Und sie hatten nicht das Meer wie wir. Aber von manchem hatten sie nicht eben wenig, und was sie hatten, teilten sie miteinander. Es gab damals dort noch keine Stadt so wie jetzt.

Später kam der Krieg. Das war der Lange-her-Krieg. Nicht der Krieg meines Großvaters, sondern der meines Urgroßvaters, wo die Soldaten durch den Schlamm wateten und die Granaten geflogen kamen und sie trafen, sie niederschlugen, so daß sie mit dem Mund voller Schlamm starben. Ihre Freunde, die noch nicht tot waren, benutzten die Leichen als Brücken, um irgendwohin in Sicherheit zu kriechen, oder sie benutzten sie zum Drauftreten oder einfach, um sich an ihnen festzuhalten. Das stammt alles aus den Geschichten. Es gab Tage voll von Granatenexplosionen und Gewehrfeuer und Sterben, Tage, die von Schlamm und Blut rot und schwarz gefärbt waren. Die Männer, die überlebten, kehrten über die Rücken der anderen ins Leben zurück.

In Te Ope gab es keine jungen Männer mehr, denn sie waren alle im Krieg. Aber der Staat wollte noch mehr als nur Te Opes junge Männer. Er wollte das Land für militärische Zwecke, und weil ihr Land in einem günstigen flachen Gebiet lag, war es sehr geeignet. Das war es, was die Leute in Te Ope damals gesagt bekamen, das Land wäre sehr geeignet. Aber in der Zwischenzeit ist herausgekommen, daß das nur eine Ausrede war, um die Menschen von dort zu vertreiben, ihre Häuser zu zerstören und das Land in Besitz zu nehmen.

Ohne ein Widerwort packten die Leute zusammen

und zogen in die Sozialwohnungen, die an sie vermietet worden waren. Wenn das Land nicht mehr für militärische Zwecke gebraucht würde, sollten sie dorthin zurückkehren. Ohne ein Wort zogen sie fort, denn sie waren arm, das hat Roimata erzählt.

Die Leute von Te Ope hatten nicht damit gerechnet, eines Tages an ihrem eigenen Land vorüberzugehen und ihre Häuser zerstört vorzufinden. Aber als sie hingingen, um Genaueres über ihre Häuser zu erfahren, kriegten sie zu hören, daß das Land nicht als Landebahn benutzt werden könne, solange noch Häuser darauf stünden. Außerdem wären die Häuser sowieso baufällig, kriegten sie zu hören, und nicht mehr bewohnbar. Sie hätten ja bessere Häuser bekommen, kriegten sie zu hören.

Die Leute stimmten zu, daß sie bessere Häuser bekommen hätten, nur hätten sie sie tatsächlich gar nicht gekriegt. Diese Häuser gehörten ihnen nicht, sondern der Regierung, und sie zahlten Miete, um dort leben zu können. Miete zu zahlen war für die meisten schwierig, weil es noch immer keine Arbeit für sie gab. Es war kein Platz für Gärten da und kein Holz zum Verbrennen. Diese Häuser waren überall verstreut, so daß die Familien auseinandergerissen wurden, und außerdem hatten sie jetzt auch ihr Versammlungshaus nicht mehr.

Das wäre überhaupt kein ordentliches Versammlungshaus gewesen, bekamen sie zu hören. Keine Schnitzereien, nichts, und es fiele sowieso zusammen. Sie könnten das doch nicht allen Ernstes ein Versammlungshaus nennen, sie bräuchten gar nicht erst zu versuchen, mit diesem Argument Erfolg haben zu wollen. Und was meinten sie damit, ihre Familien wären auseinandergerissen. Jede Familie hätte doch ein Haus bekommen, ein größeres und besseres Haus als das, das sie zurückgelassen hätten, da sollten sie doch eher dankbar sein, und obendrein mitten in der Stadt. Wenn sie wirklich Arbeit suchten, fänden sie auch welche. Wenn sie wirklich einen Garten haben wollten, wer hinderte sie denn daran. Das kriegten sie zu hören.

Die Leute aus Te Ope redeten so lange, bis das Reden keinen Sinn mehr hatte, und dann gingen sie zu ihren verstreut liegenden Stadthäusern zurück, die ihnen nicht gehörten. Sie hatten nichts mehr, was ihnen gehörte, nur noch einander hatten sie, verstreut wie sie waren, und sie hatten ihre Geschichten.

Und sie hatten noch einen alten Mann, Rupena, der Briefe schrieb. Er war damals noch nicht uralt, nicht so uralt wie unsere Mutter Tamihana, aber er war ein Mann, dessen Nachkommen schon erwachsen waren und dessen Söhne im Krieg waren. Er schrieb Briefe, in denen er darlegte, was ihnen alles versprochen und was tatsächlich getan worden war und was die Leute wollten. Keiner wußte etwas von diesen Briefen bis auf ein paar Mitglieder der Familie und diejenigen, die die Briefe erhielten. Die Briefe waren ein Teil der alten Geschichte.

Später wurden sie Teil der neuen Geschichte, aber der alte Mann war zu dem Zeitpunkt schon gestorben, allerdings nicht lange vorher. Mein Vater Hemi hatte ihn noch gekannt und meine Mutter Roimata auch. Die Leute halfen ihm damals, als unsere Mutter Roimata hierher zurückkehrte, aus dem Bus und über den Heiligen Boden. Das war, als unsere eigene kuia gestorben war, die Mutter unseres Vaters, aber es war noch vor meiner Geburt. Da waren weiße Möwen am Himmel und weiße Wogen auf dem Meer. Die Haare des alten Mannes stachen weiß von der dunklen Kleidung ab, die die Leute trugen, und als er aufstand und eine Rede hielt, sagte er, unsere Großmutter, die im leuchtenden Haus in ihrem Sarg lag, sei ein singender Vogel und eine freudvolle Seele. So hat es Roimata uns erzählt.

Die neue Geschichte fing etwa in der Zeit an, als unsere Mutter noch ein Kind und unser Vater von der Schule gegangen war, um das Land zu bewirtschaften, und das war mehr als dreißig Jahre nach dem Anfang der alten Geschichte. Reuben aus Te Ope, der Enkel von Rupena, war damals sechzehn. Eines Tages kam er aus der Schule und sagte zu seinen Eltern: »Ich gehe da nicht wieder hin.« Seine Mutter und sein Vater waren ungehalten und sagten ihm, er solle so etwas nicht noch einmal sagen. Sie sagten ihm, er müsse weiter zur Schule gehen und damit basta, keine weitere Diskussion. »Aber wofür denn? Wofür denn bloß?« fragte er hartnäckig.

»Du willst doch eine gute Arbeit finden«, sagten sie. »Du willst doch ein annehmbares Leben führen. Denk an deine Zukunft«, sagten sie.

»Ich finde schon eine Arbeit«, sagte er. »Und ich habe schon ein annehmbares Leben.«

Aber sie hörten ihm nicht zu. »Du wirst auf der Straße landen wie dein Bruder, arbeitslos und pohara, traust dich dann nicht mehr nach Hause, weil du dich schämst. Du wirst so enden wie einige deiner Vettern, ewig betrunken und zu nichts nutze. Du wirst im Gefängnis enden.«

»Das ist doch etwas ganz anderes. Von der Schule gehen heißt doch nicht gleich so etwas.«

»Doch, genau das heißt es. Wir haben es ja schon erlebt. Du darfst nicht von der Schule gehen.«

»Aber wie ist das denn bei euch beiden? Ihr seid

doch auch nicht auf der Schule geblieben. Ihr seid doch eigentlich fast gar nicht zur Schule gegangen…«

»Bei uns war das anders… Wir mußten und… konnten es nicht bezahlen… aber du…«

»Wenn ihr mich dorthin zurückschickt, demütigt ihr mich.«

»Nun sieh mal, du brauchst doch nicht… aber du gehst wieder hin. Denn wir wissen… und der alte Mann und die anderen, die kennen das auch. Die wissen, wie das ohne Arbeit ist, und wenn einem die Häuser überm Kopf zusammenfallen, über hilflosen Leuten…«

»Aber wenn ihnen die Häuser zusammengefallen sind, hatten sie doch immer noch das Land«, sagte Reuben.

»Wir reden nicht von den Häusern auf dem Land, die eingerissen worden sind, wir reden von den Häusern danach. Fielen zusammen. Außerdem war das damals, das spielt jetzt keine Rolle.«

»Aber warum spielt das jetzt keine Rolle? Warum nicht jetzt?«

»Das ist eine alte Geschichte, das weißt du so gut wie wir.«

»Ja. Ich kenne die Geschichte, und ich weiß auch, wo sie sich zugetragen hat. Ihr, ihr beide, und er, der alte Mann, ihr habt mich dorthin mitgenommen, um beim Finale dabeizusein. Und er hat mir alles erklärt. ›Das hier ist mein Land‹, sagte er, ›genau hier ist es.‹ Und er erklärte mir alles, was er mir vorher schon erklärt hatte, aber er zeigte hierhin, und er zeigte dahin. ›Wir haben es versucht, weißt du‹, sagte er zu mir. ›Ich und meine Schwestern und einige unserer Vettern‹, und er zählte ein paar ihrer Namen auf. Er erzählte mir, wer. ›Wir gingen wieder und wieder hin‹, erklärte er mir. ›Wir schrieben Briefe‹, das hat er mir gesagt. Ich hörte ihm zu…«

»Dann hör ihm doch jetzt noch einmal zu. Lauf rüber zum Haus der Tante, und sprich mit ihm. Er ist der Richtige dafür. Er wird dir schon Vernunft beibringen. Wird dir raten, nur ja auf der Schule zu bleiben, damit etwas aus dir wird.«

»Bin ich denn nicht schon etwas? Etwa nicht? Alles, was ich in der Schule lerne, ist, daß ich ein Niemand bin, daß meine Vorfahren minderwertig waren und ich deshalb auch minderwertig bin. Alles, was ich aus den Zeitungen erfahre, ist, daß ich ein Nichts oder ein schlechter Mensch bin und deshalb ins Gefängnis gehöre. Und jetzt sagt ihr mir das auch noch.«

»Nein, das meinen wir nicht, mein Sohn. Das meinen wir nicht. Du hast doch deinen Verstand. Benutz ihn auch.«

»Das tue ich. Genau das tue ich ja, meinen Verstand benutzen. Ich habe darüber nachgedacht. Hört ihr. Ich habe durchaus nachgedacht. Und mir ist dabei klar geworden, daß ich nicht ein einziges bißchen lerne, aber auch nicht ein einziges bißchen, das etwas mit mir zu tun hätte oder mit uns allen. Und manches von dem Zeug richtet sich sogar gegen mich und gegen uns alle. Es macht uns stumm, es setzt uns ins Unrecht.«

»Aber du bringst es doch damit zu was.«

»Zu welchem Was?«

»Zu irgendwas. Es ebnet dir den Weg für deine Zukunft.«

»Ach, da kann man doch drauf scheißen.«

»Auf Arbeit kann man nicht scheißen…«

»Manchmal…«

»Du kannst dich damit über Wasser halten, weißt du, nicht… untergehen. Aber es kann auch mehr sein. Für dich selbst. Du kannst alles tun. Weißt du… alles, was du willst, siehst du das denn nicht?«

»Ihr wollt mich dazu kriegen, daß ich wieder dahin gehe und diese Scheiße mitmache.«

»Wenn du nicht zurückgehst, ist das so, als wenn du uns Scheiße ins Gesicht schmeißt.«

»Ihr seid sowieso schon mitten reingestoßen worden, ihr wißt es noch nicht einmal…«

»Jetzt werd nicht vorlaut und hör auf zu streiten. Du machst das Jahr fertig, und dann siehst du…«

»Sehen?«

»Erst mal das Jahr zu Ende machen, mein Sohn. Du stehst bislang ganz gut, also kannst du ruhig weitermachen.«

So kehrte Reuben zur Schule zurück, weil er seine Eltern nicht dazu hatte bringen können, ihn zu verstehen. Seine Mama und sein Papa waren diejenigen gewesen, die das alles Roimata erzählt hatten, aber das war erst später.

Reuben ging seinen Großvater besuchen und fragte ihn, was er tun solle. Der alte Mann beantwortete Reubens Frage zur Schule nicht, aber er sagte: »Treib dich nicht auf der Straße herum, geh hinaus aufs Land. Unser Land, deins. Gehört uns allen, euch allen.« Dann sagte er: »Hol mal die Briefe, da im Kleiderschrank. Sind nur Kopien. Hab von den Briefen, die ich abgeschickt habe, Kopien gemacht. Lies sie, und dann weißt du Bescheid. Zeig sie deinen Vettern, und dann wißt ihr alle, daß wir Alten uns bemüht haben, wir haben es zumindest versucht. Du zeigst ihnen, daß wir es wirklich versucht haben, und sie werden uns keine Vorwürfe machen. Und wenn ihr etwas tun könnt… nun, dann wird das gut für euch sein.«

Von dem Zeitpunkt an, als Reuben die Briefe erhielt, fing er an, das zu verstehen, was er wissen wollte. Bis dahin hatte niemand etwas von den Kopien der Briefe gewußt, die der alte Mann aufbewahrt hatte, zusammen mit einigen Antwortschreiben, oder es hatte sich niemand an sie erinnert.

Der erste Brief war geschrieben worden, nachdem die Häuser abgerissen worden waren.

»...wir, die Leute von Te Ope, fragen Sie, ob es richtig war, diese Häuser, die uns gehören, abzureißen. Wir denken, es wäre richtig, zunächst über diese Angelegenheit zu reden, so daß wir Ihnen unsere Überlegungen darstellen können und Sie uns die Ihren. Wir schreiben, um zu fragen, warum Sie das getan haben? Wir haben Sie aufgesucht, aber Sie haben uns nur mitgeteilt, es sei notwendig, und sind dann schleunigst weggegangen und haben uns stehenlassen, so daß wir uns nur gegenseitig ratlos ansahen. Was ist das für eine Art? Jetzt ist es zu spät, Sie haben unsere Häuser abgerissen. Sie haben das Bauholz abtransportiert. Aus welchem Grund? Sie sagen, das wären keine guten Häuser gewesen. Sie sagen, wir lebten jetzt in besseren Häusern. Das stimmt. Aber diese Häuser gehören der Regierung und nicht den Leuten von Te Ope.

Ich will Ihnen sagen, daß das Versammlungshaus nach christlichem Brauch im Namen des Herrn, der über uns allen wacht, gesegnet war. Jetzt aber ist es abgerissen. Warum mußten die gesegneten Balken verbrannt werden?

Wann wird der Krieg beendet sein, damit unsere Freunde zu uns zurückkehren? Aber dann gibt es ihre Häuser nicht mehr und ihre Gärten nicht, von denen sie leben könnten. Es ist kein Haus zum Trauern mehr da, wo wir uns versammeln können, wenn sie die Schatten der Toten heimbringen. Unser Land wird wieder an uns zurückgehen, und dann müssen wir uns neue Häuser bauen, aber unser Geld geht dahin, weil wir unsere Miete bezahlen müssen.

Das sind unsere Gedanken, und was werden Sie uns allen antworten...«

»Wie Ihnen bereits erklärt wurde, wurden die Häuser, von denen Sie reden, abgerissen, weil das Gebiet für eine Landebahn gebraucht wird. Da die Häuser, von denen Sie schreiben, minderwertig waren, stimmen Sie sicherlich mit mir überein, daß dies kein großer Verlust für Sie ist. Sie müssen es doch zu würdigen wissen, daß Ihnen die Häuser, die Ihnen und Ihren Familien zugeteilt wurden, zu einer sehr niedrigen Miete überlassen worden sind. Ich stelle fest, daß Sie in Ihrem Brief ein Versammlungshaus erwähnen. Auf dem ganzen Gelände gab es nicht ein einziges Haus, das in irgendeiner Weise diesem Ausdruck entsprochen hätte. Ich hoffe, falls Sie in Zukunft wieder das Gefühl haben, Sie müßten sich mit weiteren Darlegungen an dieses Amt wenden, daß sie sich dann strikt an die Tatsachen halten...«

Als Reuben die Schule beendet hatte, fing er an, Jura zu studieren, aber abends und an den Wochenenden redete er mit seinen Eltern und Brüdern über ihr Land und die Briefe. Er ging seine Verwandten besuchen oder suchte seine Vettern in den verschiedenen Teilen der Stadt oder anderen Teilen des Landes auf. Er zeigte ihnen die Briefe, damit sie sie diskutieren konnten.

Nach dem ersten Brief verging mehr als ein Jahr bis zum zweiten.

»...wir stellen fest, daß Sie unser Land gar nicht benutzen. Weshalb haben wir, die Maori aus Te Ope, eigentlich unser Land und unsere Häuser verlassen, wenn Sie das Land gar nicht für militärische oder sonstige Zwecke brauchen? Wann wird denn der Luftwaffenstützpunkt gebaut, wo das Land doch jetzt frei ist? Alle Häuser sind weg, die Bäume abgehackt. Wenn sie das Land doch nicht für geeignet halten, wollen wir, die Bewohner von Te Ope, dorthin zurückkehren und unser Land wieder herrichten. Wir werden unsere Häuser neu aufbauen. Wir wollen dort auf unsere Söhne warten, wenn der Schlamassel erst einmal vorbei ist...«

Es gab noch mehr Briefe wie diesen, die aus den frühen Jahren stammten, aber es gab keine Antworten darauf.

Dann vor dem zweiten Krieg, dem Krieg meines Großvaters, wurde das Land von Männern des Arbeitsdienstes in Sportplätze umgewandelt. Aus dieser Zeit gab es nur einen Brief, der davon handelte, daß das Versprechen gebrochen worden war.

»...das Land ist nicht als Luftwaffenstützpunkt oder für sonst einen militärischen Zweck verwendet worden. Wir haben Sie aufgesucht, aber Sie schauen nur in Ihre Bücher. Sie sagen, Sie würden mit dem oder dem sprechen. Wir gehen weg, wir kommen wieder, aber immer noch kriegen wir keine Antwort.

Jetzt schicken sie Männer, um einen Park anzulegen, während wir, die Leute von Te Ope, nur zusehen und nichts tun können, weil wir dort keine Häuser mehr haben. Wann hört das auf? Der Park muß weg. Lassen Sie die Te-Ope-Leute wieder auf ihr Land zurück.«

Auf diesen Brief gab es eine kurze Antwort, die besagte, das Amt würde sich um die Angelegenheit kümmern, aber das war alles.

Die Leute gaben uns später Kopien von den Briefen, damit wir alle ihre Geschichten erfuhren, aber das war noch vor meiner Geburt. Später dann machten Roimata, Manu und ich kleine Hefte daraus und lasen und erzählten sie immer wieder.

Und wir füllten ein großes Heft mit Zeitungsausschnitten, die unsere Tante aufgehoben hatte. Sie stammten aus der Zeit, als Reuben sich aufmachte, selbst auf dem Land zu leben. Es gab Photos und Berichte über den jungen Reuben und die Leute, die ihn unterstützten, und Bilder und Berichte vom Park und den Sportplätzen und dem Clubhaus. Es gab Photos und Berichte von Verhaftungen und Leuten, die vor Gericht gingen, und Berichte von Familien-Picknicks, die Reuben für die Leute organisiert hatte, und Photos von den Zelten und Gärten. Roimata schrieb für uns die Daten auf die jeweiligen Seiten des Heftes, damit wir Bescheid wußten.

Als Reuben einundzwanzig war, brach er sein Studium ab und machte sich daran, auf dem Land zu leben. Er hatte auch mit anderen geredet, weil er wollte, daß sie mit ihm gingen, aber nur seine Freundin Hiria und sein Vetter Henry kamen mit, um dort zu leben. Sein Großvater Rupena, der mittlerweile alt und gebrechlich geworden war, kam sie unterstützen, wann immer er konnte.

Seine Eltern wie auch andere ältere Leute aus Te Ope waren dagegen gewesen, daß Reuben sein Studium abbrach. Sie fanden diese Art, an die Sache heranzugehen, nicht richtig. Aber Reuben sagte nur zu ihnen: »Er hat mir gesagt, ich solle auf dem Land leben. Und genau das mache ich jetzt. Er unterstützt mich, und das ist alles, was ich brauche.«

»Aber es gibt doch auch andere Wege, du brauchst doch nicht…«

»Er hat die anderen Wege probiert, und sie haben

ihn behandelt, als wäre er ein Idiot. Sie haben ihn als Lügner hingestellt.«

»Aber jetzt ist das vielleicht anders«, sagten sie.

»Es wird nie anders sein, und jedes weitere Jahr macht es nur noch schwieriger.«

»Aber du kannst nicht gewinnen. Du endest schließlich irgendwo im Nichts.«

»Er sagt, das Land gehört mir, aber er meint: uns allen. Ich glaube ihm. Soll ich ihm etwa glauben und dennoch nichts unternehmen? ›Zieh einfach auf das Land und leb dort‹, hat er gesagt. ›Zieh aufs Land oder du landest auf der Straße.‹ Er meint uns alle damit.«

»Er ist doch alt…«

»Er hat es mir gesagt… und das reicht mir.«

Also zog Reuben auf ihr Land, und er sagte, er würde das Land nie wieder verlassen. Es gab Zeitungsphotos von dem Lager, das er dort errichtet hatte und von anderen, die nach einer Weile dazu kamen, um sich ihm anzuschließen. Es gab Bilder, wie Reuben verhaftet wurde und wie er ruhig wegging. Aber mittlerweile waren andere dazugekommen, um zu helfen, und als er abgeführt worden war, zogen die dorthin, um seine Stelle einzunehmen, ihm seinen Platz warmzuhalten, wie sie sagten. Die meisten gehörten zu unserem Volk, aber einige auch nicht.

Allmählich boten auch die älteren Leute Reuben ihre Unterstützung an, denn sie wußten alle, daß das stimmte, was Reuben sagte. Sie hatten ja immer schon gewußt, daß das Land ihnen weggenommen worden war, daß es keinerlei Entschädigung gegeben hatte, außer daß die Mieten niedriger waren, sie hatten gewußt, daß Briefe geschrieben worden waren, weil man ihre Wohnhäuser und ein geweihtes Haus abgerissen hatte. Sie wußten, daß das Land ihnen für einen bestimmten Zweck weggenommen, aber nie für diesen Zweck benutzt worden war, und daß man es ihnen nicht wie versprochen zurückgegeben hatte. Sie wußten, daß das Land ihnen noch immer gehörte. Sie hätten sich geschämt, wenn sie ihn nicht unterstützt hätten.

Aber es gab einige, die weiterhin böse auf ihn waren und von dem Wirbel überrascht, den er hervorrief. Sie sagten, es sei jetzt zu spät, das läge alles in der Vergangenheit, diese ganze Aufregung führe zu nichts, und das Land sei für alle da. So wie es jetzt war, ein Park, könne es von allen genutzt werden, das sei die richtige Art von aroha, sagten sie. Sie sagten, Reuben sei eben ein junger Mann, der entweder noch nichts über die verschiedenen Arten von aroha wisse oder es vergessen habe. Einige sagten, daß er das Land für sich allein wolle und sich schon als Anführer aufspiele, obwohl er noch nicht erwachsen sei. Reuben gab zur Antwort, daß sie selbst in alle Winde zerstreut seien, während viele andere ihr eigenes marae hätten, ihren Gemeindeplatz, eine gute Art und Weise, die Vergangenheit mit der Zukunft zu verknüpfen. Er sagte ihnen, daß es nicht stimme, daß er keine Ahnung von aroha habe, und wenn sie etwas hätten, das sie teilen könnten, dann wären sie in der Lage, es zu teilen. Er mache das nicht für sich allein, sondern für alle.

»Wir wollen Land für unser Versammlungshaus und unser marae. Wir wollen unsere Häuser wieder auf dem Land haben, damit die Leute wieder auf ihrem eigenen Grund und Boden leben und, wenn sie das wollen, auch dort sterben können. Die Leute damals – die zogen weg im Bewußtsein wiederzukommen. Diese Vorstellung ist immer noch vorhanden, aber jetzt müssen wir unsere Rückkehr mit Druck vertreten.

Alles, was wir tun, ist, auf unser Land zurückzukehren, daran ist doch nichts falsch.«

Das erste Lager wurde am Rande des Parks errichtet, damit es nicht denen im Wege war, die den Park benutzten, aber viele Leute ärgerten sich darüber. In unserem Heft mit den Zeitungsausschnitten sind auch die wütenden Briefe von Leuten, die an die Zeitungen schrieben, weil sie die Zelte, Reuben und die ganze Gruppe da weg haben wollten. Später kamen auch ein paar Briefe, die das, was er machte, unterstützten, aber nicht gleich zu Anfang. Da gab es auch Berichte und Photos.

Ein Reporter erzählte Reuben, was einer seiner Onkel gesagt hatte, als er befragt worden war – daß Reuben versuchte, der Anführer zu sein, obwohl er noch nicht erwachsen war.

»Es stimmt schon, daß ich noch nicht erwachsen bin«, sagte Reuben, »aber es stimmt nicht, daß ich der Anführer sein will. Ich wünschte, diese Ältesten, von denen Sie sprechen, mein Onkel, der das gesagt hat, würden mich unterstützen und mich führen. Ich wünschte, sie kämen her und wären meine pakeke. Der alte Mann ist nicht mehr bei Kräften... kann nicht mehr dauernd hier sein. Er ist derjenige gewesen, der mir geraten hat... und er steht mir bei, selbst wenn sie das nicht tun.«

Reubens Mutter und Vater waren nicht unter denen gewesen, die gesagt hatten, er versuche, ein Anführer zu sein, aber sie hatten ihn auch nicht unterstützt. Am nächsten Tag, nachdem sie gelesen hatten, was in den Zeitungen stand, kamen sie zum Park gefahren, mit Wohnwagen und ihrer Habe. Sie haben das später alles Roimata und Hemi erzählt, aber es ist auch in den Zeitungen darüber berichtet worden.

Obwohl Reuben und einige andere zu der Zeit im Gefängnis saßen, konnte kein Beweis dafür gefunden werden, daß das, was sie sagten, nicht der Wahrheit entsprach, so daß sie bald wieder zurück auf ihrem Land waren. Sie wurden aufgefordert, ihre Zelte und ihre Habe aus dem Gebiet zu entfernen, und sie erhielten das Versprechen, daß die Angelegenheit überprüft würde, wenn sie abzögen. Aber sie zogen nicht weg.

Als sie ihren ersten Garten anlegten, suchten sie sich eine Stelle aus, die die Leute, die den Park benutzten, nicht störte. Es war ein großer Park, und ihr Lager und Garten befanden sich in einer abgelegenen Ecke. Auf einem unserer Photos sieht man Kinder, die Meerkohl und Kohlpflanzen gießen. Aber der Garten rief viel Ärger hervor. Da gab es aufgebrachte Leute, die den Garten als Zerstörung und vorsätzlichen Vandalismus bezeichneten, erzählte Roimata. Aber der kleine Garten, so erzählte sie uns, sei wunderschön gewesen, und als sie hinkamen, um ihr koha und aroha zu überbringen, konnte man schon das erste Gemüse ernten. Damals war ich noch nicht geboren, aber ich habe es im Kopf, als wäre es meine eigene Erinnerung.

Weitere Versuche wurden unternommen, Reuben dazu zu bewegen, daß er das Land verließ. Es gibt ein Bild in unserem Heft, wo der Bürgermeister mit Reuben spricht. »Bürgermeister unterstützt Protest« lautet die Schlagzeile. Dann heißt es weiter, der damalige Bürgermeister habe versprochen, alles in seiner Macht stehende zu tun und die Angelegenheit zu überprüfen, und zwar persönlich, hieß es, und sie dann mit den Stadträten zu diskutieren, aber zunächst einmal müßten Reuben und die anderen mit Sack und Pack abziehen. Dann würde der Bürgermeister Reuben auch unterstützen. Reuben teilte dem Bürgermeister mit, sie würden sich über dessen Unterstützung freuen, aber falls das bedeute, daß sie gehen sollten, bevor sie eine Unterstützung erhalten hätten, dann kämen sie auch ohne diese Unterstützung aus. Er würde das Land niemals verlassen, sagte er. Und er erklärte dem Bürgermeister, sie wären keine Landbesetzer, sondern einfach nur Leute, die friedlich auf dem Land lebten, das ihnen gehörte.

Auf einem anderen Bild sieht man einen von Reubens Onkeln, der zum Park geschickt worden war, um Reuben zum Wegziehen zu bewegen. Aber der Onkel bekam bloß von Reubens Vater mitgeteilt, er solle wieder gehen und mit seinem koha und einer Decke wiederkommen. »Ältester sagt: Komm mit Essen und Bett wieder« hieß die Schlagzeile.

Etliche Male wurde das Lager von aufgebrachten Leuten angegriffen. Ein Zelt wurde mitten in der Nacht niedergerissen, im Garten wurden Pflanzen ausgerissen und in der Gegend verstreut. Vor die Zelteingänge wurde Müll gekippt, eine Flasche zerschlagen und die Scherben über den ganzen Boden verteilt.

Aber der Gruppe konnte nicht nachgewiesen werden, daß sie mit ihrer Behauptung, das Land gehöre ihnen, im Unrecht war. Sie erhielten immer mehr Unterstützung aus allen Teilen des Landes. Viele Menschen unseres Volkes und viele, die nicht aus unserem Volk stammten, kamen dorthin und brachten Lebensmittel und Geld als Geschenke mit. Ein paar blieben, andere pendelten hin und her, wie mein Bruder und meine Schwester es später machten, aber der Kampf war bis dahin schon gewonnen. Es waren zehn oder mehr Leute in drei Zelten und einem Wohnwagen, die ständig dort wohnten.

Einige Leute waren wegen der Wäsche, die zum Trocknen aufgehängt war, aufgebracht – Handtücher, Hemden, Overalls und Unterwäsche hingen außen an den Zeltschnüren und auf Wäscheleinen, die gespannt worden waren. Es gab ein Bild von der Wäsche und dazu die Unterschrift: »Wäsche erregt Anstoß.« Aber sie unterschied sich nicht von der Wäsche von sonstwem, die auf dem Grund und Boden dieser Leute im Freien hing. So zitierten die Zeitungen eine Äußerung von Reubens Mutter.

Die Polizei wurde kritisiert, weil sie Reuben und die anderen nicht entfernte, aber sie konnte im Grunde nicht viel machen.

Eines Tages fand ein Picknick statt. An einem Samstag veranstalteten Reuben und die anderen, die im Park lebten, ein Picknick für ihre Verwandten und Freunde. Ungefähr zweihundert Leute kamen mit Essen und Decken und Gitarren. Zuerst hielten sie ein karakia ab, mit Gebeten und Gesang. Dann breiteten sie ihre Decken auf dem Sportplatz aus und ließen sich mit Essen und Gitarren nieder. Es gab ein richtiges Konzert, wobei sie die Tribüne als Bühne benutzten. Es gibt ein großes Photo von einer Gruppe, die auf der Tribüne sang und tanzte, und andere Photos von Leuten, die zusahen und klatschten. »Tribüne bespielt« lautete die Überschrift.

Aber die Kricket-Spieler, die zum Spielen hinkamen, waren außer sich, und da kam die Polizei noch einmal und nahm viele Leute fest und brachte sie mit Bussen weg. Es gibt ein Photo von den festgenommenen Leuten, die im Bus sangen, und den Leuten, die nicht festgenommen worden waren und den Gefangenen zuwinkten und zujubelten. Reuben und seine Eltern und die anderen, die auf dem Land lebten, hatten das

Spielfeld schon verlassen, als die Polizei kam, so daß sie nicht festgenommen wurden und deshalb später zu ihrem Lager zurückkehren konnten.

Bald nach diesem Vorkommnis wurde eine umfangreiche Untersuchung wegen des Landes in Angriff genommen.

Durch diese Untersuchung kamen schließlich die gesamten Briefe des alten Rupena ans Tageslicht, nicht die Kopien, die Reuben von dem alten Mann erhalten hatte, sondern die, die wirklich abgeschickt worden waren und auch einige der Antworten, aber nicht alle Antworten. Das waren die Briefe, von denen eine ganze Menge Leute gesagt hatten, daß sie gar nicht wirklich existierten, aber jetzt waren sie aufgetaucht. Es war auch ein Brief dabei, der über die Landübernahme Aussagen machte, der angab, wie das Land genutzt werden sollte, und der aussagte, daß den Leuten billiges Wohnen als Gegenleistung zugesagt worden war. Häuser zu billiger Miete waren die Gegenleistung für die Nutzung des Landes. Für die Nutzung. Aber vom Abreißen der Häuser stand nichts in dem Brief. Finanzielle Gegenleistungen waren nicht erfolgt. Es war alles genau so, wie der alte Rupena es erzählt hatte. Das Land gehörte immer noch dem Volk, so wie Reuben und seine Familie es immer behauptet hatten. Und schließlich entschied der Untersuchungsausschuß ebenso.

Aber was sollte jetzt aus den Sportlern und ihrem gepachteten Land werden? Sie hätten doch schließlich das Land gepachtet, sagten sie. Aber Reubens Vater sagte: »Ich glaube nicht, daß das stimmt. Wir als Besitzer des Landes haben betreffend einer Pacht keine Übereinkunft mit ihnen. Wir als Besitzer des Landes haben niemals irgendwelche Miete oder Bezahlung irgendwelcher Art für unser Land erhalten, und diesem

Umstand ist das Gericht gefolgt.« Das ist ein Teil von dem, was Reubens Vater sagte. Er sagte das zu Hemi und Roimata, und es war auch in den Zeitungen darüber berichtet worden.

Aufregung und Freude herrschte unter den Leuten aus Te Ope, als der Untersuchungsausschuß ihnen recht gab, aber ihr Kampf war noch nicht zu Ende. Es wäre eine Wertsteigerung eingetreten, entschied das Gericht. Es wären jetzt Sportplätze vorhanden, Clubräume und eine Tribüne. Das Land gehört Euch, sagte das Gericht, aber nicht die Anlagen, die seinen Wert steigern. Ihr werdet für diese Wertsteigerung bezahlen müssen, und sie bekamen einen Betrag genannt, den sie niemals bezahlen konnten.

Danach wurde den Leuten Geld für das Land angeboten. Das rief noch mehr Ärger unter den Menschen aus Te Ope hervor. Manche wollten verkaufen, weil sie den Eindruck hatten, sie könnten das Land ja doch nie mehr benutzen. Andere hingegen sagten, das Land gehöre ihnen und hätte ihnen immer gehört, und sie würden es jetzt in Beschlag nehmen und ihr whare whakairo dort bauen. Sie machten sogar schon, wie für die Wohnhäuser, die sie bauen wollten, Pläne für ihr Versammlungshaus mit den Schnitzereien. Auseinandersetzungen folgten unter den Menschen, einige sagten, daß denjenigen, die verkaufen wollten, nur am Geld gelegen sei. Aber die, die verkaufen wollten, sagten, die anderen wollten unbedingt die Anführer sein und eigentlich das Land nur für sich alleine haben.

Noch mehr Streit und Unfrieden entstand, als ein Kompromiß geschlossen wurde. Diejenigen, die das Land besetzt hatten, arbeiteten mit ihrem Anwalt zusammen den Wert der Häuser heraus und den Preis, von dem sie meinten, daß die Leute ihn hätten erhalten müssen, die Gärten und Bäume eingerechnet, die entfernt worden waren. Sie stellten zusammen, was die Familien in den ganzen Jahren an Miete bezahlt hatten, und stellten den Antrag, daß all das von der sogenannten Wertsteigerung abgezogen werde, die ja keine tatsächliche Wertsteigerung sei, sagten sie. Nach ihrer Meinung war plattes Land keine Wertsteigerung gegenüber Hügeln und Bäumen, und Clubräume und eine Tribüne keine Wertsteigerung gegenüber Wohnhäusern und einem Versammlungsplatz. Dieses Argument wurde nicht akzeptiert und kein Abschlag zugebilligt. Aber viele der Te-Ope-Leute, die im Streit miteinander gelegen und sich entzweit hatten, fanden diese Ansprüche recht und billig und waren erbost über die Entscheidung. Sie gaben entschieden den Landbesetzern wieder ihre Unterstützung, und zu der Zeit zogen mehr und mehr Leute auf ihr Land. Mehr, als jemals auf dem Land gelebt hatten.

Aber zum Abschluß des Ganzen erfolgte ein Regierungswechsel im Land. Versprechungen waren von der neuen Partei abgegeben worden. Trotzdem war es nicht der große Sieg für die Menschen aus Te Ope, denn es mußten letzten Endes doch Kompromisse eingegangen werden. Manche waren enttäuscht und verärgert über das, was herausgekommen war, und es gab viele Versammlungen, auf denen sich verärgerte Stimmen erhoben. Es folgte wochenlanges Reden, und dann kam man zu einer Übereinkunft. Einen Teil des Landes wollten sie behalten, und ein Teil sollte als Rückvergütung für die Wertsteigerung abgetreten werden, auch wenn man nicht darin übereinstimmte, daß überhaupt eine Wertsteigerung eingetreten war.

Aber schließlich waren sie in der Lage, mit dem Bau ihrer Häuser auf ihrem eigenen Land anzufangen, ihre

Gärten anzulegen, ihre Bäume wieder dort zu pflanzen, wo Rupenas Eltern vor so langer Zeit schon welche gepflanzt hatten. Schließlich hatten sie wieder Boden unter den Füßen, und es war ihr eigener, ihr eigener von den Ahnen ererbter Platz, nach all den Jahren und all den Schwierigkeiten.

Unsere Mutter Roimata legte Hefte für uns an, und wir hatten unsere eigenen Geschichten, in unserer eigenen Schule. Und einige Hefte handelten von all den interessanten Ereignissen, die sich in Te Ope zugetragen hatten. Als wir groß genug waren, gingen wir dorthin, wo sich die wirkliche Geschichte zugetragen hatte. Die wirkliche Geschichte entwickelte sich weiter und weiter, während die Jahre dahingingen.

Zweiter Teil

13

Der Dollarmann

Im Versammlungshaus herrschte die Stille des Holzes. Es war die Stille von Bäumen, die aus dem Wind heraus ins Haus gebracht worden sind, bei denen die neu hervorgebrochenen Triebe sich nicht nach dem Himmel, sondern nach den Menschen ausstrecken. Das ist diese Stille, diese Ruhe, dieses Anderssein der Bäume, das der Holzschnitzer, der Formgeber, der Schöpfer bemerkt. Es ist eine beobachtende Stille, denn die frisch ausgetriebenen Bäume haben Augen bekommen, mit denen sie sehen. Es ist eine abwartende Stille, das unendlich geduldige Warten, das dem Holz eigen ist, eine Geduld, die sich seit dem anderen Leben des Baumes nicht verändert hat. Aber diese Stille der Bäume ist nur eine äußerliche Stille, denn dieses Anderssein birgt ein Tönen, ein Klingen, ein Pochen, ein Strömen, stärker als es der Baum je zuvor gekannt hatte.

Und die Stille des Hauses ist auch die Stille von Stengeln und Reben, die nun nicht mehr bei dem leisesten Lufthauch oder der leisesten Berührung durch einen Vogel oder einen vorübergehenden Menschen erklingen können, sondern geschnürt und in neue Motive eingebunden sind und jetzt neue Geschichten zu erzählen haben. Geschichten, die irdische Dinge mit nichtirdischen zusammenschnüren und binden.

Außerhalb des Versammlungshauses herrschte eine frühe Ruhe. Es war keine Bewegung und kein Geräusch vorhanden, außer dem, das von dem stillen Gleiten kam, dem Dahinströmen des Meeres.

Aber hinten in den Häusern und oben auf den Hängen war allerhand in Bewegung. Bei den Häusern hing die Wäsche bereits draußen auf der Leine, das Frühstück war schon vorbei und das Aufräumen beendet. Die Staubsauger waren durch. Stufen waren gewischt, und der Geruch vom Kochen lag in der Luft – Hammel und Huhn und Fisch, Brunnenkresse und Kohl, Brot und Pies.

Auf den Hügeln waren jetzt die Sägen, die seit dem frühen Morgen erklungen waren, verstummt. Äste waren von dem geschlagenen Holz abgeschnitten, aufgeschichtet und gebunden worden. Das Pferd wartete, schnaubte ab und zu, stampfte mit dem Huf oder schlug mit dem Schwanz, aber keineswegs ungeduldig. Dann wurden die zusammengeschnürten Holzbündel an den Ketten, die vom Kummet herkamen, befestigt. Das Pferd wurde den duftenden Pfad unter den dunklen Fächern des manuka herabgeführt. Die Werkzeuge wurden von denen aufgesammelt, die vorausgingen, um dafür zu sorgen, daß sie freie Bahn hatten, während die anderen hinterhergingen, um die Ladung zu beobachten und im Gleichgewicht zu halten.

Am Fuße des Hügels traten Pferd und Arbeiter aus der kühlen Dunkelheit ins blendende Tageslicht, und die Ketten wurden dem Pferd abgenommen und im Schuppen verstaut.

Die Arbeit des Tages war getan. Der Geldmann kam, um wieder einmal nach dem Land zu fragen und auch zu fragen, ob das Versammlungshaus und das urupa nicht an anderer Stelle errichtet werden könnten.

Im Versammlungshaus herrschte Wärme. Es war die Wärme, die das Holz besitzt, aber es war auch die Wärme von Menschen, die sich dort versammelten. Es war die Wärme von zurückliegenden Versammlungen und von Menschen, die geboren und gestorben waren und die sich jetzt in der Erinnerung versammelten. Es war die Wärme einer Umarmung, denn das Haus ist wie Vater oder Mutter, und die Wärme war unter dem elterlichen Rückgrat, ein Eingeschlossensein zwischen den mit Motiven versehenen Rippen. Da war Wärme und Lärm im Haus, als die Leute auf Mr. Dolman warteten, der zu ihnen sprechen wollte, Dolman, dem sie den Spitznamen »Dollarmann« gegeben hatten. Denn obwohl er offiziell willkommen geheißen wurde, wurde er nicht voller Herzlichkeit begrüßt, oder zumindest das, was er zu sagen hatte, wurde es nicht.

»...das ist es also, Entwicklung, Chance, eben wie ich es Euch in meinem Brief dargelegt habe. Erstklassige Unterkunft, Spitzenrestaurants, Nachtklub, Freizeitcenter mit eigenen Golfplätzen – schließlich auch noch überdachte Parkplätze... und dann natürlich all die Vorzüge, die die Lage am Wasser bietet. Diese günstige Lage am Wasser läßt sich zur besten im ganzen Land entwickeln und wird Leute aus der ganzen Welt anlocken... Vergnügungsreisen per Schiff, Hochseefischen, Schnellbootfahren, jede Art von Wasser- und Bootssport, die man sich nur denken kann. Unendliche Möglichkeiten – ich erwähnte schon Bereiche des Meereslebens... Eure Bassins für Haifische...«

(Jede Menge Haie da...)

»...dressierte Wale und Robben usw. Wie ich in meinem Schreiben ausgeführt habe und wie ich mit Mr. ähm... und... ein oder zwei anderen besprochen habe. Und dieser Wassersportbereich und besonders die Bereiche für das Meeresleben, da werdet Ihr außerhalb der Saison, wie unsere Familien, unsere Schulklassen, den Eintritt ermäßigt bekommen. Also, Ihr seht, es ist nicht einfach nur eine Tourismusangelegenheit. Es bedeutet Komfort...«

(Komfort schon... jetzt...)

»...ein dringend benötigter Komfort. Also, da liegt unglaublich viel drin, wißt Ihr, und die Aussicht auf ein Millionen-Dollar-Geschäft, aus dem man Kapital schlagen muß. Und ich betone noch einmal, daß alles, wenn wir erst mal einen richtigen Einstieg haben, von alleine läuft, daß wir dann richtig vorankommen. Und Gewinn... nicht nur für uns, sondern für alle, auch für jeden von Euch. Wir sorgen für Superanlagen, Anlagen für Touristen, und dann gibt es für die Wirtschaft hier in der ganzen Region einen Aufschwung. Es wird eine Hochkonjunktur geben...«

»Es ist gut, daß Sie hergekommen sind, um sich mit uns zusammenzusetzen, mit uns allen zusammenzusetzen, um mit uns zu diskutieren, was Sie... was Ihre Gesellschaft vorschlägt. Vieles davon haben Sie in Ihren Briefen, die wir alle gelesen und über die wir unter uns viel geredet haben, skizziert. Wir haben Ihnen auf Ihre Briefe geantwortet und unsere Gefühle über das, was Sie umrissen haben, dargelegt und Sie gebeten, zu einer Besprechung herzukommen. Jetzt sind Sie da, und das ist gut so. Jetzt können wir uns von Angesicht zu Angesicht gegenübertreten, Auge in Auge, und wir können Ihnen unsere Gedanken und Gefühle und Erklärungen besser verdeutlichen. Wir haben das alles diskutiert, wie ich sagte, und man hat mich gebeten, für uns alle zu sprechen.

Das Land, auf dem wir uns jetzt befinden – Block J136, die angrenzenden Blocks, wo die Häuser stehen, und J480 bis 489 auf der Rückseite der Häuser –, ist alles von den Vorfahren ererbtes Land, das ererbte Land dieser Leute hier. Und es gibt noch mehr Leute, die aber nicht hier leben, deren Heimat dieses Land aber trotzdem noch immer ist. Und viele von denen sind heute hier, für diese Versammlung heimgekommen.

Hinter uns befinden sich die Hügel. Das war ehedem auch ein Teil unseres Landes. Also gut, die Hügel gehören nicht mehr dazu. Ein Geschäft, das wir zu einer Zeit hinnehmen mußten, als die Leute hier zu arm waren, um das Stück Land halten zu können. Das ist etwas, was wir sehr bedauern.

Aber das passiert nicht noch einmal... mit dem Rest... mit dem, was hier noch übrig ist. Nicht einmal jetzt in den Tagen der Arbeitslosigkeit. Wir bearbeiten das Land. Wir brauchen das, was wir haben. Wir werden kein Land verkaufen oder den Zutritt dazu freigeben. Aber abgesehen davon, abgesehen von der Tatsache, daß wir Ihnen erklärt haben, daß kein Stück von diesem Land hier abgetreten wird, müssen wir Sie darauf hinweisen, daß keiner von uns auch nur eine dieser Angelegenheiten, die Sie umrissen haben, zu sehen wünscht. Wir haben alles miteinander besprochen, und es gibt keinen, keinen einzigen unter uns, der Ihren Plänen zustimmen würde. Nichts von alledem würde für unsere Leute hier von Nutzen sein, wir wissen, es wäre im Gegenteil sogar von großem Schaden für uns...«

»Na gut, Ihr habt gesagt, diese Entwicklungsprojekte hier wären von keinem Nutzen für Euch. Ich möchte Euch an das erinnern, was ich früher schon gesagt habe. Es schafft Arbeitsplätze. Es bedeutet Arbeit, gut bezahlte Arbeit, direkt vor der Haustür, sozusagen. Und für die ganze Region... es wird Leute herbringen... Fortschritt...«

»Aber, wissen Sie, wir haben schon unsere Arbeitsplätze, wir haben Fortschritt...«

»Soweit ich verstanden habe, vielleicht bin ich ja falsch unterrichtet, sind die meisten von Euch arbeitslos?«

»Alles, was wir brauchen, ist hier. Hier ist der Ort, wo unsere Arbeit ist.«

»Und der Fortschritt? Also, der springt doch nicht... direkt ins Auge.«

»Für Sie vielleicht nicht. Aus Ihrer Sicht gesehen vielleicht nicht. Aber das, was wir machen, ist wichtig. Für uns. Für uns ist das der Fortschritt.«

»Gut, mag sein, daß unsere Vorstellungen auseinandergehen. Aber selbst wenn, so wollt Ihr Euch doch sicher nicht querstellen...«

»Doch, wo immer wir können. Genau so kann man es ausdrücken. Wo immer wir uns querstellen können, werden wir es tun. Aber... wie gesagt, die Hügel sind schon weg, und Ihre Firma ist, wie wir glauben, der jetzige Eigentümer. Wir können nur noch einmal wiederholen, was wir schon per Brief mitgeteilt haben. Wenn Sie weitermachen, was wir wohl nicht verhindern können, dann jedenfalls nicht mit dem Zugang vorne entlang. Nicht hier entlang.«

»Ich will Euch das mal erklären, mit dem Zugang hinten herum. Ein Zugang von hinten ist... zwar nicht ganz unmöglich, aber doch beinahe. Auf jeden Fall nicht wünschenswert. Wir müssen die Leute hierherholen, schnellstens...«

(Dollarmann)

»...aus allen Teilen der Erde. Hauptsächlich mit Pauschalreisen. Bis in alle Einzelheiten durchorganisiert. Und müssen in der Lage sein, sie hineinzubringen, sie unterzubringen, bequem...«

(Abzüglich der Dollar)

»...und sie... die Leute fahren nicht gerne irgendwelche Extrakilometer. Teuer für sie, teuer für uns. Und wenn sie dann wieder abreisen... natürlich wollen wir in der Lage sein, sie dann auch wieder wegzubringen... so bequem wie möglich. Aber von alledem mal abgesehen, was noch viel wichtiger für einen reibungslosen Ablauf ist, das sind die Dienstleistungen und Arbeiter. Das ist der Bereich, um den es am meisten geht, weshalb wir schnell rein und raus gelangen müssen. Es verursacht Kosten, Leute zur Arbeit zu bringen, jeden Tag Laster und PKWs fahren zu lassen. Es würde Meilen von neuen Straßen bedeuten. Und abgesehen von den Kosten, ist da noch der Zeitfaktor. Aber mit einem guten Zugang, mit Eurer Zustimmung, daß wir das Land benutzen dürfen, könnte die Sache schon, zumindest teilweise, in der nächsten Saison...«

»Also, wie ich schon sagte, diese ganzen Ideen sind uns, die wir hier leben, nicht genehm. Wir können Sie nicht daran hindern, das aufzubauen... was Sie geplant haben auf dem Land, das jetzt Ihnen gehört. Aber ich muß ganz ausdrücklich darauf hinweisen, im Namen von uns allen hier – wir werden es niemals zulassen, daß dieses Haus versetzt wird. Niemals. Aber selbst wenn wir das zuließen, dann wäre hier hinten ein Stück Land, auf dem unsere Toten beerdigt sind, das Sie dann auch brauchen würden. Das ist ein geweihter Platz, wie wir Ihnen in unseren Briefen mitgeteilt haben. Dort liegen unsere Toten. Sie werden niemals jemanden dazu kriegen, dem zuzustimmen. Keine noch so schönen Worte...«

»Ich hoffe, ich habe mich verständlich gemacht. Nichts würde dabei zerstört. Eure Halle...«

»Whare tipuna. Das Haus der Ahnen...«

»...würde auf einen Laster geladen und abtransportiert, ohne Kostenaufwand für Euch. Exakt so wieder abgesetzt, wie es jetzt ist. Ohne jegliche Beschädigung. Nach zwei Tagen ist alles erledigt. Und was Euren Friedhof anbelangt. Da gibt es eigentlich gar kein Problem, das kann ich Euch versichern. Also, das ist gar nichts Neues, das ist schon oft genug gemacht worden. Ein neuer Platz, irgendwo in der Nähe. Und wir haben uns da schon ein paar Gedanken gemacht. Alles gut abgesteckt, ordentlicher Rasen angesät, eingezäunt, an alles haben wir gedacht, alles schön an seinem Platz…«

(Die Zehenknochen mit den Kieferknochen verbunden…)

»…und Ihr werdet sehr gut dafür bezahlt werden…«

(Und das ist noch das schlimmste daran)

»…für Euer Land.«

»Mr. Dolman, kein noch so hoher Betrag…«

»Also gut, wartet einen Augenblick. Seit unserer letzten Unterredung haben wir uns noch einmal die einzelnen Posten angesehen. Ich möchte gerne…«

»Mr. Dolman, ich weiß, daß wir Sie bedrängen, aber es ist nur fair, wenn wir Sie darauf hinweisen. Es gibt nichts, was Sie uns geben können, keine Worte, keinen Geldbetrag…«

»Aber nun seht doch mal. Ich bin mir nicht sicher, daß Ihr mich richtig verstanden habt, und was ich jetzt sagen möchte, ist etwas, worauf ich neulich noch nicht hingewiesen habe. Der Preis für Euer Land wird in die Höhe schießen. Euer Wertbesitz wird enorm gesteigert, wenn…«

(Dollarmann. Genau das ist ja das beunruhigende daran…)

»Ihr hättet Arbeit plus alle Topvorteile. Direkt vor Eurer Haustür, sozusagen…«

»Wir haben schon…«

»Arbeit.«

»Direkt vor unserer Haustür...«

»Und einen Topvorteil, nämlich das Land...«

»Topvorteile wie Land und Meer und Menschen ebenso wie...«

»Eine Aussicht, die eine Million Dollar wert ist, sozusagen, die...«

»Kostet nichts.«

»Alles, was wir wollen und brauchen, ist hier.«

»Nun ja, ja natürlich. Es ist schon ein tolles Fleckchen Erde. Aber es könnte doch sein, daß Ihr noch nicht alle seine Möglichkeiten erfaßt habt. Ich rede jetzt nicht nur vom Tourismus. Ich habe vorhin Familienreisen erwähnt. Ich rede davon, Familien, Schulkindern die Gelegenheit zu bieten, unser Leben am Meer mitzuerleben...«

»Die Delphine kommen jeden zweiten Sommer...«

»Mag schon sein, aber nicht für alle und nicht nahe genug heran, wo die Leute sie sehen können...«

»Nahe genug, daß man glaubt, daß es sie gibt.«

»Was ich sagen will: Auf diese Weise hätten die Leute ständig Zugang. Unsere Tiere könnten dann zu jeder Zeit beobachtet werden. Es gäbe öffentliche Vorstellungen...«

»Jeden zweiten Sommer ist öffentlich genug...«

»Und die Robben...«

»Da ist nur eine, die ab und an kommt und dann wieder verschwindet.«

»Die Schwertwale. So verweigert Ihr den Leuten...«

»Die Gelegenheit zuzusehen, wie Sie Ihren Kopf bei einem in den Rachen stecken. Gegen Geld...«

»Verweigert den Leuten den Zugang hier, die Gelegenheit.«

»Wir haben niemals jemanden daran gehindert herzukommen, nie jemanden ausgesperrt...«

»Verweigert Familien und Schulkindern die Unterhaltung.«

»Wir haben noch nie jemandem gesagt, er solle vom Strand verschwinden oder das Angeln sein lassen. Wir haben nie jemanden daran gehindert, sich in der Sonne braten zu lassen, oder jemanden davon abgehalten, ein Boot zu Wasser zu lassen. Wir haben immer jedermann hier ungehindert herkommen lassen, und wir haben den Leuten oft bei schlechtem Wetter aus der Not geholfen. Und, wissen Sie, diese Leute – Familien, Camper, Leute, die am Wochenende zum Angeln herkommen – würden uns unterstützen. Die wären von so einer Entwicklung nicht gerade begeistert. Die hätten das nicht sehr gerne.«

»So kommen wir ja wohl nicht weiter, nicht wahr? Ich meine, Ihr ladet mich hierher ein und... Ich muß sagen, ich hätte eigentlich mehr Entgegenkommen von Euch erwartet...«

»Kein so weit reichendes Entgegenkommen, daß wir einem Transport unseres wharenui, das unser Versammlungsort, unsere Identität, unsere Sicherheit ist, zustimmen würden. Kein so weit reichendes Entgegenkommen, daß wir einer Umbettung unserer Toten und der Zerstörung eines geweihten Platzes zustimmen würden.«

»Ich hatte nicht damit gerechnet, daß Menschen so uneinsichtig sein können...«

»Uneinsichtig? Vielleicht sind Sie derjenige, der uneinsichtig ist, wenn Sie glauben, wir würden tatsächlich unser Wasser dort draußen verschmutzt haben wollen, wenn Sie glauben, wir würden tatsächlich Menschenmassen hier haben wollen, Menschen, die sich Kaviar leisten können und die Lachs importieren und hierherkommen und uns die Fische wegfangen...«

»Und die Arbeitsplätze…«

»Wir haben Arbeit, wie wir Ihnen schon sagten. Sie wollen, daß wir Ihnen die Klos putzen und die Abwasserkanäle graben oder die Mülltonnen leeren, aber wir haben Wichtigeres zu tun…«

»Ich habe nicht gesagt… Und ich wollte nicht… Ihr schaut nur zurück, schaut nur zurück, ständig.«

»Ganz falsch. Wir blicken in die Zukunft. Wenn wir uns an Sie verkaufen, was sollte in der Zukunft aus uns werden?«

»Ihr wärt fein raus. Ihr könntet Euer Land nutzen, einfach alles tun, was Ihr wollt.«

»Ich sage Ihnen, wenn wir an Sie verkaufen, sind wir nur noch wie Staub. In alle Winde verweht.«

»Also, ich muß schon sagen, ich finde es sehr schwierig, mich vernünftig mit Euch zu unterhalten…«

(Das stellen wir auch fest…)

»Ein Windstoß, und das war's dann. Und wer wird der erste sein und den Finger erheben, wenn unsere Mitmenschen erst einmal gebrochen und ohne Hoffnung sind? Das gibt rundherum nichts als Ärger…«

»Nicht doch, nicht doch. Ich meine, ich glaube wirklich, daß Eure Leute… ein gutes Stück weitergekommen sind…«

»Wieder falsch. Wir sind ganz und gar nicht weitergekommen. Alles, was wir getan haben, jedenfalls viele von uns, ist, daß wir Ihnen und Leuten wie Ihnen geholfen haben, das zu bekommen, was Sie wollten. Und letztlich sind wir alle leer ausgegangen. Wir haben geholfen, ein Land aufzubauen, na schön. In seinen Fabriken gearbeitet, geholfen, Straßen zu bauen, geholfen, seine Kinder zu erziehen. Wir haben die Kranken gepflegt, und wir haben den Brauereien und den Autofirmen zu ihrem Profit verholfen. Wir haben beim

Export unserer Langusten geholfen und unsere Lieder und Tänze nach Übersee geschickt. Wir haben unsere Verbrechen begangen, unsere guten Taten getan, im Parlament gesessen, unsere Hymnen gesungen, unsere Punkte gemacht, in Kriegen gekämpft, mit unserem Geld herumgeschmissen…«

»Und Ihr schiebt die ganze Schuld…«

»Schuld zuweisen ist eine nutzlose Tätigkeit. Das wäre wirklich ein Zurückschauen. Das Jetzt ist das, was uns interessiert. Das Jetzt und das Von-jetzt-an.«

»Also gut, das meine ich ja auch. Weshalb sich mit dem beschäftigen, was vorbei ist? Das ist längst erledigt.«

»Das, was uns wichtig ist, ändert sich nicht, nur weil wir auf uns selbst und unsere Zukunft achten. Der Ort, woher wir kommen, ändert sich nicht. Der Platz, von dem man abspringt, läßt einen wissen, wo man wieder landet. Die Vergangenheit ist die Zukunft. Wenn wir jemals unsere tipuna umbetten müßten, täten wir das, weil wir selbst Veranlassung dazu hätten, wegen einer Gefahr für das Gebiet, wegen eines Fingerzeigs Gottes. Es geschähe auf keinen Fall für so etwas, was Sie Fortschritt nennen, oder für Geld…«

»Es ist aber notwendig heutzutage, das Geld.«

»Am Geld ist nichts verkehrt, solange wir im Kopf behalten, daß es für den Lebensunterhalt da und kein Gott ist. Wir ernähren uns davon, beten es nicht an…«

»Lieber zuviel als zuwenig, wie man so sagt.«

»Beides, zuviel und zuwenig, kann einen versklaven.«

»Genauso wie man zum Sklaven der Vergangenheit werden kann. Und zum Sklaven von Aberglauben… und lauter so… dummem Zeug.«

»Wir haben im wharekai das Essen vorbereitet. Sie sind herzlich zum Essen eingeladen, bevor Sie gehen.«

»Ich geh schon. Aber ich hoffe, Ihr alle denkt noch einmal über das nach, was wir hier heute besprochen haben. Es gibt Mittel und Wege. Ich bin ein Mann, der das bekommt, was er will, und Ihr solltet darüber nachdenken. Behaltet die Vorteile für Euch im Auge und die für Eure Kinder auch. Ich meine, Ihr besitzt etwas, was wir brauchen. Wir könnten ein Geschäft machen, das beide Seiten zufriedenstellt.«

»Etwas, was Sie brauchen, und dabei haben Sie doch schon Land, massenweise Land…«

»Wir brauchen dieses Stück Erde hier, oder das ganze Projekt könnte ins Wasser fallen.«

»Gäben wir es Ihnen, dann fiele für uns allerhand ins Wasser. Wir würden wieder zu Sklaven, wo wir doch gerade erst dabei sind, frei zu sein.«

14

Toko

Ich habe meine eigene Geschichte über den Besuch des Dollarmanns. Unsere Geschichten haben sich verändert. Es ist eine Geschichte von Fühlen und Wissen.

Die Geschichte handelt nicht davon, wie der Dollarmann das erste Mal kam. Ein paar Monate nach seinem ersten Besuch kam er wieder, und er kam immer wieder und immer wieder und brachte noch jemand anderen mit und dann wieder jemand anderen, und jeder von denen sah aus wie ein Zwilling von ihm und hatte eine Zwillingsgeschichte zu erzählen. Die Unterhaltung lief immer gleich ab, und durch ihr Kommen änderte sich gar nichts.

Als der Dollarmann mit seinem ganzen Geld und all seinen Worten kam, waren alle stolz auf Onkel Stan, denn er verfügte über Worte, die die Worte des Dollarmanns ausglichen, und auch über genügend Werte, die das Geld des Dollarmanns ausglichen.

Dann kam der Mann eines Tages und sagte, die Arbeiten würden jetzt anfangen. Sie hätten ihre Planungen herunterschrauben müssen, so sagte er, weil die Zufahrt, die sie hatten, keine gute Zufahrt sei. Wegen unserer mangelnden Unterstützung und Weitsicht, so sagte er, wäre seine Gesellschaft jetzt gezwungen, im Augenblick kürzerzutreten. Im Augenblick, sagte er noch einmal. Aber so oder so, sagte er, würde er uns überreden, Einsicht zu zeigen, Weitsicht zu haben, so oder so. So oder so, so oder so, sagte er wieder und wieder, und das war der Augenblick, wo ich das Gefühl hatte, es brennt. Ich hatte früher schon einmal ein eigenartiges Aufkeimen davon gespürt, als ich noch ein Kind war und meine Mutter Roimata mich an sich drückte und sich um mich ängstigte. Aber jetzt war ich ganz und gar nicht mehr das, was man ein Kind nennt.

Das Feuer fing tief in meinem Innern an, und seine Glut durchzog mich und schoß an den Wänden empor und zerbarst. Die Holzväter und Holzmütter nahmen Farbe an und wanden sich, und ihre Augen wurden rosarot und flackerten. Da war es, und dann war es auch schon wieder verschwunden. Der Lichtstrahl des Erkennens der ganzen Lage hatte mich getroffen.

In dem Haus herrschte ein Einatmen und Seufzen. Es fielen auch scharfe laute Worte von meiner Schwester Tangimoana, obwohl die meisten dachten, daß das nicht richtig war, was sie in Rongos Haus tat.

Mein Vater sagte, ihm täte es gar nicht leid, daß die Planungen verkleinert werden mußten, und er wünschte, der Mann ließe das Land den Leuten, damit sie es so genießen konnten, wie es war. »Es ist ein Vorteil, so wie es jetzt ist und wie es immer gewesen ist«, sagte Hemi.

Unser Onkel Stan redete über Weitblick. »Wir haben auch Augen«, sagte er. »Wir haben auch Augen, und nachdem wir uns jahrelang bemüht haben, es anderen recht zu machen, kümmern wir uns jetzt um uns selbst, und wir können sehen. Das ist kein Mangel an Weitblick, wie Sie das nennen. Gerade weil wir den Weitblick haben, werden wir unser Land niemals, niemals hergeben. Wenn man das Herz und die Seele wegnimmt, zerfällt der Körper.«

Aber der Mann hielt das alles nur für Gerede – Gerede ohne Nachdenken oder Bedeutung dahinter, unbedachtes Gerede. »Na, mal sehen«, sagte der Mann. »Mal sehen, wie es weitergeht.«

Danach mußten wir Briefe schicken, in denen wir unsere Einwände gegen die Planungen darlegten. Diese Planungen hatten nichts mit der Vereinnahmung unseres Landes zu tun, denn unser Land konnte nicht vereinnahmt werden. Aber sie bezogen sich auf die Ausflüge und den Wassersport, den Unterwasserzoo und die Tierschau, die applaudierenden Robben, den Mann, der seinen Kopf in den Rachen eines Wales hielt und was da sonst noch alles geplant war. Und als ein Brief ankam, der uns mitteilte, wie wir einbezogen werden könnten und wie wir uns zweimal am Tag ausstaffieren und tanzen und singen und auf dem Gelände kochen könnten, da schrieben wir eine böse Antwort. Unser Singen und Tanzen sei nicht käuflich, teilten wir mit, auch kochten wir unser Essen nicht auf Steinen. »Sollen sie sich doch selbst zum Kochen auf die Steine legen«, hörte ich meinen Onkel sagen. »Es sind für sie ja immer gekühlte und schallgedämpfte Räume da, in die sie zurückkehren und von wo aus sie aufs Meer blicken können, dumm wie die Pfauentauben und laut schwatzend, aber von wo aus sie die Bootsmotoren nicht aufheulen hören. Die hören das Aufheulen ja nicht«, sagte er. »Die haben ja gar keine Ohren für das Aufheulen.«

Er sagte das, weil er wütend war und weil er wußte, daß das Land und das Meer schon lange ein Gewinn waren.

Da wir »Einwände erhoben«, mußten wir noch an weiteren Treffen teilnehmen. Wir gingen alle hin, wo die Treffen stattfinden sollten, wir allesamt, um den Raum voll zu machen. Wir waren nicht die einzigen, die Einwände hatten, denn da waren auch noch Fischer und Freizeitschiffer, die am Wochenende kamen, und Umweltschützer. Tangimoana brachte ein paar ihrer Freunde von der Universität mit. Die machten dann auch eine Menge Lärm, worüber einige aus der Familie gar nicht erbaut waren. Deshalb waren die Räume voller Leute und von Lärm erfüllt, und die Anzug-Männer fächelten sich mit Briefumschlägen und Papieren Luft zu.

Man konnte leicht verstehen, weshalb die Anzug-Männer die Erschließung befürworteten, denn sie bedeutete eine große Anzahl an Sommergästen für die Gegend und bedeutete »Fortschritt«, wenn man es unter diesem Aspekt betrachtete. Und selbst wenn nicht Sommer war, wäre es ein vorteilhaftes Geschäft mit den Familien und Schulen, die kämen, um den Kopf des Mannes im Rachen des Wales zu sehen und Tümmler, die in Zweierreihen durch brennende Reifen sprängen und dabei lächelten wie Leute auf dem Hochseil und Zauberer. Lächelten, lächelten, aber von ihren Augen wäre nichts abzulesen.

Und es gäbe Gewinne für Unternehmen, hohe Mieten, neue Transportgesellschaften, neue Raststätten, Golf und Squash und Saunas und alles, was die goldenen Leute interessiert.

Wir erhoben Einspruch, weil wir uns um das Land und das Meer Sorgen machten. Die Hügel und das Meer gehörten uns nicht, aber es lag uns viel daran, sie sauber und frei zu erhalten. Wir konnten nur zusammen mit anderen Einspruch erheben, die schwimmen und zelten und fischen können wollten und die nicht wollten, daß das Meer oder das Land verändert wurde. Wir wollten ebensowenig wie sie, daß die Firma Zoos und Zirkusse im Meer einrichtete oder Lärm und Verschmutzung dorthin brachte oder an der Küste entlang Paläste und Schlösser aneinanderreihte und Souvenirläden, oder daß sich Restaurants über dem Meer drehten, des Nachts hell erleuchtet wie Flugzeuge von einem anderen Stern, die Eroberer am Strand absetzten.

Denn bald würde es keine Fische mehr geben, nur noch zahme, und man ging durch erleuchtete Tunnel, um bei der Haifischfütterung zuzusehen, oder wann immer man wollte. Gegen Eintrittsgeld natürlich.

Nun, wir wollten, daß die Fische im Meer wie ganz normale Fische lebten, daß die Stachelrochen abends umherstreiften, wie sie das immer tun. Wir wollten, daß unsere Augen mit der Gegend vertraut waren, wo sie den Gezeiten begegneten, egal ob Ebbe oder Flut.

Mein Vater Hemi sagte, das Land und das Meer sei unser ganzes Leben, der Grund, weshalb wir überlebten und weshalb wir zusammenhielten. »Unser whanau ist das Land und das Meer. Wenn wir das Land und das Meer zerstören, zerstören wir uns selbst. Wir können uns genausogut den Schädel aufspalten oder die Frucht herausnehmen und ins Feuer werfen.«

Dann war da auch unser Land mit dem geschnitzten Haus, das nur uns gehörte, das vor langer Zeit von unserem Volk errichtet worden war, geschnitzt von einem Mann, der sein Leben und seinen Atem dafür gegeben hatte. Sein Haus, unser Haus gab nicht nur die Geschichten der Menschen vor langer Zeit weiter, sondern erzählte ebenso über unser heutiges Leben. Da gab es Langusten, Aale, moki und Kabeljau, die alle in unserem Haus abgebildet waren. Da waren karaka-Bäume, pohutukawa, ngaio, nikau and kakaho und Abbildungen von Meereswellen, Felsen und Hügeln, der Sonne, dem Regen und den Sternen. Da gab es Bilder, aus dem Weinen gemacht, dem Wissen und der

Liebe und dem Streiten. Da gab es für jeden Teil unseres Lebens ein Bild oder eine Figur. Das Haus wurde täglich von meiner ersten Mutter Mary poliert und gehegt und gepflegt.

Und hinter dem Haus ist der Platz, wo die Toten begraben liegen. Das war der Boden, der von den Geldmännern dermaßen heiß begehrt wurde, daß sie Tausende von Dollars zu bezahlen bereit waren, um ihn zu bekommen. Das war der Boden, bei dem die Leute von der Stadtverwaltung sich bemühten, die Geldmänner zu unterstützen, damit wir ihn hergäben. Meine Mutter Roimata sagt, daß sich in deren Köpfen anderes abspielt und daß sie anderes wichtig finden.

Aber wir wollten nicht zulassen, daß sie unser Land bekommen oder unser Haus oder unsere Toten versetzen, egal, wie häufig der Goldmann mit seinem Zorn und seiner andersgearteten Denkweise kam. Mein Bruder Manu hatte Angst vor ihm und weinte nachts im Schlaf. Mein Bruder James hatte keine Angst und hörte aufmerksam zu, damit er Bescheid wußte. Meine Schwester Tangi hatte keine Angst vor dem Mann, aber sie war besorgt. Ich hatte, wie meine Schwester, keine Angst vor dem Mann, aber ich fürchtete mich wegen einer besonderen Ahnung. Ich weinte nicht im Schlaf wie mein Bruder Manu, und ich schrie meinen Zorn nicht hinaus wie meine Schwester, aber ich hatte eine bestimmte Vorahnung, die mir Angst machte.

Eines Tages, als wir draußen auf unseren Feldern waren, war von tief in den Bergen her Lärm zu hören. Es waren Straßenbaumaschinen, die der beginnenden Erschließung den Weg bahnten, und man hörte, wie die Berge mit Dynamit gesprengt wurden. Aber diese Straße war nicht die Straße, die die Geldmänner hatten anlegen wollen. Die Straße, die sie wollten, war eine Straße vorne an unseren Häusern entlang und durch unser wharenui und unser urupa hindurch. Diese Straße hatten die Geldmänner uns wieder und wieder auf Landkarten gezeigt, und sie hatten unentwegt gesagt, daß unser Haus ohne Kostenaufwand für uns versetzt werden könnte. Aber auf die Frage, wohin es versetzt werden könnte, hatten sie gesagt, vielleicht könnte es näher an die Stadt heran verlegt werden, an einen zentraler gelegenen Platz.

Da hatten alle gelacht, denn der Mann hatte offensichtlich nicht begriffen, daß das Haus schon ganz zentral lag und zentraler gar nicht liegen konnte. Der Mann hatte ein verdutztes Gesicht gemacht, als die Leute lachten, und an sich herunter gesehen, als hätte er etwas Seltsames an. Das war der Augenblick, wo wir begriffen, daß der Mann gar nichts von dem, was wir ihm die ganze Zeit erklärten, verstanden hatte, niemals etwas verstanden hatte und auch niemals verstehen würde.

Mein Onkel versuchte, es noch einmal zu erklären. Ich glaube, er hatte Mitleid mit dem Mann. Meine Schwester Tangimoana hatte nicht das geringste Mitleid. Sie nannte ihn ein altes Arschloch.

Dann passierte etwas sehr Seltsames. Ich saß in allernächster Nähe von Granny Tamihana. Wir hatten Matratzen auf den Boden gelegt, um bequem sitzen zu können, und die Wolldecken waren über die Matratzen gebreitet. Wir hatten uns nicht mit den Wolldecken zugedeckt, denn die Luft war warm.

Als wir zuvor das Haus für die Versammlung zurechtgemacht hatten, hatten einige gemeint, wir sollten dem Mann einen Tisch für seine Pläne und Papiere hinstellen und auch einen Stuhl, damit er sich an den

Tisch setzen konnte, aber meine Mutter Roimata stimmte diesem Vorschlag nicht zu. Sie sagte, man solle den Mann wie alle anderen behandeln, das wäre psychologisch genau richtig.

»Du meinst, laß ihn sich mit seinem Anzug und in Socken auf den Boden setzen, dann kommt er sich blöd vor, weil er unsere Bräuche nicht gewöhnt ist«, sagte Tangimoana.

»Also so habe ich das nicht gemeint, Tangi, jedenfalls nicht ganz so. Ich meine, zieh ihm die Stiefel zur Abwechslung mal verkehrt an. Laß mal ihn fühlen, wir wir uns manchmal fühlen… in anderen Situationen.«

»Das ist genau das, was du meintest, egal, wie nett du es ausdrückst«, sagte Tangimoana. Und alle Frauen lachten, und sie entrollten das whariki, und die Jungen legten die Matratzen darauf.

Als meine Vettern Paul und Stanny Tisch und Stuhl für den Mann brachten, schickten die Tanten sie wieder weg und sagten ihnen, Tisch und Stuhl würden nicht mehr gebraucht.

Und als Tangi den Mann mit »dämliches Arschloch« beschimpfte, runzelten mein Vater Hemi und Onkel Stan, die dort saßen, wo der Mann stand und auf uns einredete, die Stirn und waren verärgert, aber sie blickten nicht auf. Der Mann redete weiter, und sein Gesicht war rot und wütend.

Es war schon seltsam. Mein Vater und der Onkel schauten finster drein und waren bestürzt, und der Geldmann war wütend und rot, und da fing meine alte Granny an zu beben. Ich saß dicht neben ihr. Ich drehte meinen Kopf zu ihr hin, um sie anzusehen. Ihre Stirn ruhte auf ihrer faltigen Hand, die wie die Hand eines Huhnes aussah oder vielmehr wie ein Hühnerfuß, und sie lachte und lachte.

Zuerst verstand ich nicht, weshalb meine Granny wie von einem Erdbeben erschüttert wurde und das Gesicht hinter der Hand verbarg, wo doch der Mann so zornig und die anderen alten Leute so verärgert waren. Dann senkte meine Mutter Roimata, die neben Granny saß, auch den Kopf, und ihre Schultern zuckten auf und ab. Mary, die neben mir saß, langte zu mir herüber und krabbelte mich unterm Kinn. Sie hatte völlig vergessen, daß der Mann mit puterrotem Kopf und auf Socken dastand. Manchmal ist ihr Erinnerungsvermögen nicht gut. Ich fing auch an zu lachen.

Langsam breiteten sich Lärm und Gemurmel im ganzen Haus aus, so wie es sich oft entwickelt, wenn man etwas abgeschlossen hat und es einem reicht.

Und genau zu diesem Zeitpunkt reichte es. Der Mann machte sich dran, seine Papiere zusammenzuraffen. Mein Vater bedankte sich bei ihm, und dann erhoben wir uns, um die Hymne zu singen, mit der wir unsere Versammlung beendeten. Aber ich erhob mich nicht, weil meine Familie das nicht wollte. Das Stehen fiel mir nicht leicht. Meine Granny blieb mit mir sitzen und auch meine erste Mutter, Mary.

Als die Hymne beendet war, verließen alle das Haus, die Kinder, um mit ihrem Ball auf dem marae zu spielen, und die Erwachsenen gingen in Richtung wharekai.

Der Mann stand noch bei meinem Vater. Ich wußte, daß Hemi den Mann einlud, zu bleiben und mit uns allen im wharekai zu Mittag zu essen, aber der Mann schüttelte den Kopf. Wir blieben allein übrig, denn alle anderen waren gegangen. Mein Vater und der Mann gingen zur Tür. Meine Mutter Mary stand auf ihrer Matratze und sang für das Haus, für die schattenhaften Figuren mit den fixen Augen, und wiegte sich dabei hin und her, und ihr Singen wurde lauter und lauter. Meine Granny erhob sich und reichte mir meine Krücken. Sie wartete auf mich, gebeugt und alt, und wischte sich die Lachtränen weg.

Ich zog mich an meinen Krücken hoch. Ich schaute dabei auf, und meine Blicke trafen sich mit den Blikken des Mannes, als der zurückblickte. Ein verärgerter Blick, aber es trat zu dem Ärger noch etwas anderes in seinem Blick hinzu, das vom Ärger herrührte, aber Ärger war nur ein Teil davon.

In dem Moment sah ich, was der Mann sah, als er sich umwandte und uns drei anschaute und sich unsere Blicke trafen. Ich sah, was er sah. Das, was er sah, war Gebrochenheit, ein gebrochenes Volk. In meiner Granny, meiner Mary und mir sah er ein ganzes Volk, hinfällig, geistig zerrüttet, verwachsen. Das war es, was ich wahrnahm. Da begriff ich nicht nur die Gedanken des Mannes, sondern ich begriff auch die Jahre voller Kränkungen, Leid und Knechtschaft, die sich im Herzen meiner Granny Tamihana zusammengeballt hatten. Ich begriff mit einem Mal all den Schmerz, den sie in ihrem kleinen und sanften Ich verschlossen hielt.

Und der Schmerz betraf uns alle, das begriff ich auch. Ich begriff, daß die wütenden Worte meiner Schwester im Haus aus Holz, dem Haus der Geschichten, dem Haus der tipuna – in Rongos Reich hineingeschrien, das das Reich des Friedens ist – nur zur Befreiung und Entlastung meiner Granny dienten, weil sie sie dazu brachten, zu beben und Tränen zu lachen.

Ich war der einzige, der den Haß und die Wut wahrnahm, die in das Gesicht des Mannes eingeritzt waren, als er in den Nachmittag hinaustrat, hinaus in die Rufe der Kinder, die auf dem marae ihrem Ball nachjagten.

15

Roimata

Alles, was wir brauchen, ist hier, sagte Hemi. Es stimmt, und er hat das immer schon gewußt. Was Toko sagte, stimmte auch – die Geschichten hatten sich verändert.

Seit wir wieder auf dem Land arbeiteten, hatte der Tag nicht so viele Stunden, wie wir für all das brauchten, was zu tun war, und an jedem Tag ging unsere Arbeit auch noch in der Dunkelheit weiter. Mit Hilfe des Pferdes und später eines Treckers und eines Lasters wurde das Land urbar gemacht. Meeralgen und andere Düngemittel wurden in den Wintermonaten ausgestreut und untergepflügt. Für den Kompost wurden Gräben gezogen. Für die Kartoffeln und Kürbisse aus der Ernte des ersten Jahres wurde eine gute Verkaufsmöglichkeit gefunden, und jedes Jahr wurden die Felder erweitert und neue Feldfrüchte ausprobiert und der Markt Stück für Stück erweitert. Aber bevor wir etwas verkaufen konnten, mußten wir uns selber versorgen. Unsere Häuser waren voller Menschen, weil immer mehr whanau zurückkamen, denn die Arbeitsplätze wurden immer knapper, und es wurde immer schwieriger, Wohnraum zu finden und zu bezahlen. Hier gab es Arbeit für alle, auch wenn es keine bezahlte Arbeit war, an die die meisten gewöhnt waren. Manchen gefiel es, und sie waren erleichtert, daß sie wieder zurück waren. Andere waren weniger gern da und blieben nicht lange. Unsere Armut war selbst gewählt, obwohl das Wort »Armut« nicht sehr treffend war.

Die Geschichten handelten vom Dasein, vom Überleben, vom Aufstehen vor Tagesanbruch, von aufgewärmtem Gemüse, Brot und Tee zum Frühstück. In der Morgendämmerung waren die, die auf den Feldern arbeiteten, schon draußen und beugten sich zur Erde nieder.

Unsere beiden Jüngsten waren schon keine Kinder mehr. Sie brauchten mich auch für ihr schulisches Fortkommen nicht mehr so sehr, denn sie hatten inzwischen begriffen, wie sie selbständig lernen konnten. Sie wußten selber, was sie lernen wollten und warum. Sie wußten, wie sie an das Wissen, das sie brauchten, herankommen konnten. Aber Manu und Toko und ich hielten uns ein Eckchen im wharekai frei, wohin die kleinen Kinder des whanau jeden Morgen kamen, um zu erzählen und zu singen und zu lesen und zu schreiben. Dafür hatten wir Zeit genug. Bücher konnten wir uns keine leisten, deshalb machten wir uns selber welche. Auf diese Weise war es uns möglich, uns in Büchern wiederzufinden. Es ist selten, daß wir uns in Büchern wiederfinden, aber in unseren eigenen Büchern konnten wir unser Leben wiederfinden und uns erklären.

Unser wichtigstes Buch war das wharenui, das selbst Geschichte, Vergangenheit, Galerie, Arbeitszimmer, Baumodell und taonga ist. Und wir sind Teil dieses Buches, zusammen mit der vergangenen Familie und der Familie, die noch kommen wird.

Das Land und das Meer und die Küste sind auch Bücher, und wir fanden uns dort wieder. Sie waren unsere Wissenschaft und unser Lebensunterhalt. Und sie sind unser eigener Kosmos, in dem es Geschichten von großen Taten und Beziehungen und Magie und Eingebildetem, Liebe und Furcht, Helden, Heldinnen,

Übeltätern und Narren gibt. Genug, um ein Leben lang davon zu erzählen. Wir stellten fest, daß unser eigener Kosmos genauso groß und genauso umfassend ist wie jeder andere auch.

Für unsere Geschichten reichte der Tag nicht aus, aber wir verbrachten täglich einen Teil des Vormittags mit den kleinen Kindern des whanau, während ihre Eltern arbeiteten. Toko, der sich mittlerweile nur noch langsam bewegen konnte, verbrachte immer mehr Zeit mit den Kindern und mit denen, die gerade in der Küche arbeiteten. Sein Bruder war ständig in seiner Nähe, um ihn zu begleiten oder zu den Feldern zu bringen, wenn er herauskommen wollte.

Es war einfach, über den Zustand unserer Kleidung zu lächeln. So mancher Rock und manche Hose waren so oft geflickt worden, daß sie fast nur aus Flicken bestanden. Socken und Pullover waren so oft gestopft worden, daß man sie schon wieder neu nennen konnte. Viele von uns gingen den größten Teil des Jahres barfuß, um die Schuhe für die kalte Jahreszeit zu schonen.

Unsere Häuser hätten einen neuen Anstrich benötigt, aber es war kein Geld für Farbe da. Von den Zäunen hätten einige neu genagelt werden müssen, aber vor dem Winteranbruch war kein Geld dafür da. Unsere Autos hatten wir verkauft, denn es war kein Geld für Reparaturen da und auch kein Geld für Benzin. Aber wir hatten den Laster und den Trecker, dafür reichte das Geld.

Einen Fernseher hatten einige von uns noch, aber wenn einer kaputt ging, war kein Geld für die Reparatur da. Und wir hatten auch keine Zeit mehr zum Fernsehen und auch keine große Lust dazu, denn es sagte nichts über uns aus. Es gab im Fernsehen nur wenig Hinweise darauf, daß wir überhaupt lebten, und zwar auf unserem eigenen Land. Es gab nur wenig im Fernsehen, das von Bedeutung für uns war.

Wir hatten genug Geld, um Strom und die Grundsteuer und den Diesel für die Maschinen zu bezahlen. Wir hatten genug Geld für Tee, Mehl, Seife und Zigaretten, aber kaum mehr als das. Hemis Bruder Stan sagte manchmal: »Die Felder sind phantastisch, die Leute sind pohara.« Aber das sagte er nur, damit wir etwas zum Lachen hatten. Wir waren nicht pohara. Unsere Familie hatte in der Vergangenheit schon größere Mühsal als das kennengelernt und auch größere Armut. Manche hatten es überlebt, waren wieder heil geworden, andere waren nie wieder auf die Beine gekommen.

Wir waren nicht pohara. Unsere selbstgewählte Mühsal war etwas, das gut tat und uns alle aufrichtete, man konnte sich die Zähne daran wetzen. Aber wir wußten noch nicht, daß sich der Lauf der Dinge wenden und fast den Geist zerstören sollte, der uns allen das Leben gab und Kraft und Stärke.

Wir waren nicht pohara. Wir waren gesund, und das Leben war in Ordnung. Die Felder waren soweit, daß sie bald den vollen Ertrag brachten, und vielleicht hatten wir dann auch warme Schuhe, vielleicht hatten wir dann auch Fleisch auf dem Teller. Und wenn nicht, machte es auch nichts.

Wir hatten nicht gewollt, daß die alte Dame mit ihren zweiundneunzig Jahren jeden Tag im wharekai am Feuer saß und Gemüse putzte, aber sie wollte es so. »Ich helfe meiner Mary«, sagte sie. »Laßt uns zwei nur hier, und bitte keine Aufregung. Sonst klappere ich nur für nichts und wieder nichts in meiner Küche herum. Macht euch nur an eure Arbeit.«

Wir hätten Mary nicht gerne von der Arbeit, die sie liebte, ferngehalten, und wir taten es auch nicht. Mary brachte den Vormittag mit Granny Tamihana in der Küche zu und kochte das Essen, wusch die Geschirrtücher und Tischdecken, wischte die Flure und wischte die Tische ab. Nachmittags ging Mary immer allein zum wharekai, um Staub zu wischen und zu polieren, mit den tipuna zu plaudern und im Haus des Volkes zu singen.

James war nicht die ganze Zeit über bei uns. Er war bei dem koroua, der ihm das Schnitzen beibrachte, und er gewann damit dem whanau eine Kunstfertigkeit zurück. Sie waren manchmal in Te Ope und manchmal woanders, je nachdem, wo sie gebraucht wurden. Aber in der arbeitsreichen Jahreszeit kehrte James zu uns und den Feldern zurück, obwohl wir ihm gesagt hatten, es wäre nicht nötig.

Tangimoana ging zur Universität, weil das whanau sie gebeten hatte, das zu tun und Jura zu studieren. Es war genug Geld dafür vorhanden. Sie kam in den Ferien heim und teilte ihre Zeit auf zwischen Schlafen und dem Arbeiten im wharekai oder auf den Feldern. Aber sie mußte auch lernen und Seminararbeiten schreiben.

Der Mann kam nach dem letzten Mal, als er wütend abgezogen war, nicht wieder. Es kam gar keiner mehr, und wir hörten über ein Jahr lang nichts mehr von ihnen. Wir waren mit unserer Arbeit beschäftigt, und die ganzen Erschließungsvorschläge waren schon fast in Vergessenheit geraten, als ein Brief eintraf. Die Firma wolle weitermachen wie geplant, müßte das aber tun, ohne das Land benutzen zu können, auf dem unser urupa und das wharenui lagen, wenn wir es uns in diesem fortgeschrittenen Stadium nicht doch noch anders überlegten. Außerdem baten sie für die Baufirma um die Erlaubnis, unsere private Zufahrt benutzen zu dürfen, solange die Erschließung vonstatten ging.

Wir überlegten es uns nicht anders und gaben auch nicht die Erlaubnis, unsere Straße zu benutzen. Wir wurden darin von anderen Leuten bestärkt, die im Lauf der Jahre unsere Freunde geworden waren. Das waren Fischer und Familien, die immer schon unsere Straße und den Strand benutzt hatten, so wie man das eben unter Verwandten tut. Das waren Leute, die kein Interesse daran hatten, daß diese Gegend erschlossen werden sollte, die nicht wollten, daß Bäume abgeholzt und Hügel abgetragen wurden, und die nicht wollten, daß die Straße von großen Lastern und Baumaschinen benutzt wurde.

Nach diesem Brief hörten wir einige Wochen lang nichts mehr. Niemand erschien. Dann ertönten eines Tages, als wir draußen auf den Feldern waren, Detonationen wie von weit weg, und später an diesem Tag trug der Nordwind das Geräusch von Straßenbaumaschinen zu uns herüber. Es war die Baugesellschaft, die damit angefangen hatte, vom Landesinneren her eine Zufahrt zu bauen. Wir wandten uns wieder unserer Feldarbeit zu, denn wir konnten nichts dagegen tun.

Mit jedem Tag kamen die Geräusche näher, bis wir eines Tages die gelben Einschnitte sehen konnten, die die gelben Maschinen gemacht hatten, und die gelben Overalls und die gelben Helme, die die Männer, die die gelben Maschinen bedienten, trugen. Wir konnten nichts machen, oder jedenfalls glaubten wir das, denn dieser Teil des Landes war uns schon vor langer Zeit verlorengegangen.

Es gab aber Leute, die nicht wie wir dachten, es sei nichts mehr zu machen. Über deren Briefe, Einsprüche und Aktivitäten wurde ausführlich berichtet und diskutiert, aber wir kümmerten uns nicht darum. Wir arbeiteten fleißig auf unseren Feldern und an unseren Netzen und nahmen eifrig alles auf, was wir über das Land und das Meer erfahren konnten. Wir waren damit beschäftigt, die Geschichten und die Geschichte eines Volkes und eines Ortes wieder und wieder zu erzählen und eine Sprache zu erlernen oder wieder zu erlernen, die unsere eigene war, damit wir sie auch wirklich wieder als unsere eigene bezeichnen konnten. Wir arbeiteten für unser Überleben und bemühten uns, nicht zu den Hügeln hinzuschauen, bemühten uns, die Geräusche, die von dort kamen, zu überhören.

Eines Morgens kam eine kleine Gruppe von Leuten zu uns, und sie sagten, sie würden jetzt dort hinauf gehen und sich auf die neue Straße setzen und den weiteren Fortgang der Straßenbauarbeiten verhindern. Sie würden sich direkt vor die Planierraupen setzen, sagten sie, und sie forderten uns auf mitzukommen. Wir schauten auf und sahen, daß auch noch andere da waren und auf der Straße warteten. Wir gingen aber nicht mit. Es erschien uns nicht richtig, sich dort hinzusetzen, wo das Land uns doch gar nicht mehr gehörte.

Die Straßenbauarbeiter lachten, als sie zur Arbeit kamen und die Gruppe von Leuten mit ihren Plakaten und Schildern dort vorfanden. Sie ließen ihre Maschinen gar nicht erst an, sondern gingen gleich weg und setzten ihre Blechkessel auf und spielten Karten, bis die Vorgesetzten kamen. So erzählten die Leute es uns später.

Die Vorgesetzten brüllten und tobten herum und die Leute auch, aber sie gingen nicht weg, bis die Polizei kam. Ein paar gingen nach Hause, als die Polizei kam, aber ein paar wurden verhaftet und in einem Bus abtransportiert. Wir konnten hören, was sie über die Straße und die Zerstörung des Landes riefen. Es war Nachmittag, als die Straßenarbeiten schließlich wieder begannen.

Am nächsten Morgen schlossen sich ein paar junge Leute von hier der Gruppe, die sich auf der Straße neu gebildet hatte, an, auch wenn das nicht alle im whanau billigten. Sie machten, daß sie nach Hause kamen, als die Polizei kam, und paßten auf, daß sie nicht verhaftet wurden.

»Ein paar von denen sind unsere eigenen Verwandten«, sagte James, »und die fahren die großen Maschinen.« Er nannte zwei Namen. »Sie sagten, sie wollten ihre Jobs nicht aufgeben, denn dann würden doch nur andere ihre Arbeit bekommen, und die Straße würde sowieso gebaut.«

»Natürlich sollten sie ihre Arbeit nicht aufgeben«, sagte Hemi. »Das Ganze ist ja nicht ihre Schuld, hat nichts mit ihnen zu tun. Ein Mann und seine Familie müssen etwas zu Essen haben.«

»Sie haben mit uns geredet«, sagte James. »Haben uns gefragt, ob wir hier leben, und gesagt, wer sie sind, sie sind Rihanas.«

Hemi und ich kannten sie.

»Da hat es Ärger gegeben«, sagte Hemi.

»Die haben gesessen, alle beide«, sagte James. »Und es war nicht leicht für sie, Arbeit zu finden.«

»Geh morgen wieder hinauf und bring sie mit nach Hause«, sagte Hemi. »Ihr Großvater war von hier, und ihre Eltern brachten sie mit hierher, als sie noch ganz klein waren. Später gingen sie nach Australien und lebten dort. Geh morgen rauf und bring sie mit nach Hause.«

So lernten wir Matiu und Timoti kennen, oder vielmehr lernten wir sie wieder kennen.

Die Straßensperren und der Protest hielten nur eine Woche lang an. Es war nichts zu machen.

Aber bald danach ging es wieder mit den Briefen los. Wir kriegten immer mehr Geld für das Stück Land geboten, auf dem sich unser wharenui und unser urupa befanden, Land, das für das erschlossene Land einen guten Zugang bot und eine Erschließung in größerem Maßstab erlaubt hätte. Wir erhielten auch das Versprechen, daß unsere eigene Straße, die die Zufahrt zu unseren Häusern war und die wir selbst gebaut hatten und auch selbst unterhielten, verbessert würde. Die Erschließer wollten die Straße verbreitern und sowohl Straße als auch Bürgersteig teeren, kanalisieren und beleuchten – wenn sie sie mitbenutzen durften. Aber wir wollten ihnen bei ihren Vorhaben nicht helfen, und deshalb gaben wir ihnen die Erlaubnis nicht, unsere Straße zu benutzen, selbst wenn die Straße, so wie sie war, teuer und schwer für uns zu unterhalten war. Sie hatte Spurrillen und Schlaglöcher und stand im Winter teilweise unter Wasser.

Die Erschließer waren über unseren andauernden Widerstand verärgert, und das kam daher, daß sie einfach nicht begriffen, daß wir nur die Wahl zwischen Armut und Selbstvernichtung hatten. Aber Armut ist nicht das richtige Wort. Armut ist auch zerstörerisch. Wir waren ja nicht richtig arm. Wir hatten Häuser und genug gute Nahrungsmittel, oder zumindestens fast immer. Wir hatten Leute und Land und einen guten Zusammenhalt und eine Arbeit, die uns allen am Herzen lag.

Eines Abends las Stan uns nach dem karakia den

neuesten Brief vor und nannte uns die Summe, die die Erschließer für das Land boten. Wir waren von der Zahl, die uns da vorgelesen wurde, erschüttert. Der gebotene Betrag sagte uns, daß die Erschließer verzweifelt auf unser Stück Land aus waren, und diese Verzweiflung machte uns angst. Sie brachte uns dazu, darüber nachzudenken, was wohl passieren könnte, was sie unternehmen würden, wenn sie erst mal begriffen hatten, daß wir nicht käuflich waren. Wir fragten uns, ob ihre Macht und ihr Geld auch auf andere Art eingesetzt werden konnten. Es war beunruhigend, die Verzweiflung wahrzunehmen, die hinter dem Angebot einer solch großen Summe steckte.

In der Zwischenzeit brachten Laster Materialien herbei. Die großen Maschinen rodeten riesige Stücke Land. Die Hügel wurden abgetragen und Felsen und Geröll ins Meer gekippt.

Es war Frühling, und die Felder, die großen Felder, waren sanft und zart und grün.

16

Roimata

Wir versuchten also, den Hügeln den Rücken zuzuwenden und nicht hochzuschauen. Die Hügel gehörten uns nicht mehr. Aber gleichzeitig ging uns nicht aus dem Sinn, daß das Land nicht den Menschen gehört, sondern die Menschen zu dem Land. Wir konnten nicht vergessen, daß es das Land war, das zu Anfang das Geheimnis barg, das unsere allerersten Anfänge in sich enthalten hatte. Es war das Land, das die Samen barg und die Wurzel so lange verbarg, bis sie gebraucht wurde. Wir wandten unsere Augen ab von dem, was den Hügeln widerfuhr, und schauten auf den Boden und zum Meer hin.

In jenem Sommer voller Regen bot die Erde viel und auch das Meer.

Es ist nicht wichtig, Fleisch auf dem Teller zu haben, wenn man ein Küstenbewohner ist. Wenn man an der Küste wohnt, findet man immer etwas aus dem Meer, das man zur Grundnahrung dazunehmen kann.

Zu jeder Zeit im Jahr und bei jedem Wetter konnten wir bei Ebbe paua und kina finden. An ruhigen Tagen konnten wir die Netze für Schleimfisch, moki, Haifisch oder kahawai setzen, auch wenn der Fang nicht immer gut war. Ab und an konnten wir einen Schnappbarsch oder einen Meeraal mit einer Angel, die wir am Ufer auswarfen, an Land ziehen. Wenn die größeren Fische nicht da waren, konnten wir kleinen Kabeljau bei den Felsen oder kelp in den Tangfeldern fangen.

Wir bemühten uns, nicht zu den Hügeln hinüberzusehen, und wir bemühten uns, nicht zur Kenntnis zu nehmen, wie sich die Küstenlinie, die direkt an unser Gebiet grenzte, veränderte, bemühten uns, nicht über die gelbe, lehmige Farbe des Meeres zu reden.

In diesem regenreichen Sommer war meistens ich diejenige, die mit Hemi zusammen am frühen Abend die Netze einholte, während die Kinder anderes zu tun hatten. Ich liebe dieses Gefühl des Freiseins sehr, wenn man mit dem Dingi über das Wasser dahinzieht, und den frischen, salzigen Geruch des Meeres.

Damals setzten wir die Netze an einem der entferntesten Fischgründe, wegen des Schlamms, der jetzt die Fischgründe färbte, die näher an der Küste lagen. An dieser Stelle konnten wir die Netze noch unter der Wasseroberfläche sehen, und an windstillen Tagen konnten wir hinabschauen und – wenn welche im Netz waren – die gefangenen Fische sehen, die an der Linie des Netzes entlang schimmerten.

In der Nacht, als der Regen einsetzte, fuhren Hemi und ich spät hinaus, um die Netze einzuholen. Wir hatten viel zu tun gehabt, denn wir hatten die ersten Ernten zum Verkauf abgepackt und aufgeladen. Es kam Wind auf, weswegen wir die Netze nicht über Nacht draußen lassen wollten, wie wir es sonst manchmal machten.

Ein paar Kinder, die im wharekai schon zu Abend gegessen hatten, waren unten am Strand, um Treibholz für ein Feuer aufzuschichten. Es dämmerte, und die der Sommersonne ausgesetzten weißen Stöcke, die sie aufsammelten, waren in der beinahe vollständigen Dunkelheit bleich wie Knochen. Die Kinder halfen uns, das Dingi zum Wasser hinabzutragen.

Ich nahm das Ruder, während Hemi das Boot ein Stück hinausschob, bevor er am Heck einstieg. Er suchte einen festen Stand und schob dann die Körbe für die Netze an ihren Platz.

Selbst nach einem Tag voller harter Arbeit ist immer noch genug Kraft übrig, um mit einem kleinen Boot auf dem Meer zu rudern. Es macht einfach Spaß. Ich ruderte schnell und mit voller Kraft, bis ich außer Atem war, dann löste Hemi mich ab. Es ging ein leichter Wind, so daß die Wasseroberfläche leicht bewegt war, als ich mich über Bord lehnte, um die erste Netzboje zu ergreifen. Das Boot schlingerte, als ich nach ihr griff, und ein Sprühregen ergoß sich über mich, benetzte mir Gesicht, Haar und Kleidung, schneidend kalt, aber auch das machte Spaß nach der heißen, harten Arbeit auf dem Feld. Der Regen, der drohte, hatte noch nicht eingesetzt.

Ich übernahm wieder die Ruder, um das Boot auszubalancieren, und Hemi zog das erste Netz herein. Es war nur ein Fisch in dem ersten Netz, ein kleiner Schnappbarsch. »Kaum der Mühe wert«, hörte ich Hemi sagen. Ich wendete das Boot und machte ein paar Ruderschläge zum zweiten Netz hin. Inzwischen war es ganz dunkel.

Hinter uns am Ufer war der Schein des Feuers zu sehen, das die Kinder angezündet hatten, die jetzt darauf warteten, was der Fang wohl bringen würde.

Rechts von ihnen waren die Lichter des wharekai zu sehen. Im Lichtschein bewegten sich schattengleich Leute hin und her. In der Dunkelheit waren die Hügel, die geborstenen Hügel, wieder heil.

Wir waren kurz vor der zweiten Boje, als wir es sahen. Das Wasser war rauh geworden, und ich mußte das Dingi einige Male wenden, ehe Hemi den Ball und das Seil greifen konnte. »Ganz schön schwer«, sagte er, als er anfing, das Netz über die Bootswand zu ziehen. »Kahawai«, hörte ich ihn sagen, und ich konnte ihren leichten Schimmer sehen, einer pro Meter Netz, das er über das Heck hereinzog. »Hat sich ja doch gelohnt«, sagte er. Er holte die Endboje ein und hob sie in den Korb. Wir waren mittlerweile beide naß, weil kleine Wellen an die Seiten des Bootes klatschten und daran hoch- und hineinspritzten. »Das ist einen nassen Hintern wert, wirklich.« Hemi übernahm wieder die Ruder und ruderte uns im Eiltempo zurück an Land.

Die Kinder, die am Ufer warteten, konnten uns im Dunkeln nicht sehen, aber sie hatten auf Geräusche von uns gelauscht und das Quietschen, das Eintauchen und Platschen der Ruder gehört. Als wir uns dem Ufer näherten, legten sie neues Holz ins Feuer, damit wir zum Hereinfahren Licht hatten, ausreichend Licht, damit sie unseren Fang sehen konnten, auch Licht für uns, um die Fische zu putzen.

Ein paar ältere Kinder kamen gelaufen, um das Boot den Strand hinauftragen zu helfen, und sie brachten Messer mit oder nahmen Muscheln, damit sie uns beim Abschuppen und Säubern der Fische helfen konnten.

Es herrschte große Verwunderung über die Schnappbarsche, denn die waren in der Bucht recht selten. Es kam nicht oft vor, daß wir einen im Netz hatten, wenngleich es andere Fanggründe weiter draußen gab, wo wir mit Sicherheit welche fischen konnten. Um Schnappbarsche zu fischen, mußte man gezielt vorgehen, das Wetter mußte beständig sein, und man mußte einen ganzen Tag dafür einrechnen. Aber damals hatten wir keine freien Tage, die wir mit Angeln hätten verbringen können oder damit, zu tieferen Stellen zu fahren, und so gab es bei uns nicht oft tamure zu essen.

Ich könnte nicht sagen, daß auch nur einer ihn auf unseren Tellern vermißt hätte, obwohl er im allgemeinen ein begehrter Fisch ist, ein Fisch, der den Köder gut annimmt und schwer an der Angel hängt. Das Fleisch des tamure ist blaß und saftig. Es blutet nicht. Der Kopf des tamure bedeutet ein Fest, aber der tamure selbst keineswegs. Er ist nicht der Lebensinhalt eines Küstenbewohners, er ist nicht der Lebensunterhalt eines Fischers, dessen Wohlergehen von dem abhängt, was sein Netz ihm bringt. Oder jedenfalls ist es in diesem Teil des Landes nicht so.

Hier ist er ein Fisch für die, die in ihrer Freizeit angeln, die so starke Motorboote haben, daß sie schnell zu den Fanggründen gelangen können und auch schnell wieder nach Hause, falls der Wind wechselt.

Der kahawai jedoch bedeutet Leben, für uns jedenfalls. Das ist ein Fisch für die Menschen, die an der Küste leben, ob man ihn nun mit dem Netz fängt oder mit der Angel. Man braucht kein Fleisch auf dem Teller, wenn es kahawai gibt. Uns bedeutet er sehr viel – die Schönheit seines Springens, sein dunkelrotes blutendes Fleisch. Er hat den Silberglanz von Jade, und seine Augen sind klein und farbenprächtig wie die Augen der paua-Schnecken, die ohne zu blinzeln all die vielen Schattierungen der Nacht beobachten.

Hände griffen nach dem Boot, als das Dingi auf den Strand auflief, Hände hielten es fest, als wir ausstiegen. Hände hoben die Körbe mit den Netzen heraus, hoben das Dingi und trugen es den Strand hoch.

Ich stand am Feuer, um mich aufzuwärmen und zu trocknen, während die Netze entwirrt und die Fische herausgenommen wurden, um sie auszunehmen und zu schuppen. Vielleicht hatte der Regen schon eher eingesetzt gehabt, aber jedenfalls hatten wir es nicht bemerkt, als wir noch auf dem Wasser waren. Es waren feine Tropfen, strichweise, nicht soviel, daß es dem wohltuenden Feuer, das mich erwärmte und meine nassen Kleider trocknete, geschadet hätte.

Sie beeilten sich mit dem Säubern der Fische, denn es war klar, daß der Regen bald heftig fallen würde, und auch, weil wir voller Erwartung dem Abendessen entgegensahen, das im wharekai auf uns wartete. Es tat gut, Hunger zu spüren und zu wissen, daß es etwas zu essen gab. Es war gut zu wissen, daß es für den nächsten Tag etwas zu essen gab. Es war gut zu frieren und zu wissen, daß es im wharekai warm war.

Und dann war alles fertig. Die Kinder fingen an, die kahawai aufzusammeln, und erregt und eifrig wollte jedes dasjenige sein, das sie trug.

»Trag sie…«

»Trag…«

»Ich kann das, ich…«

»Ich will, ich kann das…«

»Ich, ich…«

Kinder bückten sich, Hände rutschten in die Kiemen der kahawai, sie streckten sich und standen einen Augenblick lang im Schein des Feuers, das Gesicht im Schatten, und Blut floß ihnen die Arme herab. Die kahawai sind schwer, und sie bluten. Sie bluten. Die Kinder liefen mit den kahawai auf das wharekai zu. Und bluteten. Der Regen wurde allmählich heftig.

»Sie bluten, wie unsere Kinder bluten…«

Das wharekai nahm uns auf. Es herrschte Freude über den Fang und über den Geruch der warmen Mahlzeit.

»Ja, das tun sie, und wir werden es nicht vergessen, aber… für morgen ist etwas zu essen da.«

Es regnete immer noch, als wir am nächsten Morgen aufwachten, und fast den ganzen Tag regnete es an einem Stück.

Wir verbrachten den Tag mit Arbeiten im Haus, die aus Zeitmangel liegengeblieben waren. Wir bereiteten Gemüse zum Einfrieren vor, flickten Kleidungsstücke, machten die Schuppen sauber, sichteten die Ausrüstung und strichen ein paar Schränke und Simse im wharekai. Der Regen war nach der langen trockenen Zeit, die wir gehabt hatten, wie eine Befreiung. Es hatte in der Vergangenheit noch nie für irgendwen Grund bestanden, sich über einen Tag oder zwei Tage oder eine ganze Woche Regen aufzuregen, außer daß die Straße schlammig und unpassierbar war.

Am Abend erhellten Blitze das wharekai, und Donner grollte. Regen prasselte nieder. Aber es lag eine Gemütlichkeit in dem Geräusch, und obendrein wurden die großen Schüsseln mit dem Fischauflauf auf die Tische gestellt.

Am nächsten Morgen wachten wir auf, und Wasser umgab die Häuser, und bei einigen rann es auch schon herein, und da, wo die Felder gewesen waren, breitete sich eine Wasserfläche wie ein See aus. Später am Vormittag entdeckten wir, daß eine Seite des urupa schon angefangen hatte abzurutschen. Der Regen hatte mittlerweile aufgehört, und es war totenstill.

17

Toko

Die Geschichten veränderten sich. Es gibt eine Geschichte vom Wasser, aber es gibt auch eine Geschichte von Farben und eine Geschichte von Sternen.

In der Wassergeschichte wurden die Felder durch Regen und Schlamm verwüstet, und eine Seite des urupa fing an abzurutschen. Das Meer wurde schlammig und gelb, wie die Farbe der geborstenen Hügel. Das Flüßchen floß in Bahnen, wo es noch nie zuvor geflossen war. Es war eine Welt, gar nicht auszudenken, sondern nur vorzustellen.

Es war, als sähe man in längst vergangene Zeiten zurück, als die Göttin die Welt im Zorn in Flammen setzte, um ihren Nachkommen für seine Winkelzüge zu bestrafen. Und der uri fürchtete sich und rief einen heftigen und anhaltenden Regen herbei, um sich und die Erde zu retten. Es war so, als sähe man in jene längst vergangene Zeit zurück, als die Erde regenüberflutet war. Untereinander war es der Göttin und ihrem uri möglich gewesen, den Menschen das Feuer als Geschenk zu geben, ein taonga für das Volk. Aber wenn das, was unserem Land in dieser Zeit des Regens widerfuhr, genauso war, wie das, was in den längst vergangenen Zeiten passiert war, was war dann das Verschulden, das so bestraft wurde? Gab es dann auch ein taonga, das uns schließlich geschenkt wurde? Gab es etwas Gutes, das aus dem, was nicht gut war, entstand?

In anderen Jahren hatte es heftigere Regenfälle

gegeben und auch lang anhaltende Regen. Das hatte nie schlimme Folgen gehabt, außer daß unsere Straße an der Vorderseite der Häuser oft zerfurcht und ausgehöhlt und manchmal den größten Teil des Winters in schlechtem Zustand war. Die Straße war unsere einzige Sorge gewesen, wenn es heftige Regenfälle gegeben hatte.

Und die Welt war grabesstill gewesen, als wir erwachten. Der Regen hatte aufgehört. Der Wind hatte sich gelegt. Es war kein Geräusch vom Wasser zu hören, nicht einmal vom Meer, nur der Anblick von Wasser, das das Land überflutet hatte. An der Seite, wo der kleine Hügel des urupa lag, war eine kahle Stelle, wo der Fels hervorsah. Unsere Blicke wandten sich dorthin, voller Entsetzen, plötzlich dem Anblick von weißen Knochen ausgeliefert zu sein.

All das war nur geschehen, weil die Hügel abgeholzt, das Land abgetragen, die Felsen im Meer entfernt und die Küste abgeriegelt worden war, oder jedenfalls erklärten wir es uns so. Aber das waren nicht die alleinigen Gründe, wie wir später feststellten.

Stille herrschte, kein Laut war zu hören, außer dem Klagen der Frauen, das an- und wieder abschwoll, so wie das Meer es tut, so wie der Wind es tut, so wie das Herz es zu bestimmten Zeiten tut.

Wir arbeiteten uns durch das Wasser bis zum Strand durch und gingen dort entlang zum Versammlungshaus. Wir hielten unser karakia ab, dann gingen die jungen Männer los, um die Dingis zu holen, und andere wateten zu den Schuppen, um Schaufeln und Seile zu holen. Das Gerät wurde in die Dingis geladen, und diejenigen, die dazu in der Lage waren, machten sich auf den Weg ins Hinterland, um den Fuß der Hügel herum, am alten Flußbett entlang, aber der Fluß selbst verlief jetzt woanders, wo er noch nie langgeflossen war. Ich wäre gerne mitgegangen, aber es gab mittlerweile vieles, was ich nicht mehr tun konnte. Ich wurde zum wharekai hinübergetragen, wo Mary, Tangimoana, meine Tanten und ich mit den Kindern zusammen warteten.

Im Landesinneren fanden die Leute da, wo der Fluß um den Fuß der Hügel herumfließt, Felsen und Klumpen aus Beton und Bitumen, die im Flußbett aufgehäuft waren, aber selbst, als sie das sahen, dachten sie zunächst nicht daran, daß das vorsätzlich getan worden war. Sie waren wütend über den Mangel an Sorgfalt von Seiten der Straßenbauarbeiter, aber sie dachten nicht an eine böse Absicht. Sie brauchten einen halben Tag, um den Damm wieder zu beseitigen. Bis dahin hatte viel Wasser das Land durchtränkt.

In der Zeit, als die Leute weg waren, um das Flußbett zu säubern, kamen ein paar Männer von den Hügeln herab. Das Wasser war zwar schon etwas gesunken, aber sie mußten trotzdem noch durchwaten. Sie gingen dort, wo die Felder gewesen waren, hin und her, gingen zu dem urupa, und dann verschwanden sie eine Zeitlang aus unserem Blickfeld. Nach einer Weile kamen sie auf das wharekai zu. Es waren Matiu und Timoti und drei andere. Sie waren naß und voller Schlamm und wollten nicht hereinkommen.

»Wo ist der Onkel?« Voller Ärger schrie Matiu einfach zur Tür herein.

»Im Hinterland«, sagte ich. »Sie sind schon in der Früh losgegangen, ohne Frühstück, und sind noch nicht zurück.«

Keiner von uns wußte, weshalb Matiu so ins wharekai hineinschrie oder weshalb Timoti weinte oder weshalb ihre drei Kameraden die Augen auf den Boden geheftet hielten und nicht aufsahen. Sie wandten sich zum Gehen.

»Wenn ihr hingeht, könnt ihr vielleicht... was zu essen mitnehmen?« fragte meine Tante sie. Sie wandten sich wieder um und setzten sich auf die Stufe, um zu warten, da sagte Timoti, oder vielmehr schrie es heraus: »Tante, das hat euch jemand angetan, uns allen. Einer von der Baustelle.«

»Das war das Abtragen der Hügel«, sagte die Tante. »Das Abholzen.«

»Das hat einer mit Absicht getan. Wir haben gerade gesehen...«

Und Tangimoana sagte: »Wieso? Was meinst du damit?«

»Das Kanalisieren des Wassers an der Seite...«

»Regen«, sagte die Tante. »Und das Abholzen.«

»Nein, das waren Menschen. Die haben eine Stelle abgeholzt und... das Wasser umgeleitet, damit es dahin fließt, wo das urupa... Und es fängt an, das urupa wegzuschwemmen.«

Die Tante sagte eine Zeitlang nichts. Keiner sagte etwas. Dann sagte sie: »Wenn das stimmt... wenn das wirklich von Menschen gemacht worden ist... aber ich glaube das nicht...«

»Wer? Wer von der Baustelle?« Tangimoana schrie jetzt auch.

»Irgendwer. Keine Ahnung, wer, aber wir wissen, daß das eine Gaunerbande ist, das sind Halunken. Wir packen ein, jetzt reicht es uns... Wir nehmen jetzt das kai mit hinauf und sehen mal, was sich da hinten tut.«

Sie wandten sich zum Gehen, aber Matiu blieb stehen und sagte: »Gestern, da hat es doch pausenlos geregnet, da hat keiner gearbeitet. Aber irgendwer ist hier gewesen... im Regen, hat... diese Schweinerei angerichtet.«

»Also, wenn das stimmt«, sagte die Tante.

»Und es könnte sogar noch mehr sein, weiter flußaufwärts. Denn der Onkel und die anderen... Weshalb brauchen die denn so lange? Aber Arbeiter haben das nicht gemacht, das müssen die Bosse...«

»Und ihr habt keine Schuld, wenn es stimmt. Wenn es stimmt«, sagte die Tante immer wieder.

Denn es war kaum vorstellbar oder zumindest für manche kaum vorstellbar, aber nicht für mich. Ich war der einzige gewesen, der die Wut und den Haß im Gesicht des Mannes gesehen hatte, als er das letzte Mal hier gewesen war. Meine singende Mutter Mary war auch dabeigewesen, aber sie sieht keine Wut und keinen Haß. Meine Granny war dabeigewesen, aber sie ist alt und gebeugt und bückte sich gerade, um mir meine Krücken zu geben. Nur ich und das Haus, das auch aufpaßte, hatten das verhärtete Gesicht gesehen, hatten gesehen, wie ein Mann, ohne etwas zu sehen ins Licht und ohne etwas zu hören in den lärmigen Nachmittag hinausgetreten war. Und trotzdem sind Wut und Haß nicht leicht zu begreifen. Es ist für die, die keine Macht besitzen, nicht leicht, die Gewalt der Macht zu verstehen.

Mittlerweile waren noch mehr Leute gekommen, in Gummistiefeln und Mänteln. Es waren Reporter dabei, die zu den Hügeln hinaufstiegen, weil sie von dort aus besser hinabsehen konnten. Ein Mann mit einer Kamera stand in der Nähe und trat von einem Fuß auf den anderen, als Matiu und Timoti losgingen. Der Mann hatte nichts gegen das Wasser an.

»Ich komme nach«, sagte Tangimoana zu Matiu und Timoti. »Mit was Heißem zum Trinken, sofort.«

Ob er wohl mit dem Chef sprechen könne.

»Wollen Sie denn jemand Bestimmtes sprechen?« fragte Tangimoana.

»Den Chef«, sagte er.

»Kann ich Ihnen vielleicht auch weiterhelfen?«

»Wer ist denn der Zuständige hier?«

»Wofür?« Ihre Antworten wurden knapper.

»Von… von. Also, ich hab nicht viel Zeit. Und könnte ich wohl ganz bis zur Spitze hinauf?«

»Von was? Von einem Baum?«

»Hören Sie, ich will einfach nur wissen, wer hier zuständig ist, damit ich eine Genehmigung bekommen kann. Ich will ein paar Photos machen, und ich brauche ein paar Leute…«

»Wir leben hier. Wir sind alle zuständig.«

»Aber sie haben doch sicher einen Chef. Oder jemanden, der das Sagen hat, nicht wahr, der sich um alles kümmert.«

»Wir haben hier alle das Sagen, wir alle gemeinsam, wir alle kümmern uns um alles.«

»Ich, ähm… also, das ist aber ein wenig ungewöhnlich, oder etwa nicht?«

»Nein.«

»Also, ich meine… wissen Sie, ich will ein paar Photos machen. Und ich könnte ja einfach hingehen und welche machen, aber ich brauche halt ein paar Leute für die Schnappschüsse. Wenn ein paar von Euch dorthingehen könnten, nicht wahr, zum Wasser… ehe es wieder gesunken ist.«

»Tut mir leid. Keine Zeit.«

»Nur ein paar Minuten.«

»Nein.«

»Also, dann lassen Sie mich mit jemand anderem sprechen… einer Amtsperson.«

»Dann suchen Sie sich doch eine. Oder gehen Sie einfach hin und machen Sie Ihre Photos, wie es hier ja jeder macht. Sie brauchen uns nicht für ihre gestellten Photos.«

»Also, meine Zeit ist knapp und...«

»Geht es uns nicht allen so? Komm, Tania, wir müssen jetzt los.«

Der Photograph steckte seinen Kopf zur Tür herein und fragte: »Wo ist der Chef?«

»Tut es vielleicht auch meine Wenigkeit?« fragte Tante Rina.

»Ich habe nur darauf gehofft, daß vielleicht ein paar Leute mal eben... mit dorthin kommen, für ein paar Photos.«

»Nur zu«, sagte sie. »Schauen Sie nach. Es könnte ja sein, daß jemand draußen ist. Kannst du uns einen Gefallen tun, Toko?« sagte sie zu mir. »Ruf doch bitte mal Hoani an. Sag ihm, er möchte bitte zum urupa kommen. Wir müssen dort ein karakia abhalten. Sag ihm, es ist dringend. Und sag ihm, er soll Gummistiefel mitbringen, oder sag ihm, vielleicht finden wir hier welche für ihn.«

Der Mann mit der Kamera ging weg und stand eine Weile am Straßenrand, aber er hatte nichts gegen das Wasser und den Schlamm an. Er machte sich auf den Weg zur Straße, wo sein Auto geparkt war.

Ich ging zum Telefon, um den Pfarrer anzurufen.

Ungefähr zwei Stunden später kam eins der Kinder, die zum Ausschau halten auf den Hügel gestiegen waren, zurück und sagte, die Leute kämen heim. Das Wasser war inzwischen schon ziemlich gesunken, so daß wir uns in Begleitung von Hoani daran machten, ihnen bis zum urupa entgegenzugehen.

»Ich werde zu Fuß gehen«, sagte ich.

»Es ist aber ein weiter Weg.« Für mich.

»Und zu schlammig für den Rollstuhl.«

Aber mein Bruder war schon dabei, mir beim Ausziehen der schweren Schuhe zu helfen.

»Laß die Krücken und die Schuhe hier«, sagte er. »Viel zu hoha, komm, Puti.«

Er und mein Vetter schulterten mich unter meinen Achseln und verschränkten hinter mir ihre Hände, nachdem ich ihnen meine Arme um den Nacken geschlungen hatte.

»Geht nur schon vor, wir kommen gleich nach«, sagte unsere Tante. »Und wie ist es mit dir, Kui? Wir brauchen dich dort genauso wie Hoani.«

»Jeden von uns«, sagte Granny Tamihana. »Alle Kinder, Babys, das ganze whanau, einfach alle.«

Es waren Leute da, manche schrieben irgendwas in ihre Notizbücher, andere machten Photos. Manche waren gekommen, um zu gucken, andere, um zu helfen. Manche waren Freunde – das waren die, die auch versucht hatten zu verhindern, daß die Straße gebaut wurde, und die auch über das Abtragen der Hügel, die Beseitigung der Bäume und die Zerstörung von Felsen im Hügel- und Küstenbereich empört waren.

»Genau deshalb«, sagten sie.

»Es könnte auch noch etwas anderes dahinter stekken«, sagte Tante Rina.

»Wir sind hergekommen, um zu helfen, vielleicht aufzuräumen. Oder sonstwas.«

»Kommt mit uns«, sagte unsere Tante. »Wir wollen ein karakia abhalten, einen Gottesdienst, oben beim urupa… unserem Friedhof. Der war kurz davor, weggeschwemmt zu werden, stellt euch vor. Wir haben keine Ahnung, was wir vorfinden werden, was getan werden muß, aber… wir brauchen Hilfe, für die alte Dame und die Kinder.«

Sie wandte sich um und redete mit ihrer Tochter.

»Hol Gummistiefel für Granny, Babe, und auch eine warme Jacke für sie, und für dich auch. Du auch, Mary, hol dir auch deine Gummistiefel und deinen Mantel. Kommt Kinder, zieht eure Gummistiefel und Jacken an.«

Also stiefelten die Leute, die unsere Freunde geworden waren, mit uns durch den Schlamm und trugen die Kinder. Sie blieben bei uns, als wir die anderen trafen und für all das, was geschehen war, und für die Familienmitglieder, die zwar schon vor langer Zeit oder auch erst kürzlich gestorben waren, aber noch unter uns weilten, tangi anfingen. Wir standen alle dicht beieinander auf dem urupa und stimmten das karakia an und sangen das waiata tangi. Es war unser urupa, wo wir als Kinder zugehört und gespielt hatten, wo wir unsere Geschichten erzählt und unsere Träume in den Boden geflüstert hatten.

18

Das urupa

Granny Tamihana schickte sie immer mit den ersten Blumen jeder Jahreszeit zu den Gräbern hinauf. In einer Jahreszeit gab es rote und goldene Gladiolen, scharlachrote Geranien und Hortensien, die rostrot und malvenfarben waren. In einer anderen Jahreszeit gab es Dahlien und Löwenmäulchen, die weiß und violett und blau waren, und die belaubten Zweige des kotukutuku mit den dunklen, hängenden Glocken. In wieder einer anderen Jahreszeit gab es rostroten und bernsteinfarbenen Goldlack und schwere braune Chrysanthemen. Und es gab auch Schneeglöckchen, Fresien, Narzissen, Osterglocken und haufenweise Grün.

Sie gab ihnen besondere Wasserbehälter mit, die sie im Schuppen aufbewahrte, und Anweisungen, was sie zu tun und was sie zu lassen hatten, und Anweisungen, was zu erledigen war.

Die Kinder füllten die Gefäße immer am Fluß auf, ehe sie sich auf den Weg den kleinen Hügel hinauf zum urupa machten. An diesem Weg war ein großer manuka, der frei stand, den sie nicht berühren sollten, also berührten sie ihn nicht. Sie gingen weiter zu dem schmalen Pfad, der zum Tor führte, und halfen sich gegenseitig und halfen Toko, damit er nicht das Gleichgewicht verlor und hinfiel.

Wenn sie dann auf der anderen Seite des Zaunes waren, setzten sie sich hin, um sich auszuruhen, und nach einer Weile gingen sie umher, wobei sie auf den schmalen Wegen blieben und sorgfältig darauf achteten, daß sie nicht auf die Grabstellen traten. Sie lasen die Inschriften auf den Grabsteinen und redeten über die Toten, erzählten sich die Geschichten, die sie gehört und wieder und wieder erzählt hatten.

Manu sagte, Onkel Pere Thompson sei so groß wie ein Berg gewesen, und die Leute hätten das Dach von seinem Haus abnehmen müssen, als er gestorben war, damit sie ihn überhaupt aus dem Haus bringen konnten. Das sei schlimmer gewesen, als wenn ein Pferd im Haus stürbe, sagte er. Aber James glaubte nicht, daß es in der Geschichte tatsächlich um einen Berg gegangen war. Er meinte, ihr Onkel sei schlichtweg ein fetter Mann in einem Sarg von der Größe einer Küche gewesen, und es wären vierzig Männer nötig gewesen, um ihn zu tragen. Die Männer hatten Tragegurte über der Schulter, solche Gurte, wie man sie braucht, wenn man ein Klavier anhebt, oder vielleicht benutzten sie auch einen Kran, sagte er.

Dann fiel Tangimoana wieder ein, daß es tatsächlich irgendwie um einen Berg gegangen war, denn die Totengräber hatten Stunden um Stunden gebraucht, um das Grab zu schaufeln. Die Männer hatten in aller Herrgottsfrühe mit dem Graben angefangen, und die Sonne schien schon heftig auf sie herab, bevor sie fertig waren, und der Zeitpunkt der Beerdigung war schon fast erreicht. Einer der Totengräber wurde ohnmächtig, und sie dachten auch, er wäre gestorben, aber das war nur passiert, weil er noch nichts gegessen und getrunken hatte und weil sie die ganze Zeit so hetzen mußten, um mit dem Graben zur rechten Zeit fertig zu sein.

Aber die Erde, die aus dem tiefen Loch ausgehoben worden war, war so hoch aufgetürmt wie ein Berg, und als all die Leute zur Beisetzung gekommen waren, mußten sie auf den Hängen dieses Berges stehen, damit sie auch sehen konnten, wie Onkel Pere hinabging.

Manu sagte, er wisse genau, daß Pere Thompson so riesig wie ein Berg gewesen sei, und Toko sagte, das wäre aber nicht immer so gewesen. Denn als der Onkel noch jung war, sei er dünn wie ein Stecken gewesen, erst als er alt wurde, sei er derartig voluminös geworden. Er hätte immer Sahnebonbons für die Kinder hergestellt, sagte Toko, aber das wäre zu der Zeit gewesen, als Vater und Onkel Stan und Mutter Mary noch Kinder waren. Und er drehte die Sahnebonbons zu gezwirbelten Stäben. Keiner sonst konnte das. Seine Beine hätten wie die ägyptischen Pyramiden ausgesehen, sagte er.

Ja, und Tante Emma hatte einen deutschen Spion geheiratet. Eines Tages hatte sie ihn vom Fahrrad gestoßen, als er damit herumfuhr und die Gegend ausspionierte. Der Fahrradlenker war mit zusammengerollten Karten und Nachrichten vollgestopft gewesen. Danach heiratete sie ihn und bekam dafür von ihrem Vater eine Tracht Prügel. Sie gab den Ton an und ließ ihm keine Chance.

Großvater und Großmutter hatten große Felder hinter dem Haus. Alle halfen dort mit. Großvater war groß und schlank und vom Graben und Unkrautjäten ein bißchen vornübergebeugt. Aber als er jung war, war er groß und kerzengrade und lächelnd in einer Soldatenuniform. Er hatte am zweiten Krieg teilgenommen, und sein Daumen war ihm zerschossen worden. Sein Daumen war dort verlorengegangen, in irgendeinem Schützengraben.

Als Großmutter starb, kam Mutter und heiratete Vater. Mutter hat Großmutter in ihren besten Kleidern gesehen. Großmutter war in ihren Umhang gehüllt und trug ihr pounamu. Und sie trug ein kleines Medaillon mit winzig kleinen Kinderphotos. Die Kinder waren Miria und Tame.

Nun, Vater konnte sich daran erinnern, daß Miria auf seinem Rücken hikihiki machte, und er erinnerte sich daran, wie Miria und Tame auf der Veranda und draußen auf den Feldern spielten. Aber Miria starb an einer Erkrankung im Rücken, und Tame starb an einer Lungenentzündung, als er gerade Krabbeln gelernt hatte.

Und es gab auch noch andere Babys aus dem whanau. Babys mit richtigen Namen, die aber schon gestorben waren, noch ehe sie zur Welt kamen. Deshalb war es, als wären sie noch nicht geboren und würden bald herauskommen und schreien und ihr kai haben wollen. Oder es war, als schliefen sie und warteten darauf, groß genug zu sein, um uns zu erkennen und herauszukommen und zu spielen oder kleine Fische mit ihren flinken Händen zu fangen oder Steine ins Meer zu werfen.

Die Kinder jäteten das Unkraut auf den Grabstellen, füllten die Gläser mit Wasser und stellten in jedes Glas die gleiche Anzahl Blumen, um gerecht zu sein. Dann gingen sie von Grab zu Grab und hockten sich bei jedem nieder und hielten ihr Ohr hin. Sie lauschten angestrengt, konnten aber nichts hören. Niemand rief sie, kein Baby weinte, keines flüsterte ihnen die Geheimnisse von unter der Erde zu.

»Was für eine Farbe haben ihre Küchen eigentlich?«

Sie unterbrachen ihr Lauschen nach den unterirdischen Geheimnissen, setzten sich auf und sahen Manu an. Lange Zeit sagte keiner ein Wort.

»Was für eine Farbe haben ihre Küchen eigentlich?«

Schließlich sagte Tangimoana: »Gelb. Ihre Küchen

sind gelb. Und sie haben keine Fenster. Man kann nicht hinein- und nicht hinaussehen. Tag und Nacht sitzen sie in ihren Küchen, in Decken gehüllt, und sie murmeln und starren vor sich hin. Aber Tag und Nacht gibt es eigentlich gar nicht. Jedenfalls bleiben sie nicht die ganze Zeit über dort. Manchmal kriechen sie enge Gänge entlang und stoßen sich dabei den Kopf an. Sie kriechen immer weiter, und manchmal kommen sie an einen freien Platz, wo sie ihre Decken abwerfen und singen und tanzen. Sie können auch ins Wasser steigen, wenn sie wollen, und bis zum großen whare whakairo schwimmen, ohne Atem holen zu müssen, und dort unterhalten sie sich den ganzen Tag lang, auch wenn es eigentlich gar keinen Tag gibt. Und Onkel Will ist inzwischen nach Deutschland zurückgekrochen, aber es ist ein Deutschland im Untergrund. Er hat Karten und Zeichen, und er trifft in den Tunneln graue Leute, die mit ihrer Gurgel singen. Er kommt nicht mehr in die gelbe Küche zurück.

»Und die Babys.«

»Die Babys. Nun, die Babys gibt es noch nicht wirklich. Sie sind nur Holz ohne Augen und hatten keine Chance. Bis jetzt noch nicht. Aber sie warten… auf irgendwas… daß sie ihre Augen bekommen. Und dann… springen sie auf. Vom Boden oder aus dem Meer… ja, aus dem Meer. Das Meer ist dann rot… das Meer war… rot… fertig. Weil wir jetzt heimgehen müssen.«

»Bald, aber wir haben ihnen doch noch gar nichts erzählt. Wir haben ihnen noch nichts von uns erzählt.«

»Also gut, jeder kommt einmal dran. James fängt an, und jeder sucht sich einen aus.«

»Gut, ich nehme meinen Großvater. Tena koe e

Koro. Wir haben dich nicht selber kennengelernt, weil du im Garten tot umgefallen bist und wir damals noch nicht geboren waren. Aber wir haben bei Granny Tamihana ein Photo von dir gesehen. Du warst zu der Zeit, aus der das Photo stammt, Soldat, aber da hattest du deinen Daumen noch. Das war, bevor du in den Krieg zogst. Deine Brüder und Schwestern und du und Granny Tamihanas Mann, ihr habt immer auf den großen Feldern gearbeitet. Alle haben da gearbeitet. Und jeder von euch hat mit Pferd und Wagen Gemüse verkauft, aber meistens konnten die Leute nicht bezahlen. Wir leben jetzt alle in deinem Haus, und wir haben auch noch andere Photos von dir. Die alten Sachen sind immer noch im Schuppen, und ein bißchen rostig. Ko James ahau, tou mokopuna. Kia ora koe, e pa.«

»Und ich nehme Miria und Tame. Also, Miria und Tame. Ich freue mich schon darauf, wenn wir alle zusammen durch die Tunnel kriechen. Dann kommen wir wieder hervor und werfen auf dem freien Platz unsere Decken ins Gras und tanzen und singen. Dann schwimmen wir ausgiebig und tauchen zu den großen unterirdischen Häusern und tutu bei Tag und bei Nacht, aber es gibt gar keine Dunkelheit und keine Schatten. Man geht nicht verloren. Es gibt keine Menschenfresser oder Kinderfänger oder Türen, die halb offen stehen. Keine Knochen, die vorm Fenster rasseln oder direkt vor den Augen. Miria und Tame, manchmal feiern wir mit Tangi, James und Toko und allen unseren Vettern und Cousinen ein Fest. Ich glaube, als ich mein Ohr an den Boden gelegt habe, habe ich etwas gehört.«

»Tena koe, Grannys Bruder. Sie hat gesagt, ich könne deinen Namen haben. Acht Leute sind in dem

Monat gestorben, als du geboren wurdest. Acht aus deinem eigenen whanau, denn da, wo wir leben, gab es eine schlimme Krankheit. Aber du bist nicht an einer Krankheit gestorben, sondern wegen eines kehuas. Granny war wütend. Sie war damals noch ein kleines Mädchen. Aber Granny gab mir deinen Namen, damit er mir hilft, aber es ist nicht mein einziger Name. Und sie hat mir ein taonga von ihrem Ohr gegeben, das mir auch helfen sollte. Es ist ein taonga, das mir bei allem helfen soll, aber es ist nicht das einzige taonga, das ich habe. Ko Tokowaru-i-te-Marama koe, ko Tokowaru-i-te-Marama au. Kua mutu.«

»Großmutter, ich schlafe in deinem Raum, aber der ist jetzt ganz anders eingerichtet. Ich habe Photos und Bücher und ein Radio bekommen. Es sind jetzt gelbrote Vorhänge da und eine Decke aus Wolle in siebenundvierzig Farben, die unsere Tante Rina für mich gemacht hat. Meine Mutter und mein Vater waren böse auf mich, weil ich meinen Namen mit einem kleinen Messer ins Fensterbrett geschnitzt habe – Tangimoana Kararaina Mary Tamihana. Ich mache manches falsch, aber nicht immer. Ich bin manchmal auf Tante Mary böse. Ich sage manchmal Schimpfwörter zu ihr, aber nicht immer. Manche Lehrer können mich nicht leiden, manche schon. Wir müssen jetzt bald nach Hause gehen, und hier ist noch ein Lied für dich. Es ist über Grannys Haus. Sie ist ein ältere Granny als du, aber du bist vor ihr gestorben.

Möwen gehen in Grannys Garten umher
Aber eine hat einen gebrochenen Flügel
Möwen gehen mit weißen weißen Bäuchen daher
Aber eine ist buntgetupft
Möwen gehen dicht gedrängt

Aber eine sieht in den Himmel
Möwen gehen mit flammenden Augen
Aber eine tritt ins Feuer.«

Die Kinder sammelten die Wasserbehälter ein, während Manu Toko stützte, dann machten sie sich langsam und schweigend auf den Weg den Abhang hinab. Am Fuß des Hügels schlugen sie jedesmal den Weg zum Meer ein, der nicht durch die Felder oder an den Häusern vorbeiführte, sondern sie bahnten sich einen Weg durch die Lupinen zum Wasser.

Sie wuschen die Behälter und dann ihre Hände und Füße. Sie säuberten die Sohlen von Tokos Stiefeln und spritzten sich gegenseitig naß. Dann gingen sie zu Grannys Haus zurück und stellten die Behälter wieder in den Schuppen.

Habt ihr auch das getan? Habt ihr...? Ja, Granny. Habt ihr, habt ihr? Ja. Aber Granny war nicht wirklich böse.

»Haere mai mokopuna ma, ki te kai paraoa, ki te inu ti. Tomo mai ki roto. Kei te matemoe koutou? Kei te matekai koutou? Tomo mai ki roto.«

Sie gingen in Grannys Küche, wo stets ein Feuer brannte und wo der Tisch schon mit Tassen und Glastellern mit Butter und Marmelade gedeckt war. Das große frische runde Brot lag in ein Tuch eingeschlagen auf dem Brett.

»Tino pai o koutou mahi whakapaipai te urupa o te whanau. Tino pai hoki te whakarongo ko nga tono o to koutou kuia. E kai koutou, e kai. E inu hoki...«

19

Roimata

Die Möwen schrien hoch über dem Land. Sie sanken und stiegen wieder auf und riefen, aber kein anderes Geräusch war zu hören, als wir mit den Booten losfuhren.

Ein paar von uns stiegen mit den Geräten in die Dingis, und das Hochwasser hatte genügend Tiefe, daß man rudern und das Boot stellenweise vorwärtsstaken konnte. Die anderen machten sich über höhergelegenes Gelände auf den Weg um die Hügel herum. Wir kamen nur langsam vorwärts, denn der Weg war rutschig und steil. Einer der jungen Männer, die vorne gingen, drehte sich um und rief, der Fluß sei voller Schrott, aber wir verstanden nicht, was er damit meinte, bis wir ihn eingeholt hatten und den Haufen aus Steinen und Beton und Bitumen aus dem Hochwasser herausragen sahen.

Es ist nur ein Flüßchen, und an manchen Stellen fließt es eingezwängt zwischen steilen Uferbänken dahin. Da, wo es sich zu Teichen ausweitet, ist kein richtiges Ufer vorhanden. An so einer Stelle, wo das Wasser aus einem seichten, uferlosen Teich in einen Engpaß stürzt und zwischen scharf eingeschnittenen Uferwänden weiterfließt, war ein Damm angelegt worden. Aber zunächst begriffen wir nicht, daß dieses Aufstauen absichtlich gemacht worden war. Unsere erste Reaktion war Ärger über das, was wir für Gedankenlosigkeit hielten, Mangel an Sorgfalt von denen, die die Straße bauten.

Unser nächster Gedanke war, den Damm schnellstens zu entfernen, damit das Wasser wieder abfließen konnte, denn jenseits aller spontanen Gedanken stand das Wissen darum, daß die Böschung des urupa angefangen hatte abzurutschen und daß unsere Felder zerstört worden waren. Das war es, was schwer auf uns lastete, als wir uns daran machten, den Schutt Stück für Stück zu entfernen.

Nach kurzer Zeit waren wir durch und durch naß und von Kopf bis Fuß mit Schlamm bedeckt, denn wir hebelten die Felsbrocken hoch und schaufelten Schlamm, wir zerrten und hoben den Schutt aus dem Kanal. Während wir arbeiteten, wurde mir klar, daß da eigentlich nur Absicht dahinterstecken konnte.

Allmählich gelang es uns, einen schmalen Durchfluß zu schaffen, so daß das Wasser wieder anfing zu fließen, erst langsam und dann immer schneller, da wir mehr und mehr von dem Schutt wegzerrten.

»Die haben das gemacht«, sagte Stan.

Keiner von uns hatte bis jetzt ein Wort gesagt. Es gab nur das Hin- und Hertorkeln der Möwen.

»Aber warum?«

Wir hatten alle die gleichen Gedanken.

»Um uns eins auszuwischen, nehme ich an, oder als Aufforderung an uns, klein beizugeben.«

Mir fiel der Geldbetrag ein, der uns geboten worden war. Mir fiel der Brief wieder ein und die Verzweiflung, und ich wußte, daß das stimmte, was Stan gesagt hatte.

»Das urupa und die Felder«, sagte jemand. »Sie versuchen, uns umzubringen.« Aber dann redeten wir nicht weiter darüber. Wir fuhren mit der Arbeit fort, schaufelten Schlamm und Schutt, reichten Felsbrocken und Bauschutt von Hand zu Hand.

Einige Zeit später sahen wir eine Gruppe von Leuten auf uns zukommen. Es waren Matiu und Timoti und ihre drei Arbeitskollegen, gefolgt von Tangimoana und Tania. Sie brachten etwas Heißes zum Essen und zum Trinken mit.

Wir setzten das kai in einem der Dingis ab und stellten uns drumherum, um Tee zu trinken und zu essen, was Matiu und die anderen mitgebracht hatten. Wir waren zu erschöpft, um über das zu reden, was passiert war und warum. Dann sagte Matiu: »Da ist ein Kanal gegraben worden, an dieser Seite des Hügels.« Aber das war auch alles, was er sagte.

Tangimoana sagte kein Wort, was nicht normal war. Es hing etwas in der Luft, was ausgesprochen werden mußte, aber nicht von ihr.

»Korero, mein Sohn«, sagte Hemi.

»Da ist ein Kanal. Der leitet das Wasser den Berg hinab, zum urupa. Direkt hinein, dahin, wo die Erde abgerutscht ist.«

»Korero«, sagte Hemi wieder.

»Man muß von der Straße aus hinuntersehen. Von da aus kann man ihn sehen. Halb versteckt, aber man kann ihn sehen. Der ist absichtlich angelegt worden von… jemandem, um das Wasser hinabzuleiten und… Schaden anzurichten. Von einem von der Baustelle.«

»Und das alles hier auch«, sagte Hemi. »Das Ganze hier schafft ein Mensch nur mit einer Maschine.«

»Und. Jetzt reicht's uns«, sagte Matiu. »Wir kündigen. Da werden eine Menge Leute weggehen, wenn sie das erfahren.«

Er und Timoti und die anderen drei Männer, Tangimoana und Tania übernahmen die Arbeit, die wir bis dahin gemacht hatten.

Keiner redete mehr. Schweigend standen wir um das

Dingi herum, unsere Füße sanken immer tiefer im Schlamm unseres eigenen turangawaewae ein, unseres Lebensortes. Es war eine Welt der Stille, eine ungewohnte Welt, eine Welt des Andersseins, eine Welt des Fast-Untergehens. Wir standen, wir redeten nicht, versuchten nur, das Anderssein, das Fast-Untergehen zu finden und einzuordnen, versuchten ein Motiv und einen Sinn zu finden, uns Stück für Stück durchzuarbeiten, um wieder nach Hause zu finden.

Als wir mit Essen fertig waren, hatten die anderen den Flußlauf wieder freigelegt. Wir sammelten die Gerätschaften ein, ließen die Dingis da, wo sie waren, und als wir uns auf den Rückweg machten, sagte jemand: »Der Boden ist immer noch der gleiche Boden geblieben.«

»Die Toten sind immer noch tot«, sagte ein anderer. »Und die Lebenden stehen noch immer auf ihren beiden Beinen.«

Ein Großteil des Wassers war jetzt abgelaufen. Es waren Leute gekommen, und unsere Familie, die zu Hause geblieben war, kam uns als langsamer Zug entgegen, um uns am urupa zu empfangen.

Über uns kreisten die Möwen und ließen dabei den Boden, zu dem sie sich ab und an in kreischenden Gruppen herabstürzten, ehe sie wieder aufstiegen und erneut weiterkreisten, nicht aus den Augen. Der Himmel war immer noch bewölkt, aber es waren weiße Wolken, die hoch am Himmel dahinzogen, und das Licht, das durchblitzte, beschien die Unterseite der aufsteigenden Vögel und hob die Umrisse der schräg abstehenden Flügel hervor, als sie aufstiegen und kreisten, hoch über dem Land schimmernd und von einem Lichtschein umgeben.

»Sie haben Hoani dabei«, sagte Tangimoana. »Und

da sind auch die pakehas, die sich auf die Straße gesetzt haben, einige jedenfalls, und helfen, die Kinder auf dem Rücken durch den Schlamm zu tragen.«

»Und Granny, sie bringen sie auch mit.«

»James. Sie haben James angerufen.«

Wir gingen weiter, um sie zu begrüßen, um die, die uns am nächsten sind, zu umarmen – die Kleinen und die, die nicht kräftig sind, und die, die sich um sie kümmerten. Und James war dabei, der weggewesen war, und Hoani, unser Priester, der kam, wann immer wir ihn brauchten.

Es waren die Unseren, die es schafften, uns nach Hause zu bringen. Die, die nicht kräftig waren, waren es, die uns Kraft gaben. Der Schlamm, der unsere Körper und Kleidung bedeckte, klebte jetzt auch an ihnen, aber es war der gleiche Schlamm, der an unseren Füßen klebte, der Schlamm des Bodens, der uns gehörte.

»Wir wissen jetzt, daß jemand das mit Absicht gemacht hat«, sagte Hemi zu Hoani. »Unsere Neffen haben uns erzählt, was sie entdeckt haben.«

»Ich verstehe euch«, sagte Hoani. »Trotzdem müssen wir die Angelegenheit jetzt beiseite legen. Wir müssen den Schmerz beiseite legen, und wir müssen den Friedhof des whanau ohne Groll betreten. Diese anderen Dinge... das hat damit nichts zu tun. Wir werden uns alle gemeinsam, die Familie und die Freunde, das zerstörte Gebiet ansehen. Wenn Überreste zum Vorschein gekommen sind, ka tika, dann werden wir sie nicht stören. Was wir tun werden, ist, in diesem Gebiet die Sicherheit und den Frieden wiederherstellen, damit die Arbeit, die dann vielleicht noch getan werden muß, getan werden kann.«

Rina und James halfen Granny Tamihana, als sie uns

voranging und dabei die Geister anrief, sie zu führen, uns alle auf dem Weg zu führen, den wir eines Tages gehen würden, und friedvoll zu sein. Rina und James blieben bei ihr, während diejenigen von uns, die dazu in der Lage waren, auf den Hügel oberhalb des zerstörten Gebietes kletterten, bis wir es umschlossen hatten.

Hoani ging dort, wo der Erdrutsch war, auf und ab, goß dabei Wasser aus einem Eimer aus und sang das karakia.

»Ka tika«, sagte er, als er schließlich fertig war. »Alles in Ordnung. Die, die hier ruhen, ruhen in Frieden, und die Erde hält sie immer noch fest. Da braucht nichts bewegt zu werden, nur sollte die Erde, die weggespült ist, wieder ersetzt werden.«

»Kei te pai e Pa. Ka tika.«

»Die Erde könnte heute noch aufgeschüttet werden, und dann könnte, was sonst noch für die Sicherheit dieses Gebietes erforderlich ist, morgen oder später getan werden. Dann kann man über all das nachdenken, was sonst noch zu bedenken ist.«

»Ka tika.«

Eine Weile standen wir still da, dann stimmte Granny ein waiata an, eins, das nur sie kannte. Es schraubte sich mit dünnen Tönen in die Höhe und verband die Erde, die wir sind, mit dem Himmel, der wir sind, und vereinigte die Vergangenheit, die wir sind, mit dem Jetzt und dem, was nach dem Jetzt kommt, das wir sind. Und als sie das Lied beendet hatte, halfen sie ihr nach Hause.

»Was wir jetzt tun können, werden wir sofort tun«, sagte Stan. »Und der Rest kann bis morgen warten.« Jetzt waren die Leute, die Schaufeln dabeihatten, an der Reihe. Wir warteten, bis die Arbeit fertig war, dann machten wir uns mit den Freunden, die uns begleitet hatten, auf den Heimweg, um uns zu waschen und umzuziehen und uns auszuruhen.

An jenem Abend gab es im wharenui vieles zu diskutieren. Wir beschlossen, daß wir wegen dem, was geschehen war, eine öffentliche Untersuchung fordern mußten. Wir sagten Matiu und Timoti und den anderen, sie sollten ihre Arbeit nicht aufgeben. Wenn man mit Absicht gegen uns vorgegangen war, in der Absicht, uns zu vertreiben oder uns zu einer Meinungsänderung zu bewegen, dann brauchten wir dort unsere eigenen Leute, um »zu schauen und zu lauschen«, sagten wir.

»Aber die Arbeiter haben nichts damit zu tun, und auch die Meister nicht«, sagte Matiu. »Das sieht eher nach Leuten von ganz oben aus, nach denen, die wir nie zu Gesicht kriegen. Die sind in üble Machenschaften verwickelt, haben wir gehört. Der große Boss ist an dunklen Geschäften beteiligt. Haben wir gehört. Und... die Untersuchung, die Polizei und so weiter? Die werden gar nichts tun. Etwas Gutes kommt dabei nicht heraus... nicht für uns. Aber egal. Wir werden alle zurück an unsere Arbeit gehen, morgen. Oder wir kommen und helfen beim Aufräumen.«

»Kei te pai«, sagte Rina zu ihnen. »Ihr geht zurück an eure Arbeit, wir brauchen euch dort. Überlaßt das Morgen uns.«

Aber wir bekamen am nächsten Tag Hilfe. Am späteren Vormittag kamen Reuben und Hiria mit ihrem jüngsten Sohn Pena und vier anderen aus Te Ope. Sie kamen mit einem kleinen Laster, auf dem sie Arbeitsgerät und Wasserrohre hatten, aber auch Fleisch und

Gemüse. Die Leute, die im wharenui waren, begrüßten sie, und schon waren sie draußen und halfen mit, das urupa wieder herzurichten, und die Häuser, die betroffen waren, wieder zu reinigen, und dann arbeiteten sie im Gebiet, wo unsere Felder gewesen waren.

Und unser Lebensunterhalt.

»Da ist immer noch die Arbeitslosenunterstützung«, sagte einer und ging damit leicht über die Tatsache hinweg, daß wir jetzt durch unser Land keinerlei Ertrag haben und daß uns die kai knapp werden würden.

»Macht nichts, he tangata«, erinnerte ein anderer uns. »Wir haben doch Leute, uns selbst und die anderen hier. Und der Boden ist noch der gleiche Boden.«

»Wie unsere eigene Versicherungsgesellschaft.«

Die Geister erwachten wieder.

Reuben und Hiria und die anderen blieben eine Woche lang, und in dieser Zeit wurden das Gebiet, wo die Felder gewesen waren, und unsere Häuser wieder hergerichtet und abgesichert, falls wieder ein heftiger Regen kommen sollte.

In der Zeit verliebte Pena sich in Tangimoana, aber sie war noch nicht soweit, sich überhaupt zu verlieben.

»Trotzdem brauche ich ihn«, sagte sie. »Und das ist vielleicht beinahe dasselbe.«

Pena fand, das wäre ihm genug, und sie verbringen seit damals viel Zeit miteinander.

An den Abenden erzählten die Leute aus Te Ope von ihren Kämpfen in der Vergangenheit, von ihrer neuen Arbeit und von ihren Hoffnungen und Träumen. Die Geschichten waren nicht neu für uns, außer daß eine Geschichte immer neu ist, oder anders, es gibt überhaupt immer etwas Neues an einer Geschiche.

Wir erzählten von unserer Arbeit und unseren Träumen und besprachen auch die neue Bedrohung unseres

Lebens, eine Bedrohung durch Geld und Macht. Bloß, daß Geld und Macht keine neue Bedrohung waren. Geld und Macht hatten zu verschiedenen Zeiten und auf verschiedene Weisen unsere Volksstämme auseinandergerissen und uns das Rückgrat gebrochen, uns zu Sklaven gemacht, uns den Mund mit Steinen gestopft, uns inwendig ausgehöhlt, uns bis an den Rand getrieben und darüber hinaus, und sie hatten einfach zugesehen, wie unsere Kinder starben.

Aber als Reuben einen bestimmten Namen hörte, sagte er: »Das ist doch der, der vor einiger Zeit durch die Nachrichten ging, vor zwei oder drei Jahren, oder nicht? Dem war doch sein Jaguar in die Luft gesprengt worden. Es hieß, als Vergeltung dafür, daß seine Bande beim Nachtclub in der Bowder Street einen Brand gelegt hatte. Er war deswegen nicht eingesperrt und nicht einmal festgenommen worden. Nur daß sein Jaguar in die Luft gesprengt wurde. Es war eigentlich so geplant, daß er drin sitzen sollte, als er explodierte, aber er war nicht drin. So habe ich es gehört. Ziemlich gefährlicher Mann, würde ich sagen, und er hat seine Leute, mit Sicherheit.«

Alles, was wir brauchen, ist hier. Hemi hat schon recht, wenn er das sagt. Aber weil das so ist und weil wir bis über beide Ohren damit beschäftigt waren, für unser Überleben zu sorgen, haben wir viel Interesse an dem, was sich außerhalb von hier abspielt, verloren. Aber Reuben ist jemand, der mit der weiteren Welt in Kontakt steht. Wir fürchteten uns vor dem, was noch alles passieren konnte.

Und die Leute aus Te Ope sprachen von James, euer »mokopuna« nannten sie ihn. »Er schenkt uns einen Teil seines jungen Lebens«, sagten sie, »so wie ihre alle in der Vergangenheit uns euer aroha gegeben habt. Als er bei uns anrief, um uns mitzuteilen, was passiert war, haben wir alles stehen- und liegengelassen und sind hergekommen, und das werden wir auch weiter so tun.«

In dieser Woche kamen auch noch andere Leute. Da waren die Freunde, die am ersten Tag gekommen waren, da waren Nachbarn, und da waren Familien, die von anderen Orten her zurückkehrten. Sie halfen bei der Arbeit und brachten uns ihr koha. Matiu und Timoti kamen oft nach der Arbeit und brachten immer auch noch andere mit.

Eines Abends, als das Versammlungshaus voller Menschen war, beugte sich Toko zu mir herüber und sagte: »Es sind die Leute des Hungers und des Ärgers, die kommen werden, wenn alles nachgewachsen und grün ist.«

Sein Gesicht war heiß, und seine Haare waren verschwitzt, aber er hatte zu dem Zeitpunkt keine Schmerzen. Ich nahm ihn auf den Schoß, obwohl er eigentlich kein Kind mehr war, und er schmiegte sein Gesicht an meine Haare.

»Die Geschichten sind anders geworden«, sagte er. Er war müde, als er sich an mich lehnte, und seine Worte kamen ganz langsam. »Und es gibt eine Nacht voller Farben. Und eine Nacht voller Sterne.«

Eine Untersuchung wurde durchgeführt, aber die bestand hauptsächlich darin, uns zu befragen, um unsere Beobachtungen zu erfahren, und in einer Kritik an unserem Handeln. Wir hätten das Zeug, das angeblich den Fluß aufgestaut hatte, nicht entfernen dürfen. Wir hätten den Erdrutsch am Friedhof nicht wieder befestigen oder eine Drainage legen dürfen. So ergaben denn die Nachforschungen, daß möglicherweise ein Damm gebaut worden war, daß möglicherweise mit Absicht ein Kanal den Abhang hinab gebaut worden war und daß sich eine Überschwemmung ereignet hatte, aber das war alles.

20

Toko

In der Nacht der Farben erwachte ich zu einer Nacht der Geräusche. Es gibt eine Geschichte über Farben, und es gibt auch eine Geschichte über Geräusche.

Zunächst waren es keine neuen Geräusche. Die Geräusche kamen von meinem Bruder Manu, der im Schlaf schrie und weinte, und von meiner leiblichen Mutter Mary, die in ihrem Zimmer sang.

Ich öffnete meine Augen nicht. Ich stand nicht auf, um meinen Bruder zu wecken, wie ich das immer gemacht hatte, als wir noch Kinder waren. Ich legte mich auch nicht zu ihm. Mein Körper war mittlerweile langsam geworden, und ich wußte, daß ich mein wachsendes Herz nicht belasten durfte. Ich wußte, daß ich nachts nicht aufstehen durfte, ohne daß mir jemand dabei half. Ich rief meinen Bruder, statt zu ihm zu gehen, aber er wachte nicht auf und hörte auch nicht auf zu schreien.

Ich zog mir die Decke vom Gesicht, um nach Mary zu rufen, aber Mary hörte mich nicht und hörte auch nicht auf zu singen. Und als ich die Augen öffnete, stellte ich fest, daß es nicht dunkel im Raum war. Die Nacht war hell und voller tanzender Lichter.

»Hemi«, rief ich. »Roimata, Tangi, James.«

Dann plötzlich waren in der Nacht mit den gewohnten Geräuschen andere Geräusche vorhanden. Türen wurden geöffnet und zugeschlagen. Da war ein Rufen und Laufen auf den Wegen und Fahrdämmen. Meine Eltern und Tangi und James liefen aus dem

Haus. Leute aus dem whanau riefen und rannten in die Nacht hinaus, die taghell war und mit Farben erfüllt.

»Mary, weck ihn auf«, rief ich. »Mary, hilf mir.« Aber sie hörte mich nicht. Ich rollte mich an die Bettkante und setzte die Füße auf den Boden. Ich drehte mich um, setzte mich auf das Bett meines Bruders und schüttelte ihn. »Wach auf, wach doch endlich auf«, sagte ich.

»Steh nicht auf«, sagte er.

»Wach auf. Hör doch die Leute draußen.«

»Ich bin doch wach. Ich höre sie ja, aber das ist nicht wirklich.«

»Nun wach doch auf«, sagte ich. »Es ist wirklich. Hör doch die Leute und sieh dir die orangefarbene Nacht an.«

Mein Bruder stand auf und ging ans Fenster.

»Das wharenui brennt«, sagte er. »Und die Leute rennen zum Meer hinunter. Sie schreien und rufen und schlagen auf die Flammen ein. Aber das ist nicht wirklich«, sagte er.

»Doch, das ist es. Es ist wirklich. Wach doch auf.«

»Das kann nicht wirklich sein.«

»Wach jetzt auf und sieh zu, daß du ihnen hilfst.«

Da ertönten Sirenen in der Nacht der Geräusche.

»Ich soll ihnen helfen?« fragte er.

»Ja, helfen. Nun mach doch endlich…«

»Wem denn?«

»Den anderen. Hemi, Roimata, Tangi, James… Hilf ihnen… das Feuer löschen.«

»Wir brennen alle«, sagte er. »Aber das wird ja gar nicht wahr sein. Man wacht auf… und es ist alles nicht wirklich.«

»Bring mich hin«, sagte ich. »Los, hilf mir mal.« Ich schlang mir eine Decke um und schob mich in meinen

Rollstuhl. »Zieh dir deine Jacke an und hilf mir.« Manu schob mich gerade zum Haus hinaus und den Weg hinab, als die Feuerwehrautos vorbeifuhren. »Die Sirenen«, sagte er. »Es brennt. Es brennt mitten in der Nacht. Aber dann... nichts. Ist alles nicht wirklich.«

Vor uns lief Mary, schlurfend, wie es ihre Art war, und sie rief und schrie: »Oh, nein! Lauft doch nicht so! Laßt Mary nicht allein!«

Und dann fing auch Manu an zu schreien: »Es stimmt! Es stimmt! Oh, es ist wirklich! Wir sind alle wach, und es ist alles wirklich! Da ist ein Feuer, und es brennt.«

»Laß mich hier stehen«, sagte ich. »Lauf und hilf ihnen.«

»Die Leute bilden eine Kette zum Meer.«

»Kümmere dich nicht um mich und mach lieber dort mit«, sagte ich.

Er ging, und ich rollte mich selber langsam weiter, inmitten des Rufens, Schreiens, der taghellen farbigen Nacht, auf das Haus unseres Volkes zu. Die Balken krachten wie Schüsse und schlugen in das orangefarbene Feuer ein wie gefällte Bäume.

Und da war noch ein Feuer, in meinem Inneren, das brannte und mich veränderte, denn Feuer ruft immer eine Veränderung hervor, ganz gleich, wovon es sich ernährt. Und doch war Feuer am Anfang ein Geschenk gewesen, seine Früchte springen aus dem Schopf hervor und in das Herz der Bäume hinein – nicht eingesperrt dort, sondern nur verborgen, und warten auf den Odem und die Berührung.

Langsam kam ich vorwärts, bis zu der Stelle, wo meine leibliche Mutter Mary sich auf dem Fahrdamm hingesetzt hatte und sich hin- und herwiegte und jammerte und rief: »Kommt zurück. Oh, Boyboy, sie laufen mir weg. Liebende und singende Leute. Oh, die laufen einfach weg, oh, Boyboy, die laufen mir davon.«

Die Feuerwehrmänner kamen mit den Schläuchen gerannt, spritzten Wasser in die Flammen, aber das Dach war zerstört. Der große Kopf des Urahnen, der immer nach den Leuten Ausschau gehalten hatte, wann immer sie über das marae herankamen, war zerstört. Die Arme, die willkommen heißend ausgestreckt gewesen waren, und das heilige und komplizierte Rückgrat, das den ganzen Giebel entlanggegangen war, waren genauso wie die mit Motiven verzierten und am Rückgrat befestigten Rippen zerborsten und ins Feuer gefallen und zerstört. Auch die Wände waren eingestürzt und nahmen die tipuna der Leute mit und veränderten sie – die liebenden, kämpfenden, singenden, sprechenden, rufenden Wächter über Nacht und Tag. Beseitigten auch die Motive, die zum Leben und Tod des Volkes und zu seinen Geschichten und seiner Geschichte gehörte, und die Arbeit von Hand und Geist. Nahmen dem Volk den Ort der Ruhe, ihren Ort der Weisheit, des Beratens, Singens, Tanzens, des Leides, der Freude, der Erneuerung und des whanaungatanga. Nahmen die Welt, in deren Innern alles zurückgelassen werden mag, so wie der Staub auf den Schuhen, die man vor der Tür stehenläßt.

Das Wasser aus den Schläuchen strich über die eingeebneten, rauchenden Überreste des Hauses der Ahnen, und die Geräusche verstummten. Die Nacht wurde schwarz.

Wir konnten nur schweigend in der Stille der Nacht und in der Dunkelheit der Nacht dastehen. Es war, als wären wir die neuen tekoteko, die um das vollständig ausgebrannte Haus herumstanden, obdachlos, an Stelle derer, die zu Asche geworden waren.

Eine dunklere oder stillere Nacht hatte es nie gegeben. Wir gingen zum wharekai, um auf den Morgen zu warten. Lange Zeit sprach niemand, aber alle saßen still da und weinten, und die Tränen waren Tränen, die weit zurück in die Vergangenheit der wachen Erinnerung reichten und auch in die weit entfernte Vergangenheit der erzählten Erinnerung. Aber die Tränen galten auch dem Jetzt und der Zukunft.

Nach einer langen Weile sagte jemand, daß das Haus zwar zerstört sei, aber es wären ja noch die Menschen und es wäre noch der Boden da. »Und zum Bauen braucht man Menschen und zum Bauen braucht man Grund und Boden.« Aber diese Worte beruhigten nicht. Keiner sagte etwas dazu.

Statt dessen fingen wir an zu singen, was auch ein Weg ist, seine Seele zu retten oder den eigenen Kern. Es war ein ruhiges und friedliches Singen von Melodien und Akkorden, die im zunehmenden Licht kreisten, das zum wharekai kam, das aber nicht dazu gebracht werden konnte, über unseren Augen aufzugehen, und es lag wenig Trost darin.

Zu der Zeit reichte der Trost jedenfalls nicht aus, und meine Schwester stand auf und rief laut über das Singen hinweg: »Die Schweine von nebenan haben das getan«, daß wir aufhörten zu singen. »Und ich erwische sie noch. Irgendwann.«

»Wir werden das… untersuchen lassen«, sagte jemand.

»Und diesmal rühren wir nichts an.« Aber das sagten sie nur, um sie zu beschwichtigen. »Eine Untersuchung wird zeigen…«

»Scheißuntersuchung. Was ist denn beim letzten Mal herausgekommen? Nichts. Vielleicht dies, vielleicht das. Vielleicht. Kein ›So war es‹. Kein ›Wer es war‹. Kein

›Er war es, sie war es‹. Nichts. Scheißnachforschungen. Ich weiß, was dabei herauskommt, und ihr wißt auch, was dabei herauskommt. Es wird dabei herauskommen, daß wir es selber waren. Sie gehen ihren ganzen Mist und Dreck durch und bemühen sich, uns alles anzuhängen. So wie beim letztenmal. Und außerdem? Wer war als letzte im Haus gestern? Tante Mary, nicht wahr? Was werden sie flugs daraus schließen, wenn sie dies bißchen Information kriegen? Wenn sie herausfinden, daß sie, Tante Mary, diejenige war, die als letzte im Haus war, was meint ihr, was dann sofort in deren mickrigen, verdammten, verdrehten Hirnen herumschwirrt?«

Keiner sagte etwas. Wir wußten, was sich in deren Hirnen abspielte.

»Unsere pakeha-Freunde wußten schon, was sie taten, als sie mit einer Motorsäge an die Autoreifen gingen und den Arsch wegen seinem Haufen Geld zusammenschlugen. Wir hätten das selbst tun sollen. Vor allem, da wir sowieso dafür verantwortlich gemacht worden sind. Das hat man uns ja zu verstehen gegeben… Wir hätten es wirklich machen sollen, die Motorsäge ansetzen. Und eines schönen Tages… bald… Und wenn keiner von euch mithilft, werde ich es eben alleine machen… ganz allein mein eigenes schwarzes Selbst.«

Keiner von uns sagte etwas, wir saßen alle nur da, schwerfällig, und dachten über all das nach, was passiert war, und alles, was gesagt worden war. Feuer ruft bei allem, womit es in Berührung kommt, eine Veränderung hervor, und doch war es zu Anfang eine Gabe gewesen, die uns geschenkt worden war.

Als der Tag anbrach, gingen wir hinaus, um uns die Ruine anzusehen, die einmal das Haus der gesamten

Abstammung gewesen war, das Haus von Leben und Sterben und Träumen. Mary war vor uns hinausgegangen und stand zwischen den zerborstenen Balken und zog ein entstelltes und geschwärztes poupou aus dem Haufen.

Unser Leben, unsere Geschichten waren verändert. Feuer bricht an den Füßen aus und verschlingt die ganze Welt, und nicht einmal ein flügelschlagender Vogel kann darüber aufsteigen, sondern muß nach Regen rufen und schreien.

21

Toko

An diesem Tag arbeiteten wir nicht auf dem Feld, obwohl es die arbeitsreiche Jahreszeit war. Ich konnte nie auf dem Feld arbeiten, aber ich konnte mit dabeisein und mich auf allerlei Weise nützlich machen. Ich konnte Saat sortieren oder kleine Pflänzchen abzählen, die groß genug zum Auspflanzen waren, und ich konnte Schachteln, Säcke und Kästen beschriften.

Wir standen lange da und schauten auf die Überreste des Hauses, und als Granny Tamihana sich umwandte und zum wharekai zurückging, folgten wir ihr.

»Was sollen wir denn jetzt tun?« fragte jemand, aber keiner gab ihm eine Antwort, Tangimoana nicht, kein einziger von uns, eine ganze Zeitlang.

Dann sagte Granny Tamihana: »Manaakitia te manuhiri«, und da bemerkten wir die Leute, die Freunde, die schon gekommen waren, als das Land überschwemmt gewesen war. Und Polizei war da und Leute von der Zeitung und Männer von der Feuerwehr. »Kümmert euch um eure Gäste.«

Wir kamen langsam wieder in Bewegung, rollten weißes Papier auf den Tischen aus, schnitten Brot ab, setzten Wasser auf, nahmen Tassen vom Brett, aber wir nahmen von alledem, was wir da taten, nichts wahr. Unsere Körper bewegten sich, unsere Hände arbeiteten, verrichteten vertraute Tätigkeiten, aber unsere Gedanken, unser Geist lagen in Stücken, zerfallen zu gebrochener Erde.

Während wir arbeiteten, sagte keiner etwas, konnte

keiner etwas sagen, Tangimoana nicht, keiner von uns, nur ab und an Granny Tamihana.

Wenn ich an die Zeit zurückdenke, dann weiß ich noch, daß die alte Dame Tamihana diejenige war, die hin- und herging, den Flötenkessel mit Wasser zu füllen, anfing, die Tassen vom Brett zu nehmen, eben all das tat, was für gewöhnlich die Jüngeren taten. Es war die alte Dame und nicht Tante Rina, die den anderen auftrug, die Tassen herauszunehmen, Brot zu rösten, den Tisch zu decken, Wasser aufzusetzen, sich um die Gäste zu kümmern.

Und wenn ich an die Zeit denke, dann weiß ich, daß das der Zeitpunkt war, wo ich, Granny zuhörend und zuschauend, wie sie im wharekai hin- und herging, ihre Geschichten wirklich verstand. Denn ich hatte mein ganzes Leben lang all ihren Geschichten zugehört, Geschichten, die sie immer voller Freude erzählte. Aber damals, als sie die Tassen herausnahm, den Flötenkessel mit Wasser füllte, die Löffel aus der Schublade nahm, begriff ich erst wirklich, daß ihr Leben in Wahrheit ein Leben voller Verlust und Leid gewesen war, und daß Verlust und Leid in ihrem Leben etwas ganz Gewöhnliches gewesen waren.

Als sie noch ein kleines Mädchen war, waren die Hügel, wo sie die Anwendung von Pflanzen gelernt und die Bäume und Vögel, die dort lebten, gekannt hatte, an andere gegangen.

Sie hatte den heißgeliebten und einzigen Bruder verloren und später den Ehemann überlebt, all ihre Kinder und auch einige Enkelkinder. Sie hatte miterlebt, wie Enkel und Urenkel weggingen und nicht wieder zurückkehrten, oder gebrochen und krank zurückkehrten, nur um erneut wegzugehen.

Als junge Frau war sie von denen bestohlen und

schlecht behandelt worden, denen sie die Fußböden schrubbte. Und sie hatte als junge Frau zusehen müssen, wie ihre Kinder hungerten und froren, denn obwohl es während der schlechten Zeit nach dem ersten Krieg für andere staatliche Unterstützung gab, gab es solche Vergünstigungen für Menschen unseres Volkes nicht. Sie hatte zusehen müssen, wie ihre Kinder starben.

Sie war von den Orten ausgeschlossen gewesen, wo die, die nicht zu unserem Volk gehörten, sich frei bewegen durften, die Landschaft um sie herum hatte sich verändert, die Geräusche um sie herum hatten sich verändert – und jetzt war das Heilige Haus, das kurz nach ihrer Geburt erbaut worden war, in Flammen aufgegangen.

Ich verstand zum ersten Mal wirklich, daß Verlust und Kummer für Granny normal und zu erwarten waren. Ich sah, daß Schmerz so normal war und Leid so normal, daß sie vertraut geworden waren, so vertraut, daß sie schon fast Freuden waren – eine Art schweigender, schreiender, mörderischer Ekstase, so wie Gegensätze sich auf dem vielsträngigen Kreis nahekommen. Seit achtzig Jahren wußte sie, daß es den toten Bruder nicht wieder lebendig machte, wenn man gegen den Sarg trat.

So war sie es, die uns zu den alltäglichen Dingen zurückführte wie Tee kochen, Tassen hinstellen, die, die draußen waren, hereinholen, Tee aus den großen Teekannen ausschenken und dann allmählich über das beraten, was sich ereignet hatte, und denen, die hinzugekommen waren, erzählen, was wir wußten.

Der Rest des Tages war damit angefüllt, daß Leute kamen und wir ihnen erzählten, was wir wußten, erzählten, wie wir uns verhalten hatten. Am nächsten

Tag überlegten wir alle miteinander, was zu tun war, und machten uns dann an die Aufräumarbeiten. Meine Schwester Tangimoana war noch nicht wieder in den Alltag zurückgekehrt. Sie war still, noch nicht wieder in der Lage, bei den Alltäglichkeiten mitzuhelfen.

Hoani begann unseren Tag mit einem karakia, um das Böse zu vertreiben und uns das, was Recht war, vor Augen zu halten. »Wir müssen die Rechtmäßigkeit auf unserer Seite haben«, sagte er. »Wir müssen auf unsere Gesundheit achten, die eine Gesundheit des Geistes und eine Gesundheit des Volkes ist. Die Lebensgeister jedes einzelnen von uns müssen gehegt und gepflegt werden – das Volk muß sich um den einzelnen kümmern. Und die Lebensgeister des Volkes müssen gehegt und gepflegt werden, der einzelne unterstützt das Ganze. Wir müssen einen klaren Verstand und den richtigen Weg haben«, sagte er. »Denn die Unrechtmäßigkeit schlägt auf den zurück, der sie begeht. Das ist meine feste Überzeugung. Das ist etwas, woran man denken sollte.«

Meine Schwester, die neben mir stand, schaute nicht auf, als er diese Worte sprach, sondern drehte sich um und ging weg. Bevor wir mit der Arbeit anfangen konnten, stellten wir uns um das ausgebrannte Haus herum, um ein poroporoaki abzuhalten – einen Abschiedsgruß an all das, was das Haus beherbergt, und an all das, was es uns allen bedeutet hatte.

Dann machten wir uns daran, die verbrannten Balken auszusortieren, aber ich konnte nicht mithelfen, sondern nur zusehen, es gab kaum etwas, was ich tun konnte. Es gab kaum etwas, das man retten konnte, außer dem stellenweise verbrannten poupou, den meine leibliche Mutter Mary am Tag zuvor aus dem Schutthaufen gezogen hatte und seitdem immer bei sich trug.

Wir schafften die Trümmer nicht von dem Platz weg, sondern hoben einen Graben aus und gruben sie ein, damit das Neue aus dem Alten entspringen kann, was der natürliche Lauf der Dinge ist. Das sagte der alte Hoani.

Es war harte Arbeit, und wir brauchten den ganzen Tag, bis wir es fertig hatten, und als es fertig war, gingen alle zur Lagune hinunter, um den Ruß von Körper und Kleidung zu waschen. Ich hatte nicht viel arbeiten können, aber ich stieg mit ihnen ins Wasser, das kühl und salzig war.

Tangimoana kam auch dazu, obwohl sie nicht mitgearbeitet hatte, den ganzen Tag lang nicht bei uns gewesen war und noch immer nicht wieder zum Alltäglichen zurückgekehrt war. Aber sie kam und ließ sich vom Meer tragen, das in den Wunden brennt, sie aber gleichzeitig heilt.

Während wir im Meer badeten, sahen wir einen Lieferwagen voller Leute ankommen. Nach dem Lieferwagen kam noch ein Laster, ebenfalls voller Leute auf der Ladefläche. Die zwei Fahrzeuge hielten am Eingang zum marae, und die Leute warteten dort, bis wir soweit waren, daß wir sie empfangen konnten. Wir wußten, es waren Reuben und Hiria und andere aus Te Ope.

Wir schlangen uns unsere Handtücher um und gingen nach Hause, um saubere Sachen anzuziehen, und gingen dann zum marae und baten unsere Gäste, näher zu treten. Es war eine traurige Angelegenheit, auf dem Platz zu stehen, auf dem wir so oft gestanden hatten, um unsere manuhiri zu begrüßen, und nicht mehr zu spüren, daß unser wharekai stärkend hinter uns stand.

Die Gäste kamen zu uns und standen lange Zeit in

der Mitte des marae, um mit uns ein tangi über die abzuhalten, die schon gestorben waren, und über das, was jetzt über uns gekommen war.

Dann begannen die Willkommensreden, Reden, in denen unsere Besucher über alles, was sich ereignet hatte und was wir für die Ursache all dessen hielten, was passiert war, unterrichtet wurden. Wir erzählten ihnen, was wir an dem Tag unternommen hatten, damit das Neue aus dem Alten erwachsen kann, wie es der natürliche Gang der Dinge ist.

In ihrer Erwiderung teilten sie uns mit, daß sie gekommen seien, um uns zu helfen und zu unterstützen, so wie wir ihnen in der Vergangenheit geholfen und sie unterstützt hätten. Sie seien gekommen, um beim Wiederaufbau zu helfen und so lange mitzuarbeiten, wie wir sie brauchten.

»Wir haben unsere Zelte mitgebracht«, sagte Reuben. »Zelte sind ja jetzt ein Teil unserer Geschichte und ein Teil unseres Lebens. Sie sind ein Teil der Identität der Te Ope, ein Teil unseres Stolzes.«

Bis zu diesem Augenblick hatte ein ungeheures Schweigen geherrscht, ein Fortschreiten von einer alltäglichen Handlung zur nächsten, aber jetzt plötzlich setzte wieder Singen ein im wharekai und Reden und Lärm und selbst Lachen.

Wir halfen unseren Gästen, ihre Zelte, die ein Teil ihrer Identität und ihres Stolzes geworden waren, aufzubauen. Am nächsten Tag wurde eine Werkstatt eingerichtet, und die Planung für das neue Haus begann.

Von da an kamen viele Leute. Manche blieben nur einen Tag, manche eine Woche, andere blieben mehrere Tage oder Wochen. Jeder brachte Geschenke mit

– entweder Lebensmittel oder Werkzeug oder Baumaterial. Händler und Handwerker halfen mit all ihrem verschiedenen Können. Geld kam an, zusammen mit Briefen voller Ermutigung und Unterstützung von maraes aus dem ganzen Land. Überall im Land waren Leute, die verstanden, was die, die die Untersuchung durchführten, nicht begriffen. Sie verstanden, daß das Haus eines Volkes ein großes taonga und eine große Kraft bedeutet. Sie verstanden, daß das bißchen Geld, das uns schließlich zuerkannt wurde, uns nicht das Leben und die Liebe ersetzen konnte, die die Errichtung eines solchen Gebäudes erforderte, und uns auch nicht das Leben der Bäume zurückgab. Sie verstanden, ganz egal, was die Berichte gesagt oder vielmehr ungesagt gelassen hatten, daß eine absichtliche Tat das gleiche wäre, als wenn man Hand an sich selbst legt.

Es gab genug Leute unter uns, die erfahrene Planer und Baumeister waren, und der Aufbau des neuen Hauses war schnell begonnen. Allerdings mußten neue Fertigkeiten erlernt werden oder jedenfalls Fertigkeiten, die für uns neu waren, Fertigkeiten, die in unserer Gegend schon seit Grannys Kindheit nicht mehr angewendet worden waren. Wir hatten noch nie zuvor pingao sammeln und auch noch nie schwarze Lehmfarbe ausfindig machen und anwenden müssen. Aber unsere Granny Tamihana hat ein gutes Gedächtnis für Plätze, und sie weiß, was wo wächst und wofür man die verschiedenen Pflanzen verwenden kann. Außerdem waren unsere Gäste vor nicht allzu langer Zeit mit der Errichtung eines Hauses beschäftigt gewesen und konnten uns zeigen, was zu tun war.

Unser Strand und unser kleines Stück Buschland wiesen kein pingao und kiekie auf, die wir für das tukutuku brauchten – oder jedenfalls zu dieser Zeit nicht in größerer Menge. Wir mußten etliche Fahrten unternehmen, um das Material zusammenzubekommen. Unterstände, die luftig, aber trocken waren, mußten gebaut werden, damit das pingao und kiekie aufgehängt und getrocknet werden konnte.

Wir waren allesamt gefangengenommen von der Erregung, die das Planen, Bauen und Ausschmücken des neuen Hauses hervorrief, das Entwerfen von Figuren und Motiven und das Zuschauen, wie das Ganze wuchs. Einige der Motive und Figuren waren den alten nachempfunden, die ja schon Teil unseres Selbst waren. Sie waren ins Gedächtnis eingegraben und waren die Darstellung der Sterne und des Meeres, der Fische und der Vögel und der Pflanzen, vom Wissen und den Beziehungen und Konflikten, von Leid und Freude. Aber es gab auch neue Motive von Überschwemmung und Feuer, Straßen und Maschinen, von Einssein und Stärke und Arbeit und Wachstum.

Wir waren nicht nur von der Erregung gefangengenommen, sondern auch von der Anstrengung, weil wir von Tagesanbruch bis zum Dunkelwerden und auch noch danach arbeiteten. Es waren ja auch noch die Felder da, die bei Helligkeit bearbeitet werden mußten, und auch das Fischen mußte getan werden. Allerdings konnte ich damals schon nicht mehr beim Fischen oder auf dem Land mitarbeiten und durfte mich nicht so anstrengen wie die anderen.

»Bau etwas auf, und es baut dich auf«, sagte Hoani, und mir fiel wieder ein, wie die alte Dame vor langer Zeit gesagt hatte: »Weißt du, was ich hier mache, ich erschaffe mich selbst.« Und sie schenkte mir den kleinen Korb, den ich immer noch habe. »Das bin ich selbst als Geschenk«, hatte sie gesagt. »Und dein großer Fisch, das bist du, als Geschenk.«

Ich konnte bequem in meinem Stuhl bei den tukutuku-Rahmen sitzen, oft saß meine Schwester Tangimoana mir gegenüber, und ich nahm dann Streifen von pingao oder kiekie und verflocht kreuzweise die halbrunden Stäbe der Rückenlehne. So wie die Fasern hin- und hergingen, so ging es auch mit unseren Geschichten, so ging es auch mit dem, was wir in unseren Herzen und unserem Sinn hatten. Wir sangen auf und ab und verschlangen dabei kreuz und quer die schwarzen, roten, weißen und goldenen Streifen, die zu Fasern unseres Lebens und unseres Selbst geworden waren.

Unter denen, die aus Te Ope gekommen waren, war auch ihr Holzschnitzer mit seinen Werkzeugen und Fertigkeiten, ein alter Mann, der das, was er wußte, anderen aus seinem whanau und auch meinem Bruder James beibrachte. Schnitzen war keine Arbeit, die ich verrichten konnte, aber zwei meiner Vettern nahmen es auf. Auch noch andere junge Holzschnitzer aus anderen Gegenden schlossen sich uns an, Leute voller Eifer, etwas zu lernen, und mit der Bereitschaft, ihre Zeit für den Wiederaufbau dessen zu opfern, was zerstört worden war.

Allmählich traten die Figuren aus dem Holz hervor, und diese Figuren waren von ihren Namen her altbekannt, weil sie das Erbe der Ahnen waren, aber sie hatten eine neue Erscheinung. Was dieses Mal vorangetrieben wurde, aus den Bäumen, kam unter anderen Augen und von anderen Händen zum Vorschein.

Die Not war größer, als wir es jemals zuvor kennengelernt hatten, denn wir teilten das, was wir hatten, mit denen, die zu unserer Unterstützung gekommen waren. Es ging schon fast über unsere Kräfte, denn die Familienmitglieder mußten auch noch die tägliche Arbeit auf dem Feld oder in der Küche erledigen, und sie mußten für all die Leute viele Fische fangen und Meeresfrüchte suchen. Und oft gab es nicht genug. Nach der Tagesarbeit kehrten die Leute von den Feldern zurück und kamen von der Küche und halfen bei den Baumeistern, Holzschnitzern, Webern, Malern und Modellmachern mit, die auch schon seit dem frühen Morgen an ihren Aufgaben arbeiteten.

Unsere Arbeit nahm uns so sehr gefangen, daß wir mit einiger Anstrengung über das Sprengen der Hügel und der Küstenfelsen hinweghören und über das Ummauern und Einschließen und Zerstören des Meeres wegsehen konnten. Es war uns ein leichtes, keine Notiz von den weiteren Anfragen zu nehmen, ob wir unser Land verkaufen oder verpachten oder ob wir unser Haus an einer anderen Stelle, zentraler, errichten wollten, wodurch das Neue nicht aus dem Alten entsprungen wäre, wie es die richtige Art und Weise ist.

Alles, was wir brauchen, ist hier, aber wir hatten ein paar Jahre lang nur wenig Kontakt mit anderen Leuten, denn wir kämpften um unser Leben und unser Land. Es war gut, jetzt neue Leute kennenzulernen und ihre Stärke zu spüren. Es war gut, neue Fertigkeiten und neue Ideen kennenzulernen und all den neuen Geschichten zuzuhören, die die vielen Leute, die zu uns kamen, erzählten. Es war gut, andere dazuhaben und ihnen unsere eigenen Geschichten zu erzählen, sie dazuhaben und mit ihnen unser Land und unser Leben zu teilen. Das Gute folgte dem, was nicht gut gewesen war, im Kreislauf unserer Tage.

22

Hemi

Es war noch eine Stunde Zeit, bis die Sonne unterging, und auch danach war noch genug Licht da, um eine Zeitlang weiterzuarbeiten. Die Sonne ging jetzt weiter vorne unter und auch viel früher. Jedes Jahr stellt man das etwa zu dieser Jahreszeit fest – plötzlich.

Meistens arbeiteten sie so lange am Abend, bis sie nichts mehr sehen konnten, aber an diesem Tag hatte Hemi ihnen gesagt, sie sollten die Geräte einsammeln und in den Schuppen bringen. Er sagte ihnen, sie sollten jetzt gehen und ihr kai haben, denn er fühlte Mitleid, aroha mit ihnen. Nicht nur mit denen, die seit dem frühen Morgen mit ihm zusammen draußen waren, sondern auch mit denen, die nur am Vormittag oder nur am Nachmittag gekommen waren und die Feldarbeit zwischen andere Aufgaben einschoben. Er machte sich Sorgen um sie, besonders um die Jüngeren, machte sich Sorgen, daß ihre Jugend dahinging, indem sie sich über den Boden beugten.

So wie es bei ihm selbst gewesen war. In ihrem Alter hatte er genauso gearbeitet. Hatte so arbeiten müssen. Aber eigentlich hatte er es sich doch selbst ausgesucht oder war dafür ausgesucht worden. Und er war immer stark gewesen, und... anders. Vielleicht anders, er wußte es nicht genau. Nun, ja. Er hatte nie Zeit gehabt, jung zu sein, das zu tun, was andere Jugendliche taten, denn es war immer Arbeit dagewesen. Aber andererseits hatte er die Landwirtschaft immer als das Gebiet angesehen, auf dem er sich auskannte und das er beherrschte. Er liebte es schon sehr – die ersten schnellen Schößlinge im Frühling und die Größe des Sommers, erfüllt von dicken, saftigen Blättern und schweren Früchten und krabbelnden Bienen. Vielleicht weil er so altmodisch war, daß er niemals über seine eigene Nasenspitze hinaussah. Aber er wollte nicht, daß sich die Jungen überanstrengten, auch wenn es um das... Überleben ging, darum, genug zum Essen zu haben und ein bißchen Geld, um sie alle am Leben zu erhalten. Doch dann wiederum, wenn man es von der anderen Seite her betrachtete, konnten sie immerhin sagen, daß sie die Früchte ihrer Arbeit gesehen hätten und daß die Früchte, die sie bekamen, ihre eigenen waren. Das war etwas anderes, als für einen Boss zu arbeiten, wo man sowieso arm blieb, wo man arm blieb und einen anderen reich machte.

Es war eine reiche Ernte gewesen. Sie hatten guten Blumenkohl geerntet, Kohlköpfe so groß wie Wagenräder, die Bohnen waren riesig, hingen wie Girlanden an den Pflanzen, und sie hatten eine reiche Ernte an Kartoffeln und kumara gehabt. Er hatte ihnen gezeigt, wie man eine kumara-Miete wie in alten Zeiten anlegte, und sie hatten eine ziemliche Menge an Vorräten gelagert. Die Kürbisse, kamokamo und Eierkürbisse hatten früh geblüht, und sie fuhren Wagenladung über Wagenladung auf den Markt. Der Salat hatte schnell knackige Köpfe gebildet, und die Tomaten waren an kräftigen Stauden groß und dick geworden. Dann gab es noch Reihen voller Möhren und Paprika, Meerkohl, Runkelrüben und Zwiebeln. Die Brunnenkresse in den Wassergräben war dicht und groß geworden. Dann, als der Sommer fast vorüber war, hatte sich das Wachstum etwas verlangsamt, und jetzt war die Zeit gekommen, den Boden für die nächste Aussaat vorzubereiten.

Sie wären fast daran kaputtgegangen, nach diesen Wasserfluten alles wieder in Schwung zu bringen. Das war hart gewesen. Aber sie hatten tüchtige Hilfe bekommen. Die Leute kamen immer in dem Augenblick, wo sie am dringendsten gebraucht wurden. Sie hatten sich alle gefragt, was passieren würde, wenn der nächste heftige Regen käme, aber es war in Ordnung gewesen, es war alles gut gegangen. Die Arbeit, die sie auf dem Feld geleistet hatten, hatte es wieder hergerichtet, und Timoti und Matiu hatten ihren Job behalten und hielten die Augen offen. Er war zu beschäftigt, um noch Groll wegen der Sache zu hegen, aber wenn man tief genug in ihn gedrungen wäre, wäre der Groll sofort wieder dagewesen und hätte ihm die Galle oder sonstwas zum Überlaufen gebracht.

Besonders nach dem nächsten Schlag, der mörderisch gewesen war. Sehr hart. Man mußte es irgendwie aushalten. Und andere mit durchschleppen. Man mußte sich vor Augen halten, daß es um das Volk und um das Land ging, das überleben mußte, und man brauchte nur der alten Dame zuzusehen, wie sie weitermachte mit... dem Leben, dann hatte man sofort wieder vor Augen, woran man immer geglaubt hatte.

Aber seine Tochter hatte es schlecht hinnehmen können, und keiner hatte ihr deswegen Vorwürfe gemacht, denn es hatte sie alle aufgerüttelt. Und sie hatte ja vielleicht recht, daß sie... sich einmischen wollte. Was ihn betraf, er hatte es einfach nicht in sich, zerstörerisch zu sein – gegen Menschen. Menschen waren ihm das Wichtigste im Leben, so schien ihm. Obwohl sie meinte, es richte sich nicht gegen Menschen. »Gegen Sachen«, hatte sie gesagt, »zum Wohl der Menschen. Es heißt nicht, daß ich jemanden umbringen will... noch nicht. Und wir haben doch nichts zu *erwarten*, oder etwa nicht? Wir brauchen doch nicht darauf zu warten und zu glauben, wir hätten es verdient zu glauben, es sei unser Los, oder zu glauben, es wird schon nicht wieder geschehen. Es hört nicht auf. Ich glaube, das ist früher alles schon einmal passiert, oder etwa nicht? Es ist immer dasselbe. Immer dasselbe, ständig. Begreift ihr das denn nicht?«

Also, sie konnte einen richtig aufrütteln. Unsere gute Tochter. Es gab manche, die wohl sagen würden, sie würde uns langsam entgleiten. Die sagen würden, daß das Vorgehen, das sie fern von hier gelernt hatte, nicht gut wäre, nicht ihrem eigenen Vorgehen entspreche. Sie würden wohl sagen, daß sie genauso handelte wie die, gegen die sie sich wandte. Aber er wußte, daß seine Tochter immer noch genauso war, wie sie immer gewesen war. Es war Neugierde, die sie immer bewegte, später dann war es Liebe, eine Liebe, die eine Art Zorn war.

Und es war Liebe und Zorn und auch Kummer, die an ihm zerrten und ihn zum Umkippen gebracht hätten, wenn er nachgegeben hätte.

Denn er, der doch glücklich gewesen war, ein Leben mit anderen Menschen zusammen zu verbringen und einfach nur dazuzugehören, der alles, was er gewollt hatte, zu einer bestimmten Zeit, an einem bestimmten Ort gefunden hatte und der niemals irgendwelche Zweifel hegte, spürte… eine Veränderung, die er nicht wahrhaben wollte. Er wollte nicht, daß Zorn oder Leid ihn änderten… ihn gegen Menschen richteten. Das war nicht seine Art. In seinem ganzen Leben hatte er niemals Wut gegen Menschen in sich getragen. Und jetzt… es war schwierig. Jetzt war es der Boden, der ihn rettete, die Notwendigkeit, das whanau zu versorgen. Und da war es wieder. Menschen. Menschen, die Menschen brauchten. Tangimoana würde dem nicht zustimmen, daß man seine Gefühle in den Erdboden versenkte, den Verlust und die Kränkung eingrub, sich einfach von Tag zu Tag durchkämpfte. »Von dem Augenblick an, da man geboren ist«, hatte sie zu ihm gesagt, »steckt man den Kopf in den Sand. Aber ich werde sterben ohne Angst, wenn ich nur sagen kann, ich bin ich, und wenn ich weiß, daß es auch jemand glaubt. Ich werde sterben, ohne Widerrede, wenn ich mich irgendwie bewiesen habe.«

Sich beweisen. Nun, er war davon nicht überzeugt. Es klang falsch. Er hatte versucht, mit ihr zu reden, ihr zu helfen mit dem... Zorn. Hatte versucht, ihren Zorn einzugraben, direkt neben seinem. Aber nein, Tangi hatte nur gewechselt... von laut zu leise, das war alles gewesen. Nach einer gewissen Zeit war sie weggegangen und hatte sich bislang nicht mit ihnen in Verbindung gesetzt. Pena hatte sie holen wollen, aber sie hatte ihn nur weggeschickt.

Es war fast dunkel. Er hörte auf zu arbeiten und machte sich daran, das Gemüse, das für den nächsten Tag gebraucht wurde, zu ernten. Er arbeitete langsam, schnitt Kohlköpfe ab, zog Möhren und Zwiebeln heraus und legte sie in die Schubkarre. Da war er nun, allein mit seinen Gedanken und seinen Problemen, zwei Generationen entfernt von der alten Dame einerseits und andererseits noch eine weitere Generation von seinen Kindern entfernt, und es war, als säße man auf einer Schaukel.

Etwas, worüber er vielleicht mit Reuben sprechen konnte. Reuben hatte, als er jung war, mit seiner Landbesetzung auch etwas gewagt, und er hatte lange gewartet, bis auch nur einer der Älteren zu ihm gekommen war und ihn unterstützt hatte. Sie enttäuschten Tangimoana vielleicht in ihrem Bemühen, sie vor Verletzungen zu bewahren, in ihrem Bemühen, ihre Gefühle und ihren Zorn zu dämpfen, aber es lag ihm einfach nicht, Gleiches mit Gleichem zu vergelten.

Aber noch einmal zurück zu seinem ersten Gedanken. Konnten die jungen Leute denn überhaupt auf dem Land bestehen, die jungen Leute, die jetzt noch da waren, denn einige waren schon weggegangen. Kommen und Gehen. Als die Stellen knapp wurden, kamen sie nach Hause, viele von ihnen. Versuchten, dabeizubleiben, aber sie waren zu... gebrochen, als daß etwas dabei herausgekommen wäre. Die waren schon so kaputtgemacht und konnten nicht mehr durchhalten. Das belastete ihn, als hätte er selbst sie ziehen lassen, sie dazu veranlaßt zu gehen, zuviel erwartet. Und jetzt war er... bekümmert wegen diesen jungen Leuten, den Dagebliebenen, wegen ihrer Jugend. Er hatte aroha mit ihnen. Wußte nicht, ob er von ihnen erwarten sollte, daß sie so schwer arbeiteten wie er in ihrem Alter, Tag für Tag, Monat für Monat und vielleicht sogar Jahr für Jahr. So trieb er am Ende womöglich selber die jungen Leute fort. Die Kinder auch, die Kleinen. Sie mußten an einem Tag mehr leisten, als ihm recht war. Mußten draußen sein und zu manchen Zeiten des Jahres tagelang den Rücken beugen, aber wie sollten sie ohne sie auskommen? Er wußte nicht, was sie manchmal ohne ihre Kinder hätten tun sollen oder ohne die Hilfe, die sie bekamen. Siehst du, es kam alles wieder zum Volk zurück. Ein geschlossener Kreis, das war etwas, woran er glauben konnte.

Dann war da noch etwas, was Tangimoana gesagt hatte, was an ihm nagte. »Menschen?« hatte sie gesagt. »Ja, aber manche Menschen sind gar keine Menschen. Die haben vergessen, wie das überhaupt geht.«

Also, dann eben die echten Menschen. Es waren doch Menschen gekommen und hatten Briefe geschickt und koha. Sie hatten alle an einem Strick gezogen, und nur so war es möglich gewesen, das Haus wieder aufzubauen. Man mußte nach dem Ast greifen, von dem man *sicher* sein konnte, daß er einen hielt, wenn man am Untergehen war.

Und man konnte nur sein Bestes geben, das Beste, das man sich denken konnte. Er wollte, daß das ganze whanau zurückkam, wollte dafür sorgen, daß alles, was sie brauchten, da war. Und es war seine Aufgabe, dafür zu sorgen, daß es das auch war, so empfand er es. Alles lastete auf seinen Schultern.

Ja, und in der vergangenen Nacht war jemand gekommen, er wußte nicht, wer. Hatte auf ihm gesessen, schwer. Auf seiner Brust, als er schon halb eingeschlafen war. Hatte ihm auch Angst eingejagt, und es war ihm den ganzen Tag lang nicht aus dem Kopf gegangen. Wußte nicht, was es bedeutete und wußte nicht, wer. Vielleicht machte er irgend etwas falsch. Oder es konnte auch eine Warnung gewesen sein. Es war jemand gekommen, um ihm etwas zu sagen... aber was? Sie hatten wirklich genug zu leiden gehabt. »Ko wai tenei?« hatte er ins Dunkel gefragt. »He aha to pirangi?« Aber es war nichts zu hören gewesen, keine Antwort, nur Gewicht, das ihn niederhielt, so daß er sich nicht rühren konnte.

Eine Warnung? Aber was konnte denn noch passieren? Er wollte nicht darüber nachdenken, was noch passieren konnte... Er wollte mit niemandem darüber reden, denn es konnte nichts Gutes dabei herauskommen, wenn man jetzt darüber sprach. Nur, daß sich noch mehr Leute Sorgen machten. Eines Tages würde er darüber reden. Zunächst einmal würde er damit leben und versuchen, nur an das zu denken, was das richtige für ihn wäre, für sein Volk, für die, die dageblieben waren, für die, die gegangen waren. Alles, was er jetzt tun konnte, war das, was er immer getan oder jedenfalls zu tun versucht hatte – das Haus warmzuhalten.

Die Außenwelt drehte sich schneller und schneller, so kam es ihm vor, aber in welche Richtung, das hätte er nicht sagen können. Aber seine Welt, die Welt, die er kannte und verstand, blieb immer genau die gleiche, war zu erhalten, wenn er nur konnte. Die gleiche, außer daß sich das Selbst manchmal veränderte. Wer war in der letzten Nacht zu ihm gekommen, und was sollte es bedeuten?

Er schob die Schubkarre auf das wharekai zu, das überall hell erleuchtet und voller Lärm war. Und auch in der Werkstatt war Licht an, denn dort machten sich welche daran, noch ein paar Stunden zu arbeiten.

Er stellte die Schubkarre an der Tür des wharekai ab und ging zum Waschraum.

23

Roimata

Die Geschichten hatten sich verändert. Es war genau so, wie Toko gesagt hatte, die Geschichten hatten sich verändert. Und unser Leben hatte sich auch verändert. Wir lebten unter den Maschinen und unter einer sich verändernden Landschaft, die einen selbst, das eigene Innere verändern kann.

Obendrein lebten wir unter der ständigen Bedrohung und der Zerstörungswut der Machtmenschen, und wir hatten erst begonnen, die Macht richtig zu verstehen.

Bevor das Haus abgebrannt war, hatten wir unsere eigene Stärke gekannt und gespürt, die daher kam, daß wir uns selbst kannten und daß wir unser Ziel kannten. Aber danach, nach dem Feuer, lebten wir nur noch in Angst und mit der ständigen Frage im Kopf, was wohl noch passieren könnte, was wohl noch unternommen werden würde, um uns zu vernichten. Reichte die Kraft unserer eigenen Füße aus? Reichte es aus, Boden unter den Füßen zu haben? »Weil es nicht normal ist«, warnte Reuben. »Nicht bloß ein widerwärtiges Spiel. Sie haben festgestellt, daß Geld euch nicht rührt, und so wollen sie erreichen, daß ihr abhaut, sie wollen euch in Angst versetzen, euch wie auch immer loswerden. Wir dürfen nicht glauben, daß es einfach nur ein widerwärtiges Spiel ist, dessen sie früher oder später überdrüssig werden. Die können gar nicht anders, können nicht aufhören. Können nicht nachdenken, denn sie sind genau so geworden wie ihre Maschinen.«

Noch immer bin ich eine geduldige Beobachterin des Himmels. Wir arbeiteten unglaublich hart in jenem Sommer, der ein Sommer voller langer, schöner Tage und heißer, harter Arbeit war. Die Felder gediehen, und das neue Haus wuchs. Trotz der ständigen Bedrohung in unserem Leben waren alle voller Begeisterung und Energie.

Unsere Gäste, die mittlerweile seit einigen Monaten von zu Hause fort waren, müssen sich sehr danach gesehnt haben, bald wieder nach Hause zurückzukommen. Was sie für uns taten, würden wir ihnen niemals vergessen, auch wenn das, was sie taten, für sie selbst bloß die Gegengabe für die Unterstützung war, die wir ihnen in der Vergangenheit gegeben hatten.

Sie blieben, weil sie wußten, was es für den Geist und den Auftrieb der Menschen bedeutete, in einem Haus beherbergt zu sein, das ein Ausdruck von ihnen war und sie darstellte und erklärte. Sie wußten, daß diejenigen, die die Untersuchung geführt hatten, nicht verstanden hatten, daß ein von uns selbst zerstörtes Haus gleichbedeutend gewesen wäre mit einem Ende ohne einen neuen Anfang, das pure Nichts – ein Erde-Nichts, ein Himmel-Nichts, ein Nichts im Bauch des Meeres, eine Rückkehr ins Nichts, wo nichts sich rührt.

Aber ich bin eine geduldige Beobachterin des Himmels, und da war schließlich doch nicht nur das Nichts. Mitten in den Trümmern hatte unsere heißgeliebte Mary gesessen, mit ihrem Mann. Sie hatte ihn aus der Asche gezogen, ihm ihr Ohr an die Brust gelegt und leise angefangen zu singen.

Mary und ihr Mann waren also der erste neue Atemzug. Leute, die auf Lastwagen gekommen waren, waren der zweite. Von da an war ein Wachsen und

Gedeihen und ein Hochschießen aus dem dunklen Meer, ein tiefes und erregtes Atmen.

Auf einer anderen Ebene war das Leid zu finden. Wir hatten nicht vergessen, was passiert war, was uns zugefügt worden war. Wir konnten die herabstürzenden Felsbrocken nicht übersehen und auch nicht die Einebnung des Landes, das Anfahren von Baumaterial und die neuerdings gelbe Farbe des Meeres.

Und Tangimoana war weg. Sie hatte nicht angerufen oder geschrieben, hatte kaum »Auf Wiedersehen« gesagt. Sie stimmte nicht mit unserem Hinnehmen einer Situation überein, das kein eigentliches Hinnehmen war, sondern nur ein Abwarten. Sie sah die Kraft eines gebogenen Astes nicht in seiner Spannkraft, sondern darin, daß er zurückspringen und jemanden treffen konnte.

24

Toko

Es gibt eine besondere Tür, die extra für mich und meinen Rollstuhl gemacht worden ist. Das ist eine Tür an der Seite des neuen wharenui mit besonderen Türangeln, damit sie sowohl nach innen wie nach außen aufgeht. Da ist auch eine Rampe vorhanden und ein breiter Weg von der Straße herauf, damit ich leichter kommen und gehen kann. Ich kam mittlerweile nicht mehr gut ohne Rollstuhl aus.

Meine Onkel hatten diese besondere Tür für mich entworfen und gebaut, und die anderen Leute hatten die Rampe und den Weg angelegt. Mein Bruder James schnitzte den Torbogen und erzählte mit seinen Schnitzereien die besondere Geschichte vom Zusammenkommen. Es ist die Geschichte, wie unser Volk mit den Menschen von Te Ope eins wurde.

Hierzu ging mein Bruder in den beiden Stammesgeschichten zurück, bis er eine gemeinsame Ahnfrau fand, auf die beide Völker ihre Abstammung zurückführen konnten. Er schnitzte Kopf und Schultern dieser Ahnfrau in der Mitte des Türsturzes, und zwar so, daß ihr Gesicht nach innen und nach außen wies. Die beiden dicken starken Arme der Frau waren ausgestreckt und umschlossen die beiden Pfosten, die auf beiden Seiten den Türrahmen bildeten. In diese beiden Pfosten fügten sich die beiden Völker ein, das Volk unseres iwi und das Volk von Te Ope, aber am oberen Ende der Säulen waren sie durch die Frau miteinander verbunden. Es waren ihre Kinder, die sie rechts und links fest umschlungen hielt. Und diese Kinder waren arbeitende, lachende, weinende, singende Leute, einige klein, andere überlebensgroß. Sie waren jung und alt und waren durch ihre Finger oder Zehen, Hände, Füße, Arme, Beine, Stirn oder Zunge verbunden, so daß ein jeder zum Teil eines anderen geworden war. Nach außen sahen sie zu den Hügeln, und auf der anderen Seite sahen sie ins Hausinnere.

Es ist eine wunderschöne Tür, die geräuschlos aufgeht. Im Innern des Hauses, links der Tür, lag meine Matratze, über die eine Wolldecke gebreitet war und die immer für mich dort liegenblieb, und neben der Matratze war noch ein Platz für meinen Rollstuhl. Wenn ich im Haus angelangt war, half mir jemand auf meine Matratze, und ich konnte mich mit meiner Decke warm zudecken. Ich konnte dem zuhören, was ich hören wollte, und wenn ich etwas sagen wollte oder etwas gefragt wurde, konnte ich von dort aus sprechen und meine Stimme bis hinauf in die heke schleudern. Ich habe immer Gelegenheit zum Sprechen bekommen, obwohl das Sprechen meistens eine Sache derer ist, die alt sind. Aber die Leute wußten, daß ich niemals alt sein würde, und deshalb billigten sie mir schon Alter zu, solange ich noch ein Kind war. Einige sind der Meinung, daß ich nie ein Kind gewesen bin.

Ich konnte direkt unterhalb des Schnitz-Mannes/-Liebe-Mannes, der wieder ergänzt worden war, sitzen oder schlafen, seine neuen Füße ruhten auf meinem Kopf. Denn es war schließlich doch nicht Nichts geblieben. Meine eigene Mutter Mary war diejenige gewesen, die zwischen den wasserdurchtränkten Überresten des ersten Hauses gesessen und den Liebe-Mann aus der Asche gezogen hatte. Sie hielt ihn an sich gedrückt, legte ihr Ohr an sein Herz und fing an zu singen, ganz leise. Ich hatte ihr geholfen, ihn von der Asche und den Flecken zu säubern, und unter der Asche fanden wir die kleinen beobachtenden Augen, die sprechende Zunge, das Fäustel-Herz. Wir fanden noch schwache Spuren des Schultertuchs und auch die Hand, die den Griff des erhobenen Beitels umschloß – aber das sich zu einer Figur ausweitende Penisende des Beitels war verbrannt. Die Füße und Beine des Mannes waren weg, das Feuer hatte bis zu den Leisten hinaufgereicht.

Dieses poupou, das meine erste Mutter in der Asche gefunden hatte, war die Verbindung zwischen alt und neu, das sagten alle. Es war das Stück, das zeigte, daß es kein richtiger Tod war, oder es zeigte vielleicht, daß der Tod wie eine gewickelte Feder ist. Dieses Stück war als letztes für das alte Haus geschnitzt worden, konnte damals aber noch nicht vollendet werden. Und es war dann das erste Stück für das neue Haus, was bedeutete, daß wir in unserem neuen Haus eine Verbindung zu dem Mann, der keine eigenen Kinder hatte, und durch ihn eine Verknüpfung zu der Zeit davor zeigen konnten, eine Verbindung, die uns alle mit dem großen alten Ahnherrn verband, dessen Namen das Haus bekommen hatte.

Und der Mann, der keine Kinder hatte, war in Holz als Geschenk gegeben worden von einem Mann, der sich selbst in einem Tuchmotiv dargestellt hatte, obwohl er von jemandem gewarnt worden war, nur ja nichts nach einem lebenden Vorbild zu gestalten, und er hatte sich am Ende seines Lebens dazu entschlossen, das zu tun, was ihm immer verboten worden war – dem Holz seinen Atem zu verleihen. Das alles war als Geschichte aus der Zeit erzählt worden, als Granny ein kleines Mädchen war und als der Mann, der seiner

Schwäche entwachsen war, ein Haus für das Volk gebaut hatte. Er hatte das Andenken an einen Lebenden aus dem Holz herausgearbeitet und hatte ihm dann seinen Atem gegeben.

Er hatte die untere Hälfte des poupou unberührt gelassen, ein Platz für das mokopuna des Mannes, der keine eigenen Kinder hatte.

Und das war der Platz, den ich als Sitzplatz bekam, damit ich ihn für das Kind warmhielt, das bis jetzt noch unbekannt war. Ich konnte eine Zeitlang das mokopuna sein, das noch nicht in Holz dargestellt ist.

Es war ein ruhiger Platz für mich. Ich konnte dort zuhören oder mich ausruhen. Und weil ich ein besonderes Alter bekommen hatte, konnte ich von dort aus zu den heke sprechen oder zu den stillen wartenden Herzen.

Eines Nachts gingen Roimata und ich hinaus, um Manu zu suchen, und wir fanden ihn unter dem neuen Torbogen sitzend. »Es brennt«, sagte er, aber Roimata erklärte ihm, daß es nicht brenne. »Das ist früher einmal gewesen«, sagte sie und versuchte, ihn zu wecken, ihm zu zeigen, daß kein Feuer da war. Er wurde nicht wach und sah auch nichts, aber wir brachten ihn nach Hause ins Bett, wo er für den Rest der Nacht ruhig weiterschlief.

Dritter Teil

25

Roimata

Auf den Hügeln herrscht Ruhe, und die Maschinen sind abtransportiert worden. Nach einiger Zeit werden die Bäume wieder nachwachsen, und bald wird das Wasser wieder klar sein. Das zu wissen ist beruhigend, aber ist es beruhigend genug? Gutes kann von etwas kommen, das nicht gut ist, Gutes kann auch aus Leid entstehen, neues Leben aus altem, aber ist das genug? Hemi und ich werden wieder die Netze auslegen, und wir werden wieder Schleimfisch und moki haben. Wir werden vom Dingi oder vom Ufer aus fischen. Wir werden am Riff saubere Muscheln haben, wenn das Wasser wieder klar ist.

Alles, was wir brauchen, ist hier, sagt Hemi. Das stimmt, und es ist beruhigend, das zu wissen; aber ist es beruhigend genug, selbst in Anbetracht dessen, daß ich schon immer eine unendlich geduldige Beobachterin des Himmels gewesen bin? Wir haben erfahren, wie das ist, wenn man ein Geschenk bekommt, und haben niemals danach gefragt, woher das Geschenk kam, uns höchstens gewundert. Ein Geschenk kann einem nicht wieder genommen werden, denn ein Geschenk ist ein Vermächtnis, das, einmal gegeben, nicht wieder genommen werden kann. Es kann von Hand zu Hand wandern, aber wenn man es erst einmal erhalten hat, gehört es einem voll und ganz. Das Geschenk, das wir bekommen hatten, ist immer noch bei uns.

Auf seinen Tod waren wir schon lange gefaßt, aber nicht auf das Wie. Die Art, wie er starb, da sitzt der

Schmerz für uns – die Art seines Todes und die Gebrochenheit und das Leiden des kleinen Vogels. Sein Tod führte Tangimoana zu uns zurück, führte auch andere zu uns, hat uns vieles gebracht, was gut ist, aber ist das genug, kann das genug sein?

Tangimoana saß während der Zeit der Trauer nicht an seiner Seite. Sie ging am ersten Tag allein zu der Baustelle in den Hügeln. »Ihr habt meinen Bruder umgebracht«, sagte sie. »Ihr habt unseren eigenen Bruder umgebracht, meinen leiblichen Bruder, den ich vor dem Ertrinken gerettet habe, als ich selbst noch ein Kind war.«

»Der ist nicht hier gewesen«, sagten sie, und einige gingen weiter, um mit ihrer Arbeit anzufangen.

»Ihr habt das Land ausgebeutet«, schrie sie, und die, die schon am Gehen waren, blieben stehen. »Und ihr habt in einer Zeit des Regens fast die Heilige Stätte zerstört. Ihr habt unser erstes Haus niedergebrannt, und jetzt habt ihr meinen Bruder umgebracht.«

»Der ist nicht hier«, sagte einer.

»Ist hier nicht gewesen.«

Und ein anderer sagte: »Komm bloß nicht hierher und schrei hier rum, du kannst uns für all das gar nicht verantwortlich machen...«

Aber wieder ein anderer sagte: »Was meinst du mit dem von deinem Bruder?«

»Er ist tot, und ihr habt das getan. Ihr, ihr, ihr allesamt.« Und sie erzählte ihnen von ihrem Bruder.

Während sie erzählte, gingen Matiu und Timoti weg und rannten den Hügel hinunter und sind seitdem nicht wieder dorthin zurückgekehrt, außer einem einzigen Mal. Und als Tangimoana zu Ende erzählt hatte, waren sie alle still.

»Das ist schlimm«, sagte einer.

»Wir können uns denken, wie du...dich fühlst. Aber wir...«

»Wir machen unsere Arbeit...«

»Das ist nur ein Job...«

»Fürs Geld...«

»Und kai.«

Lange Zeit schwiegen sie alle, dann sagte Tangimoana: »Es stimmt schon, was ihr sagt, aber ich suche einen Schuldigen... so ist mir zumute... damit ich wieder aufhöre zu weinen. Es ist jetzt gar keine Zeit zum Weinen da. Aber ich habe das auch gesagt, damit ihr mir überhaupt zuhört. Ihr müßt mir nämlich zuhören, denn ihr seid die einzigen, die helfen könnten. Ihr müßt unbedingt zuhören und mich begreifen und mir glauben. Wenn ich euch alles erzählt habe und ihr noch einmal an das zurückdenkt, was ihr gehört habt, dann wißt ihr Bescheid und dann werdet ihr mir glauben und alles verstehen.

Also, die Nachforschungen und Untersuchungen, die gemacht worden sind, haben nicht bestätigt, daß das, was ich euch jetzt erzähle, wahr ist, und eine Untersuchung wird auch diesmal wohl kaum die Wahrheit zeigen. Aber wir kennen sie. Wir, die wir auf dem Land leben, wir kennen sie. Und ihr sollt sie auch erfahren. Ihr alle seid hier wegen der Arbeit, sagt ihr. Und ihr seid die einzigen, die es glauben könnten... nicht die ganz oben. Die ganz oben sind böse und... blind. Sie sind schwach... und verdammt.«

Die Männer hörten ihr jetzt wirklich zu. Tangimoana hat so eine Art, eine beißende Unerschrockenheit, die die Leute dazu zwingt, ihr zuzuhören. Außerdem ist es ihre Art, im Alleingang zu handeln.

An diesem Tag konnte man die Maschinen oben auf

den Hügeln nicht hören und seitdem überhaupt nicht mehr, bis auf einmal. Viele der Männer, die an diesem Vormittag von den Hügeln herabkamen, waren aus unserem Volk, aber einige auch nicht. Sie hatten Tangimoana zugehört und verstanden und geglaubt, was sie ihnen zu sagen hatte, und kamen, um uns und unserem Kind ihr aroha und ihr koha zu bringen.

Sie blieben die ganzen drei Tage bei uns und halfen, die Leute, die uns besuchen kamen, zu versorgen. Die Menschen kamen zu Hunderten. Es war ein Trost, daß solche Massen an Menschen kamen, um bei uns und unserem Kind zu sein, unserem kostbaren Kind, unserem potiki. Es war tröstlich, und dennoch konnte es einem letztlich doch keinen Trost geben. Es war auch anstrengend, aber Anstrengung ist etwas, wofür man nur dankbar sein kann.

Tangimoana schlief nachts an der Seite ihres Bruders, aber während der drei Tage war sie draußen bei den Leuten und arbeitete im wharekai, und Pena blieb immer an ihrer Seite. Es ist nicht üblich so, aber Tangimoana handelt immer im Alleingang. »Ich will, daß sie Bescheid wissen«, sagte sie immer, »ich will, daß sie es glauben und begreifen. Und ich will wissen, wer die sind, die es glauben und begreifen, und wer die sind, die das nicht tun.«

Wir zogen das nicht in Zweifel.

Beim abschließenden karakia für unser Kind war das marae voll. Es war ein warmer Tag, und obwohl ein leichter Regen fiel, brachten wir unser potiki für das karakia hinaus auf das marae, damit jeder Platz fand. An jenem Morgen waren mehr Menschen auf unserem marae, als ich jemals zuvor gesehen hatte. Es war ein großer Trost, das zu sehen, aber für manches gibt es kaum einen Trost. Wir waren froh, daß wir so erschöpft waren.

Es war eine schmerzliche Sache, als der Sargdeckel geschlossen wurde und uns die Sicht auf unser Kind nahm, unser Kind mit seinem Ohrgehänge und seinem Korb, aber er hatte auch noch andere Gaben dabei.

Es war eine schmerzliche Sache, dem polierten Sarg zu folgen, langsam zwischen Mary und James dahinzugehen, den Arm um sie gelegt, und wie Hemi und Tangi fast allein den kleinen gebrochenen Vogel trugen. Es war ein schwerer und schmerzlicher Gang dort den Hügel hinauf, zusammen mit den Hunderten von Leuten, die hinter uns gingen, ihren Hunderten von Stimmen, die die Abschiedslieder sangen. Es tat weh, die kleinen Kinder zu sehen und ihre Stille, wie sie den Rollstuhl vor uns herschoben, der mit Kränzen behängt und über und über mit Blumen und Grün geschmückt war. Und es war schwierig und schmerzlich zuzusehen, wie unser Kind hinuntergelassen wurde, den ersten Klumpen Erde darauffallen zu hören und das Wehklagen, das von überall her und aus meinem eigenen Inneren kam. Und am Ende tat es weh, sich einfach abzuwenden.

Nachdem wir wieder im Haus angelangt waren und nachdem wir das Haus wieder für die Lebenden freigemacht hatten, stand eine warme Mahlzeit im wharekai bereit, und das wharekai leuchtete vor Blumen. Da wurde geredet und gelacht und gesungen, damit wir uns alle wieder den Lebenden zuwandten. Es war nicht leicht, zum Leben zurückzukehren, aber man war dazu verpflichtet.

Es war nicht leicht, sich wieder dem Leben zuzuwenden, obwohl der Kummer mit vielen, mit Hunderten geteilt worden war. Nicht leicht, auch wenn Erschöpfung da war und ein Hinnehmen des Todes. Obwohl wir auf den Tod unseres Kindes schon lange vorbereitet waren und er kein neuer Gedanke war, obwohl ein Geschenk, das man einmal bekommen hat, einem auf immer gehört, und obwohl es stimmt, daß es vieles gibt, das am Tod richtig ist, war es dennoch die Art des Todes, die Schmerz bereitet hatte und noch bereitet. Und darüber hinaus ist es das Gebrochensein, das Leiden des kleinen Vogels, das wir fast nicht ertragen konnten.

Ich war in jener Nacht aufgewacht und hatte gehört, daß die Räder über die kleine Stufe rumpelten, auf die Veranda rollten und die Rampe hinab. Ich wartete auf das Geräusch des Türriegels, aber ich hörte nichts und wußte deshalb, daß das Tor schon offen gewesen war. Ich wußte, daß Toko hinausfuhr, um seinen Bruder, seinen Gefährten, den kleinen Manu, zu suchen. Ich wäre eigentlich schnell aufgestanden, um Toko mit seinem Rollstuhl zu helfen. Wir wollten nicht, daß er seine geringen Kräfte damit verbrauchte, daß er seinen Rollstuhl selber bewegte. Wir wollten die Kraft für ihn sein und ihn zu jeder Tages- und Nachtzeit begleiten. Zu dem Zeitpunkt waren wir schon lange auf seinen Tod vorbereitet.

Aber Mary war schneller als ich. Ich hörte sie singen und daß ihre Schlafzimmertür aufging und sie den Gang entlang und dann hinausging. Deshalb beeilte ich mich nicht. Ich stand auf und zog eine Jacke an und Schuhe, und als ich das Tor erreicht hatte, konnte ich sehen, wie Mary in ihrem Schlenkergang auf den Vordereingang des wharenui zuging. Es war eine helle Nacht voller Sterne, und ich konnte Mary deutlich erkennen, obwohl im Haus keine Lichter an waren.

Den Seiteneingang des Hauses konnte ich nicht sehen, aber ich konnte hören, wie Toko seinen Rollstuhl die Rampe hochstieß. Nur schwach hörte ich Manus Stimme, der rief und redete, aber das war uns nichts Neues. Toko redete immer mit ihm, und sie kamen zusammen nach Hause. Manu ging dann schnell ins Bett und schlief tief und fest bis zum Morgen. Oder ich ging hin und half Toko neben seinem Bruder auf die Matratze. Ich deckte sie beide zu, und sie schliefen dann ganz zufrieden.

Aber in dem Moment, als Toko die Schwingtür aufstieß, war ein anderes Geräusch zu hören, wie eine leichte Explosion, dann schrie Manu, und ein Lichtschimmer flammte auf, obwohl das Haus selbst immer noch im Dunkeln lag. Es waren eilige Schritte zu hören, aber ich konnte im Sternenlicht niemanden sehen. Es kam keiner bei mir vorbei.

Da fing ich an zu laufen, rief nach Hemi und rannte und stolperte über die sternenbeschienene Erde zur Veranda. Es war Brauch, dort die Schuhe abzustreifen. Ich habe nicht die geringste Erinnerung daran, meine Schuhe ausgezogen zu haben, obwohl mir sonst jede andere Bewegung, jedes Geräusch und jede Empfindung und alles, was ich in dieser Nacht gesehen habe, auf alle Zeiten im Gedächtnis haftet. Aber was die Schuhe betrifft, habe ich nichts in Erinnerung. Ich weiß nur, daß unsere kleine Nichte am nächsten Morgen zu mir kam und sie mir brachte. Sie weinte. »Tante, deine Schuhe«, sagte sie.

Im Haus sah ich den umgekippten Rollstuhl und Toko, der ausgestreckt auf Marys Schoß lag. Manu stand und schwankte, tanzte, redete, schrie.

Und all das nahm ich in einem Feuerschein wahr, der an dem Spezialtürrahmen entlangzüngelte und schon dabei war, sich über die Wand auszubreiten. Auf dem Gesicht unseres Kindes stand der Tod, und ich sah es, sah, jeden einzelnen Zug des Todes im wilden Licht der Flamme, die sich durch seine Haare fraß.

Auf seinen Tod waren wir schon lange vorbereitet, aber die Art, wie er starb, ist das, was so schwer zu ertragen ist. Und auch, daß der kleine Vogel jetzt völlig gebrochen ist. Mit einigen Schwierigkeiten wenden wir, die wir stark sind, uns allmählich wieder dem Leben zu, aber für den kleinen Manu gibt es nichts, was heilt, keine Umkehr. Das ist das schwierigste von allem.

26

Roimata

Die Männer von den Hügeln, vor allem Männer aus unserem Volk, aber einige auch nicht, blieben die drei Tage der Trauerzeit bei uns. Sie arbeiteten ohne Unterbrechung für uns, holten Brennholz und halfen, die Mahlzeiten vorzubereiten und zu kochen. Sie errichteten Extrakochgelegenheiten für uns. Sie bauten Extratische und -bänke und erweiterten den Waschraum, denn wir hatten noch nie solche Menschenmengen unterbringen müssen, wie sie während der ganzen Tage vom frühen Morgen an bei uns ankamen.

Die Männer waren in der dritten Nacht, nachdem die Tische abgeräumt waren und das Saubermachen beendet war, immer noch da. Sie blieben und redeten, sangen, tranken – halfen uns, wieder Teil des Lebens zu werden. Sie tranken, ohne wirklich zu trinken, das fiel mir auf. Sie blieben, sie lachten und redeten. Aber sie tranken eigentlich nichts, oder nur ganz wenig, sie taten nur so, als würden sie trinken. Als wir zu Bett gingen, waren sie immer noch da und lachten, redeten, sangen, aber sie tranken überhaupt nicht.

Als ich Tangimoana und Pena und James fragte, ob sie mit zum Schlafen nach Hause kämen, sagten sie, sie blieben noch ein bißchen. Tangi war ruhig und auf ihre Weise glücklich, und der Zorn schien sie verlassen zu haben. James sagte: »Uns geht's gut, Ma, mach dir um uns keine Sorgen«, und deshalb meinte ich, mir keine Sorgen machen zu müssen. Es lag etwas in der Luft, aber ich fand, ich brauchte mich nicht zu beunruhigen, denn es hatte schon genug Leid gegeben. Man ist verpflichtet, den Kummer beiseite zu schieben, sich zu unterhalten, zu singen, die Blumen zu betrachten, die die Leute überall hingestellt hatten, festzustellen, daß das Haus saubergemacht worden ist, die Wäsche gewaschen, die Betten gemacht sind. Wir waren erschöpft und froh, erschöpft zu sein. Wir nahmen unseren kleinen traurigen Vogel zum Schlafen mit nach Hause.

Mitten im Schlaf explodierte das Morgengrauen, und im Morgengrauen explodierte der Schlaf. Das Haus bebte, und irgendwo fiel Glas herunter. Hemi stand auf und rannte hinaus, aber ich ließ mir mit dem Aufstehen Zeit. Irgend etwas war los, aber ich dachte, es ginge mich nichts an, es wäre schon genug Leid geschehen. Manu schlief ruhig auf der Trage, die wir für ihn in unserem Zimmer aufgestellt hatten. Ich hörte Schritte auf dem Weg, aber sie klangen zögernd. Es waren keine Stimmen, es war kein Rufen zu hören.

Dann sprangen wieder die Motoren an, die Motoren der großen Maschinen, die während der letzten drei Tage auf den Hügeln still gewesen und nicht bewegt worden waren. Ich zog mich langsam an und ging nach draußen, nicht weil ich Angst hatte oder mir Sorgen machte, sondern aus Neugierde oder weil ich jetzt mit anderen zusammensein mußte, nicht allein sein wollte.

Es war neblig, ein verhangener Morgen mit einem schwebenden, weichen Regen, und es war kaum genügend Licht da, um das Land und das Meer voneinander zu unterscheiden.

Oben auf den Hügeln war die neue Straße gesprengt worden, und die Maschinen arbeiteten sich hinein und stießen Asphalt und Steinbrocken die Hänge hinab, türmten sie auf und schoben sie vorwärts, kippten und stürzten sie in die Gerüste und Fundamente neuer Gebäude, von denen einige schon brannten und einstürzten.

All das konnte man im Halbdunkel eher erahnen als genau erkennen, und gleichzeitig hörte man weiter zurück in den Hügeln noch eine Explosion. Irgendwie machte es Spaß.

Dann sagte jemand, es würde bald hell, hell genug, um sehen zu können, wer die waren, die die Maschinen bedienten und im Halbdunkel mit Taschenlampen hin- und herliefen. Wir sollten lieber alle wieder ins Bett gehen, ehe es hell werde, und wir sollten bloß nicht aus dem Haus treten oder hinaussehen, bevor es wieder völlig still sei.

So gingen wir zurück, legten uns wieder hin und lauschten den Geräuschen der Maschinen und dem Krachen und Fallen von Balken und einer Reihe von Detonationen, einige in der Nähe und einige weiter weg. Die Maschinen schienen näher heranzukommen, und es war jetzt fast ganz hell. Dann hielten die Maschinen an. Man hörte Stimmen, leise Stimmen, und dann Leute rennen. Es war so ein Laufen, das eigentlich nicht zu hören sein sollte. Danach war Stille.

Es war nichts mehr zu hören, also stiegen wir aus unseren Betten und sahen hinaus. Die neue Straße war zerstört, die neuen Bauten waren dem Erdboden gleichgemacht. Die großen Maschinen waren im Meer versenkt. Wir konnten das von unseren Fenstern aus sehen, gingen aber zunächst noch nicht hinaus.

Später gingen wir zum wharenui, schauten hinein und sahen die Männer und jungen Leute dort schlafen. Also gingen wir hinein und sammelten die ganzen

Kleidungsstücke ein, die sie getragen hatten, und verteilten sie zum Waschen. Hemi und ein paar andere spritzten die Veranda mit dem Schlauch ab und machten die Schuhe sauber, die dort liegengeblieben waren.

Wir wuschen die Kleidung und hängten sie auf die Wäscheleine. Dann sammelten wir saubere Sachen ein, brachten sie ins wharenui und legten neben jedes Bett ein paar Kleidungsstücke. Im wharekai wurde das Frühstück vorbereitet, und die Tische waren schon gedeckt.

An jenem Morgen waren wir ein lärmender Haufen, warfen uns Witze zu, lachten und schnatterten über alles – über alles, nur nicht über das eine. Als das Frühstück fast beendet war, gingen wir alle zum wharenui hinüber und veranstalteten ein ausgelassenes haka, um die Leute zu wecken. Das haka sollte sie wecken, aber es war auch ein Ausdruck von Liebe und ein Freudenjubel. Wir zogen den Schlafenden die Decken weg und warfen ihnen die Kleidungsstücke hin, schrien sie an und kümmerten uns dabei überhaupt nicht um die beiden Besucher an der Tür, die in unser Privatleben hineinspähten.

»Aufstehen, ihr Suffköpfe.«

»Los jetzt, ihr Faultiere, aufstehen.«

»Schaut zu, daß ihr zum wharekai rüberkommt, oder die Möwen kriegen euer Frühstück.«

»He, ihr da, ihr schlaft ja selbst beim Wirbelsturm Harata…«

»Oder beim Tornado Tamati. Wißt ihr denn überhaupt schon, was los ist?«

»Und ihr schlaft einfach.«

Liebeslieder sangen wir ihnen, aber an jenem Morgen wurden sie zu Freudenliedern. Wir spielten ihnen mit dem Duschwasser Streiche, verpaßten dem einen

einen kalten Schwall und den anderen einen heißen, indem wir die Wasserhähne draußen auf- und zudrehten. Bald saßen sie an den Tischen, frisch geduscht und grinsend, und trugen ein seltsames Sammelsurium an Kleidungsstücken.

»Wir fangen gerade an zu frühstücken«, sagte Hemi zu den beiden Polizisten. »Setzen Sie sich doch zu uns.«

Mittlerweile waren auch noch andere Leute hinzugekommen. Eine Menschenmenge hatte sich am Strand versammelt, und sie schauten dort hinauf, wo die Straße gewesen war oder in die andere Richtung, wo man im Meer die Spitzen der Maschinen aus dem Wasser ragen sah. Es waren Photographen da und Leute, die in ihren Notizbüchern schrieben, und auch Beamte, die ein großes Gebiet abgesperrt hatten. Sie wollten sich nicht zu uns setzen, sie wollten sich umschauen.

»Nur zu«, sagte Hemi und ließ sie auf der Treppe stehen.

Nach dem Frühstück machten wir uns ans Saubermachen. Wir wuschen das Geschirr ab und räumten es weg, wuschen die großen Kochtöpfe ab, trugen die Tische hinaus, um sie zu scheuern, und kehrten und wischten die gesamten Fußböden. Wir spritzten mit dem Schlauch die Wasch- und Toilettenräume ab. Matratzen wurden zum Lüften hinausgetragen, und die ganze Bettwäsche wurde auf einen Haufen gelegt und zum Waschen weggebracht. Müll mußte vergraben oder verbrannt werden, und leere Flaschen waren fortzuschaffen. Im wharenui wurde gesaugt und Staub gewischt, und Mary griff zu ihren Poliertüchern.

»Reden wir mit dem Boss?« fragte der eine von ihnen Stan.

»Hier ist jeder von uns der Boss«, sagte er.

»Können wir denn mit dem Verantwortlichen sprechen?«

»Wir sind hier alle verantwortlich.«

»Gibt es hier eine Möglichkeit, wo wir ungestört reden können?«

»Hier geht es doch sehr gut«, sagte Stan.

In diesem Moment wurden die Matratzen wieder hereingebracht, die am einen Ende des wharenui aufgestapelt werden sollten, aber anstatt sie aufzustapeln, legten wir sie im Kreis im Raum hin und setzten uns darauf nieder, um zuzuhören.

»Wir machen eine Untersuchung über Vorkommnisse, die sich auf dem hier angrenzenden Land ereignet haben.«

»Fragen Sie nur«, sagte Stan.

»Na gut, erzählen Sie uns, was Sie wissen.«

»Die Straße ist aufgerissen worden, die Gebäude sind dem Erdboden gleichgemacht, die Maschinen liegen im Meer.«

»Aber Sie wissen doch sicher noch mehr, ganz bestimmt.«

»Ja, das stimmt. Wir sind früh am Morgen von etwas wach geworden, das wie eine Explosion in den Hügeln klang. Es schien hier in der Nähe gewesen zu sein. Wir standen auf und gingen nach draußen. Es war noch zu dunkel, um etwas zu sehen, aber wir hörten, wie die Maschinen angelassen wurden. Wir konnten hören, daß sie Schutt den Hügel hinabschoben, eben das hinabschoben, was dort gebaut worden war. Wir haben Taschenlampen und Brände gesehen. Dann sind wir alle wieder ins Bett gegangen.«

»Alle?«

»Alle.«

»Wollten Sie denn nicht wissen, was da vor sich ging?«

»Doch, das wollten wir schon, deshalb sind wir ja aufgestanden und rausgegangen. Als wir dann wußten, was es war, sind wir wieder ins Bett gegangen.«

»Konnten Sie erkennen…«

»Nein, das konnten wir nicht. Es war nicht hell genug, um etwas zu erkennen.«

»Aber sicherlich wollten Sie doch wissen, wer…»

»Das wollten wir nicht.«

»Warum denn nicht?«

»Wenn wir hätten Leute erkennen können, hätten wir Ihnen bei Ihrer Untersuchung helfen können. Wir haben Ihnen, wie Sie wissen, bei zwei anderen Gelegenheiten geholfen. Wir waren nicht zufrieden, nicht glücklich über das, was Sie als Ergebnis der Untersuchung herausbrachten…«

»Die Untersuchungen wurden genauestens…«

»Uns wurde kein Glauben geschenkt. Wir haben Aussagen gemacht, wir haben geholfen, aber wir wurden nicht…verstanden, und es glaubte uns keiner. Was wir Ihnen erzählt hatten, wurde gegen uns verwandt, und es wurde uns das Wort im Mund umgedreht.«

»Wir werden uns noch einmal umsehen.«

»Fühlen Sie sich wie zu Hause«, sagte Stan. »Schauen Sie sich nur alles an, was Sie wollen, reden Sie mit allen Leuten. Aber wenn Sie dieses Haus wieder betreten müssen, ziehen Sie sich doch bitte vorher die Schuhe aus. Wir sind gerade damit fertig geworden, alles sauberzumachen, wie es sich gehört, nach dem tangi für unser Kind, das hier Dienstag nacht getötet worden ist.«

»Na ja…«

»Das nicht eines natürlichen Todes gestorben ist.«

»Na ja... das klingt ja wie eine Gerichtsverhandlung. Die Zeit wird...«

»Die Zeit wird bestimmt nicht...«

»Wir bleiben nicht lange, aber wir müssen mit Ihnen sprechen... Wer sind denn die ganzen Leute da?«

»Leute, die hier leben, Verwandte und Freunde, die zum tangi unseres Kindes gekommen sind, das nicht eines natürlichen Todes gestorben ist...«

Danach blieben die beiden Beamten nicht mehr lange. Während der nächsten paar Tage wurden die Maschinen aus dem Meer geborgen und abtransportiert. In den Hügeln herrscht seitdem Stille.

Die Hügel werden noch eine Zeitlang narbig aussehen und die Küstenlinie zerstört. Aber die Narben werden heilen, sobald der Bewuchs wiederkehrt, denn der Wald ist immer schon dagewesen, mit dem Leib des Landes verwunden. Und die Küste, der Bereich, wo Land und Meer sich begegnen, wird wieder sauber werden, wenn man sie läßt. Wir werden die Boote wieder in sauberem Wasser aussetzen und nach kahawai, moki und Haifisch hinausfahren und kelp und Kabeljau angeln. Und es wird wieder reichlich Schalentiere geben. Es wird tuna geben, die man in den Rauch hängen kann.

27

James

Der junge Mann sagte zu den Leuten: »Es gibt eine Geschichte, die besagt, daß die Fertigstellung dieses poupou – dieses letzten für das alte Haus und des ersten für das neue Haus – irgendwo in der Zukunft liegt. Daß es dann fertiggestellt werden wird, wenn bekannt ist, wen die untere Figur darstellen soll. Ich weiß jetzt, wer dahin gehört. Ich weiß jetzt, wer derjenige ist, der von einem gezeugt wurde, der zu seiner Zeit keine eigenen Kinder hatte. Ich kann es jetzt machen. Aber vielleicht wollt ihr, daß ich warte, bis ich älter bin. Ihr denkt vielleicht, daß es von einem älteren Mann gemacht werden sollte.«

»Du sollst es jetzt fertigstellen«, sagten sie. »Aber du brauchst sowieso nicht unsere Erlaubnis dazu. Die Erlaubnis hast du erhalten, noch ehe du geboren wurdest. In der Geschichte heißt es, daß eines Tages einer wissen wird, wer derjenige ist, der die Stelle ausfüllen soll, daß einer wissen wird, wer des Mannes tamaiti ist. Wenn du es weißt, dann bist du derjenige. Wir werden das karakia sprechen und die Regeln genau einhalten, bevor du anfängst.«

»Ich habe von einer Vorschrift gehört«, sagte der junge Mann, »die besagt, das nichts aus Holz nach dem lebenden Vorbild gearbeitet werden dürfe. Aber das ist früher schon einmal gemacht worden, und es wird jetzt wieder gemacht.«

»Wenn du weißt, daß es richtig ist, dann ist es auch richtig«, sagten sie. »Wir werden das karakia abhalten.«

Als der Segen gesprochen worden war, legte der junge Mann im Versammlungshaus für sich, seinen Bruder und seine Tante Matratzen hin und griff zum Werkzeug. Er setzte den Beitel zwischen den neuen Schenkeln des tipuna und unterhalb der Füße des Mannes-Penis an und begann den Kopf des tamaiti herauszubilden.

Auf der einen Seite des Kopfes arbeitete der Beitel eine feine und vollkommene Linie zum Kinn herab, aber auf der anderen Seite wurde der Kopf ganz breit, und der Kiefer wurde krumm und in die Länge gezogen. »Ein Baby für den Liebenden Mann«, sagte die Frau. »Mach es schön und fein. Ein Baby für mich.«

Der Bruder des jungen Mannes fing an zu weinen, aber der junge Mann sagte: »Wenn das hier fertig ist, weinst du bestimmt nicht mehr, und bald gibt es auch für dich etwas zu tun, und du kannst auch jetzt gleich helfen... dich darum kümmern, daß der Beitel immer scharf ist, die Späne aufsammeln und so verbrennen, wie es uns gezeigt worden ist. Wenn es dann fertig ist, weinst du bestimmt nicht mehr.«

»Stimmt das wirklich?« sagte er. »Stimmt das denn wirklich?«

»Das stimmt, aber es wird nie wieder so sein wie zuvor.«

»Hübsch und fein«, sagte die Liebende Frau.

Der junge Mann arbeitete die Schultern heraus, die eine wölbte sich glatt vom Hals herab und dann nach außen, bei der anderen war direkt unterhalb des Ohrs ein Buckel angesetzt. Er skizzierte eine volle, breite Brust, die sich zu schmalen Schenkeln verjüngte. Er umriß leichthin die oberen Teile der kurzen Beine, aber nur bis zu den Knien.

Als alles grob vorgezeichnet war, gab er seinem

Bruder einen Fäustel in die Hand und zeigte ihm, was er zu tun hatte.

Abends nach dem Abendessen im wharekai gingen die drei immer in das Haus zurück, räumten die Späne weg, brachten das Werkzeug in Ordnung und gingen schlafen. Und wenn sie schliefen, war es die ganze Nacht lang still im Haus.

Eines Tages legte der junge Mann sein Werkzeug beiseite und ging mit seinem Bruder und seiner Tante hinaus und sagte zu den anderen: »Wir sind jetzt soweit für die Weihe.«

Und eines Morgens bald danach versammelten sich die Leute für die Weihe. Aber es waren nicht nur die Leute anwesend, deren Haus es war. Die Leute kamen in großer Zahl und überbrachten ihre Geschenke und ihre Liebe.

Sie betrachteten die fertige Schnitzerei und sahen das tamaiti, das mokopuna, das potiki, mit all den Geschichten, die mit ihm verflochten waren, und sie wußten, daß das Haus fertiggestellt war.

Sie sahen, daß der Kopf des tamaiti, in Flammen stehend, auf der einen Seite breiter gearbeitet und heruntergezogen war. An dieser Seite des Kopfes war ein kleines muschelförmiges Ohr, das dem leisen Flüstern lauschte, den Wiegenliedern, den stillen Klageliedern, während das Ohr auf der anderen Seite groß und trichterförmig war, damit es die Weisheit der Welt hören und verstehen konnte. Das Ohrgehänge, das ihm geschenkt worden war, hing an seinem Ohrläppchen.

Sie sahen, daß ein Auge tiefer saß, zur Erde-Mutter hin, und daß es zu dem Grün der Erde paßte. Und das andere Auge saß, wie sie sahen, hoch, zum Himmel-

Vater hin, und es enthielt das Blau und das Blutrot des Himmels.

Sie sahen und lächelten über den großen Mund, wo in den Mundwinkeln die magischen Wirbel saßen und aus dem die redende, Geschichten erzählende Zunge herauswirbelte und herabreichte, bis dorthin, wo das Herz anfing.

Sie sahen, daß sich die eine Schulter leicht und mühelos vom Hals bis zum Oberarm wölbte, während die andere vom Ohr an einen Buckel hatte, der die verdrehte Last bildete, die den Oberarm niederdrückte und breiter machte. Auf seiner Schulter saß sein Gefährte, der kleine Vogel.

Die Brust, die sie sahen, war mit Leben und Atem erfüllt, und das große Herz war in einer Spirale geformt, die die ganze Brust bedeckte. Es war ein schneckenförmiges Herz, das keine Unterbrechung hatte – keine Unterbrechung und kein Ende.

Der Fisch, der von einer dreifingrigen Hand fest an den Bauch gedrückt wurde, wölbte und schlang sich über die Hand und hatte seinen Kopf auf der einen Schulter niedergelegt, und zwar auf der, die nicht wehtat. Das Auge des Fisches war klein und rosa und erzählte von seinem Leben und seinem Tod, und das Maul hatte die Form eines Hakens. Der lange Fischschwanz schlang sich um einen mit Motiven ausgestalteten Felsen. In der anderen Hand war ein geflochtener Korb, der schwer und voll war, der aber, weil er ein Geschenk war, leicht zu tragen war.

Unterhalb des Herzens wurde das pito zu einer geflochtenen Schnur, und die geflochtene Schnur wurde ein Penis-Kind, das zwischen den schmaler werdenden Schenkeln schlief. An beiden Seiten waren die sich drehenden, mit Mustern verzierten Räder des

Rollstuhls zu sehen. Die beiden kurzen Beine waren mit knotigen Tauen aus Tang gefesselt, und an den Füßen züngelten Flammen.

Als die meisten Gäste gegangen waren, ließen sich die Leute, deren Haus es war, auf den Matratzen nieder und erzählten Geschichten, gaben sie wieder und hörten ihnen zu. Die Geschichten handelten von Menschen und whanaungatanga, vom Flechtwerk, das einem Korb die Festigkeit verleiht, vom Flechten, das dem Korb Schönheit verleiht, und von den koha, die den Korb füllen.

Und die Geschichten handelten auch vom Land und vom Meer, von Himmel und Feuer, Leben und Tod, Liebe und Zorn und Schmerz.

28

Die Geschichten

Eine Frau erzählte von den Möwen, daß sie sich vom Meer und vom Strand ernähren, sich auf dem Land ausruhen, aber ihre Freiheit, die Freiheit, die Kampf bedeutet, hoch am Himmel finden. Sie erzählte, wie sie dorthin gekommen war, auf dem Rücken von Möwen geflogen. Die Möwen hatten sie getragen, sie nach langer Abwesenheit dorthin zurückgebracht. Sie erzählte von Geschenken, die sie erhalten hatte, und daß einem die Geschenke, die man einmal bekommen hatte, nicht wieder genommen werden könnten und sich nicht veränderten. Geschenke veränderten sich nicht, selbst wenn eine Verschiebung im eigenen Selbst, verursacht durch Leid, eintreten könne.

»Das Licht ist auch ein Geschenk«, sagte sie. »Ein Geschenk des Himmels, und es ist etwas, das die Erde versteht. Aber die Dunkelheit, die Dunkelheit ist auch ein Geschenk, denn die Dunkelheit hegt und pflegt. Das alles ist der Erde ebenso bekannt wie dem Himmel. Und die Beobachter wissen das und warten und glauben daran, daß das, was nicht sichtbar ist, eines Tages zu sehen sein wird. Die Beobachter wissen, daß die Erde ihre Gaben überreichen und daß der Himmel das auch tun wird.

Ich bin eine stete Beobachterin des Himmels«, sagte sie, »eine über alles geduldige Beobachterin. Ich kehre ihm nicht meinen Rücken zu. Ich passe auf, daß sich meine Augen nicht abwenden oder schließen, sondern halte sie ständig offen, fest auf die drängende Wand des

Himmels gerichtet. Es wäre ein leichtes gewesen, sich gegen den gewaltigen Donner zu stemmen oder die bleischweren Lider sinken zu lassen und sie zu schließen. Es hätte so leicht sein können und so voller Liebe, auf die Dunkelheit zuzugehen und sich wiegen zu lassen.

Wenn es pechdunkel war«, sagte sie, »ging ich an den Strand. Unsere Augen, die Augen des whanau, sind Meeresaugen, die ständig, unausweichlich und unaufhörlich auf das Meer gerichtet sind, rollend in einer den Gezeiten gegenläufigen Bewegung. Unsere Augen sind Küstenaugen, und die Küstenlinie ist unauslöschlich in die Augen hineinmodelliert, kartographiert.

Eines Abends sammelte ich ngakihi von einem Felsen und befestigte sie als Köder an meinem Haken. Ich rollte ein ordentliches Stück Schnur ab und warf es über dem Meer von glänzender Schwärze aus. Es war eine abwartende, beobachtende Schwärze, eine Schwärze des Beobachters, eine Schwärze des Wartenden, eine Schwärze von offenen Armen. Es wäre leicht gewesen, die Augen zu schließen und sich von ihr einhüllen zu lassen. Aber die Küste ist ein Weder-Noch, sie ist für Wachstum zu salzig, ein Ort für den Beobachter. Deshalb wartete dieser Beobachter dort und wußte zunächst nicht, daß der Dorn, das Fleckchen, das auf das Auge getupft war und den Himmel durchzog, nicht aus dem Himmel selbst, sondern aus den Tiefen kommen würde.

Denn plötzlich sprang der kahawai aus dem glatten und wartenden Meer empor und wölbte für einen Augenblick seinen Rücken der Himmelswand entgegen. Der kahawai schimmert in der Silbrigkeit der Jade. Es ist das Leben selbst. Und seine Augen sind klein und hell wie die Augen der paua-Muschel, immer wachsam am Rande der Nacht. Es war der erwartete Schimmer, der in blutunterlaufenen Tropfen stieg und fiel und dann hineingeschrieben wurde, ins Auge getupft.

Blut ist Leben, und man erhält sein Leben vom Blut. Unter kräftigen Verrenkungen wird das Leben zwischen den Schenkeln hinausgestoßen, und das Kind, das gerade geboren wurde, niest sich ins Leben oder lebt und schreit die Nacht in Stücke. Morgen werden zwei meiner Kinder vor Gericht stehen. Ich werde sie stolz und glücklich begleiten. Die Geburt ist nur der Anfang vom Schmerz, der niemals endet.

Und die Liebe hat auch kein Ende. Aber die Bänder, die die Liebe zusammenhalten, können manchmal durchtrennt werden und beflecken dann die Erde mit blutroter Ockerfarbe, und das Gesicht der Liebe wendet sich in eine andere Richtung. Mein Mann, der mit dem Land so fest verbunden ist wie ein Baum, wendet sich im Schmerz dem Erdboden zu, während ich auf den Dorn im Auge warte und ihn womöglich sogar festhalte. Aber die Liebe hat nicht nachgelassen und wird es auch niemals. Dadurch, daß wir veranlaßt wurden, uns abzuwenden, haben wir uns einander zugewandt, der eine mit dem Blick in den Himmel, der andere mit dem Blick zu Boden – die Mutter dem Vater zu, der Vater der Mutter zu. Wir werden stolz unsere Kinder begleiten, wenn der morgige Tag gekommen ist.

Der kahawai schießt vergoldet, versilbert und grün von einer dunklen und verborgenen Stelle hervor, während die Beobachter vorsichtig an die Wasserkante treten, keinen Stein stören, und kein Fußabdruck Schatten auf den Sand wirft.«

Ein Mann erzählte von einem Ende, das ein Anfang war. Die Zeit ohne Arbeit war eine Zeit, wo seine eigentliche Arbeit begonnen hatte oder er sie wieder neu aufnahm, wie er es immer vorgehabt hatte. Seine Geschichte handelte vom Boden, der Erde, und davon, daß die Erde Stärke ist und daß die Erde ihnen alle Kraft verlieh. »Sorgt für sie, und sie wird euch versorgen«, sagte er. »Gebt ihr, und sie wird euch geben. Durch sie könnt ihr euren Kummer ertragen.

Menschen besitzen auch Stärke. Sorgt für andere, und sie sorgen für euch, gebt anderen Kraft, und ihr werdet stark. Das Land und die anderen Menschen machen das Selbst eines Menschen aus, und dem Land und den Menschen zu geben, ist das beste aller taongas. Geben ist Stärke. Das haben wir seit jeher gewußt.

Die Hügel sind jetzt still. Sie sind uns vor langer Zeit abhanden gekommen, aber wir brauchen sie gar nicht in der Hand zu behalten. Es ist nur wichtig für uns, daß sie überhaupt da sind, daß sie in Ruhe wieder heilen können, daß wieder Bäume auf ihnen wachsen können. Wenn wieder Bäume auf den Hügeln wachsen, ist unser eigenes Stück Land hier sicher, und wir sind wieder wir selbst. Für den Moment ist es sicher. Mit Bäumen auf den Hügeln bleibt unser Boden fruchtbar, sind unsere Heiligen Orte sicher, unser Wasser sauber. Für uns alle. Für uns, die wir jetzt hier leben, und auch für all jene, die hierhergehören und eines Tages hierher zurückkehren werden, ob nun noch zu ihren Lebzeiten oder im Tod. Aber es ist nicht nur für uns Jetzige. Wir haben etwas anvertraut bekommen. Wir sorgen für die, die noch nicht geboren sind, für dieses Land. Es dient dem Leben und der Gesundheit der Menschen, und wir haben es von denen in Obhut bekommen, die uns vorangegangen sind.

Ich will nicht zu viel über diese andere Angelegenheit reden, aber ich muß doch sagen, ich bin stolz auf unsere jungen Leute und auf die anderen, die nicht hier leben, wegen dem, was sie getan haben. Ich will nicht so viel darüber reden, selbst wenn wir unter uns sind. Wir werden morgen alle zur Stelle sein, um sie zu unterstützen. Wir stehen alle da vor Gericht. Sie sind ein Teil von uns. Wir sind ein Teil von uns. Und was ich glaube, ist... was die glauben, die sie vertreten, ist... es ist nicht genügend bekannt... unsere jungen Leute und die anderen... es wird ihnen schon nichts geschehen.

Und dann muß ich euch auch noch sagen, daß ich nie gedacht hätte, daß ich jemals... eine Aktion... unterstützen würde. Aber es ist nur Gutes daraus erwachsen, und ich glaube, es war... richtig. Wenn es das nicht war, wird die Zeit es zeigen. Die Zeit wird es zeigen, ob es so sein sollte.

Ja, die Zeit. Ich bringe viel Zeit damit zu, zu Boden zu schauen, aber ich glaube nicht, daß ich den Problemen meinen Rücken zukehre. Es ist eine Art, den Schmerz zu verringern. Jeder hat seine Verletzungen davongetragen, das ist allgegenwärtig im Kreis. Aber in dem Kreis gibt es Wege, dieses Übel zu verringern oder durchzustehen, wenn wir sie nur finden. No reira, tena koutou katoa.«

Der junge Mann erzählte seine Geschichte nicht mit Worten, sondern übergab sie den Leuten, so wie sie war, am Fuße des Baumes in Form gemeisselt.

Es war eine alte Geschichte, eine uralte Geschichte, nur daß jetzt ein neuer Abschnitt hinzugekommen war, eine alte Geschichte, die mit dem Keim, der ein Baum ist, beginnt.

Aber das war nicht der richtige Anfang. Die Geschichte stammte, wie alle Geschichten, aus der Zeit, die vor dem Erinnern liegt, aus der Zeit, als nur Dunkelheit herrschte. Nur gebendes, liebendes Dunkel. Es war nichts zu sehen oder zu hören, und es gab keine Bewegung. Es gab noch nichts Lebendes, sondern nur die Anlage dazu – aus der die Empfängnis wurde.

Es war eine Geschichte, die sich öffnete und ihre Keime in die Zeit des Erinnerns versenkte. Sie wurde durch Holz zu einer Geschichte des Volkes, und sowohl das Volk als auch das Holz stammten von der Erde und dem Himmel ab, so daß der Baum und das Volk eins sind, das Volk ist das whanau des Baumes.

Aber in der Zeit des Erinnerns wurde die Geschichte nur teilweise erzählt, konnte nur teilweise erzählt werden.

In dem neuen Abschnitt wurde das Kind von seiner Mutter entdeckt und seinem Vater gezeigt – und durch den jungen Mann, der mit seinen Händen erzählte, wurde es mit seiner ganzen Lebensgeschichte dem whanau zurückgegeben.

Die junge Frau hatte ihre Geschichten in einem Buch niedergeschrieben. Sie erhob sich und sagte: »Hier ist ein Lied, das an den Baum gehängt werden kann. Es ist über die Farbe Rot:

Das Mädchen lief in der scharfkantigen Spur
nach Hause
Die Füße wurden von Steinen aufgerissen und
die Stimme
Dicht bei ihrem Ohr
Flüsterte
›Befrei mich aus den Strähnen von Seetang

Nimm die Entenmuscheln von meinen Schenkeln ab
Nimm mir den Stein aus der Kehle
Entfern die Schuppen von meinen Augen.‹

Lief, sich die Füße aufschneidend, über den steinigen
   Pfad nach Hause
Polterndes Herz gegen polterndes Herz
Hörte
›Rot ist das Meer
Von der Zeit, wo ich geboren wurde
Aber blutrot-ockerfarben ist die geheiligte Farbe
Eure Hände umschließen
Das Herz meines Weinens
Malt eure Häuser
Mit der geheiligten Farbe.‹

Und einmal erwachte sie
In einer leuchtend roten Nacht voll
Flackerndem Licht
Zum tekoteko hinauf
Das in Feuer gemalt war und
Rief
›Kua hinga
Kua hinga
Die Nacht hat uns
Die Augen genommen
Takoto, takoto.‹

Dann eines Nachts, als weit weg
Das schoßartige Haus
Zur wehklagenden Höhle wurde
Deren einer Eingang die feuergezähnte Öffnung war
Durch die alles hindurch muß
Und sie hörte
›Wickelt mich wieder

In leuchtende Kräuter
Die meine Decke sein sollen
Streut Salz auf meine Augen und meine Zunge
Mo te ao pouri.‹

Und sie schrie
›Nehmt die Schalen auf
Schneidet euch die Stirn auf
Und versetzt eure Gesichter in Flammen
Laßt sie
In Trauer angemalt sein
Angemalt mit der
Geheiligten Farbe.‹

Das Mädchen sang auf dem scharfkantigen Weg
nach Hause
Im explodierenden Morgengrauen
Sang
›Hört, wie der Wind singt
Und wie weiße Vögel den Himmel zerschneiden
Das Lied vor dem Morgengrauen
Ist das sanfte Lied des Regens
Zorn ist die Geheiligte
Farbe
Dicht beim Herzen eingepökelt
Zorn ist ockerfarben
Laßt etwas davon
An dem Baum.‹«

Der Junge hatte eine Geschichte von der Nacht. »Die Geschichte stimmt wirklich«, sagte er. »Da war ein Barrakudaweibchen, silbern am Horizont, und mit einem Jade-Auge direkt in der Mitte. Es hatte zwei Köpfe, hatte keinen Schwanz, aber statt dessen einen schnappenden Kiefer, gerade da, wo der Schwanz hätte sein sollen. Das stimmt wirklich. Ein kleiner taniwha kam vorbei. Er war ganz klein und ganz liebevoll und ganz zauberhaft. Er kam angeschwommen. Weit draußen, dicht beim Horizont. Es ist eine Geschichte von der Nacht, und die Sterne waren alle am Himmel und leuchteten. Und wir gingen mit ihm, all die kleinen Vögel. Nicht die Möwen, die immer schreien und kreischen, aber all die kleinen Vögel, die von Insekten und Beeren und Blumen singen. Glücklich und erschrocken. Singend und erschrocken, mit den Geräuschen des Flügelschlagens, die von unseren so kleinen und verängstigten Herzen kamen.

Nichts kann je wieder so sein wie zuvor.

Er schwamm nahe an das Barrakudaweibchen heran, der kleine taniwha. Das Jade-Auge war geschlossen, aber die Kiefer an beiden Enden waren offen, während es schlief. Der Kleine schwamm nahe heran. Dann hinein. Das stimmt, das stimmt wirklich. Direkt hinein ist er geschwommen. Dann öffnete sich das grüne Auge, und die Kiefer schlossen sich.

Nichts kann je wieder so sein wie zuvor, aber ich werde das Barrakudaweibchen suchen. Eines Tages finde ich es, aber man kann doch nichts ändern. Und ich glaube, es hatte im Sternenlicht die falsche Farbe bekommen. Silbern wartet es nur im Sternenlicht, sonst ist es vielfarbig. Das Sternenlicht hat dem Steinauge einen falschen Schein gegeben, denn sein Auge scheint sonst voller Zärtlichkeit. Und bei anderem Licht sind die Kiefer nicht kieferartig. Bei anderem Licht werden sie länger, eher wie Arme, zum Umarmen. Man braucht sich nicht zu fürchten. Und es stimmt wirklich.

Nichts wird wieder so sein wie zuvor, aber es stimmt alles wirklich. Der kleine Vogel sitzt in seinem Baum.«

Die alte Frau sang von vergangenen Zeiten und von denen, die ihr auf den Pfaden schon vorausgingen. Ihre Augen waren gerötet, als ob sie bluteten.

Und wie die Pfade verwoben ihre Lieder Zeit und Ort miteinander und alles, was zwischen Himmel und Erde atmete. Und die Pfade und Lieder reichten bis in eine Zeit jenseits des Niederschlagens der Augenlider.

Die Kind-Frau hätte auch eine Geschichte zu erzählen gehabt, aber sie erzählte sie nicht. Auch sie sang unbekannten Pfaden nach. Aber man konnte ihre Geschichte hören, wenn man nur dem Raunen des Hauses lauschte.

Und das Geschichtenerzählen ging bis tief in die Nacht, ging von einem zum anderen weiter durch das ganze Haus, bis jeder einmal dran gewesen war. Dann schliefen die Leute.

Aber das Erzählen war doch noch nicht beendet. Als die Leute eingeschlafen waren, blieb noch eine Geschichte zu erzählen übrig, eine Geschichte, die nicht von einem Anfang oder einem Ende handelte, sondern nur einen bestimmten Punkt auf der Spirale kennzeichnete.

29

Potiki

Es ist noch eine Geschichte zu erzählen, die ich jetzt erzähle, während das Haus schläft. Und dennoch schläft das Haus nicht, denn die Augen von Grün und Blau erleuchten die Ränder der Welt. Es muß noch eine Geschichte erzählt werden, aber es ist ein Nacherzählen. Ich erzähle sie den Menschen und dem Haus. Ich erzähle sie von der Wand her, von der her Gestern und Morgen wie Heute sind.

Ich kenne die Geschichte meines Todes. Ich erzähle sie aus dem Baum heraus.

Die Nacht war eine Sternennacht, so wie die lang zurückliegende Fischnacht, aber die Fischnacht ist jetzt auch gegenwärtig. Zwar erinnerte ich mich nicht an das Glitzern der Nacht des Fisches, sondern habe es erst später erzählt bekommen, aber trotzdem sehe ich es im Jetzt des Jetzt. Und ich sehe jetzt das tanzende, sich kräuselnde Wasser, das orangefarbene Licht, die Lake, die Reben. Ich habe noch den Ruck des großen bellenden Fisches in jener ersten Sternennacht in Erinnerung.

In dieser anderen Nacht der Sterne herrschte eine sanfte Ruhe mit leichtem Wellenschlagen, auf das man genau horchen mußte, um es überhaupt zu hören. Die Hügel lagen im Schatten und fingen kein Sternenlicht ein. Die großen Maschinen, die das Morgenlicht zerschneiden würden, waren irgendwo in den Schatten der Hügel verborgen.

Mein Bruder Manu war nicht in seinem Bett, als ich aufwachte. Vielleicht hatte mich sein Aufstehen wach gemacht. Sein Bett war leer, und unsere Tür stand offen. Ich lauschte, aber ich hörte ihn nicht im Haus oder auf dem Weg oder auf der Straße draußen. Ich hörte ihn nicht schreien oder rufen.

Ich arbeitete mich aus dem Bett heraus und in meinen Rollstuhl hinein und zog meine Decke um mich. Meine Mutter Mary war wach, ich konnte ihre gemächlichen Bewegungen nebenan hören. Ich höre sie jetzt. Ich rief sie nicht und wartete auch nicht auf sie.

Die Nacht war von so einer Wärme und Stille erfüllt, und es schmeckte süß und salzig. Es war eine Nacht voller Sterne.

Meinem Bruder würde schon nichts zustoßen, aber ich wollte doch los und ihn suchen. Wenn er dann aufwachte, wenn ich ihn fand, und er begriff, was los war, setzten wir uns immer ein Weilchen zusammen hin und hielten einen Sternenschwatz. Es war nicht mehr viel Zeit zum Reden für uns übrig. Nicht mehr viel Zeit für mich.

Wenn er nicht aufwachte oder nicht begriff, was los war, nahm ich ihn immer bei der Hand und rollte im Rollstuhl neben ihm her. Er ging dann mit mir nach Hause, legte sich wieder hin und schlief ruhig für den Rest der Nacht.

Es fiel mir mittlerweile nicht mehr leicht, den Rollstuhl vorwärtszubewegen, aber wenn ich es langsam machte, schaffte ich es. Eigentlich sollte ich immer jemanden rufen, wenn ich mit meinem Rollstuhl los wollte, aber in dieser Nacht machte ich mich alleine auf und fuhr eben langsam.

Ich fuhr zur offenen Tür unseres Schlafraumes hinaus, zur offenen Haustür hinaus und die Rampe hinunter, die extra für meinen Rollstuhl gebaut worden war. Dann fuhr ich den Weg entlang, der für meinen Rollstuhl verbreitert worden war.

Es war eine gute Nacht, um draußen zu sein und langsam den Rollstuhl vorwärtszubewegen. Meinem Bruder würde bestimmt nichts zustoßen. Ich horchte nach ihm, aber die Nacht war ruhig. Da war nur ein leises Geräusch von Wasser, das auch nur zu hören war, wenn man genau hinhörte.

Ich wußte, daß mein Bruder bestimmt im Versammlungshaus war. Entweder schlief er dort, oder er saß da, mit weitaufgerissenen Augen, hielt sich mit den Händen die Ohren zu und wartete darauf, daß ich kam.

Ich fuhr langsam auf die Tür zu, die extra für mich gebaut worden war. Dann, als ich langsam den Weg hinauffuhr, sah ich, daß die Tür rasch aufgestoßen wurde, und jemand, vielleicht mein Bruder, herauskam. Aber es war nicht mein Bruder, der da so schnell auf die Hügel zuging, die im Schatten lagen und die kein Sternenlicht beschien. »Wo ist Manu?« rief ich, aber es war keiner meiner Onkel oder Vetter, der da so eilig und dunkel und fast geräuschlos in die Nacht verschwand.

Ich fuhr langsam den Weg weiter, der auf die Breite meines Rollstuhls verbreitert worden war. Ich achtete darauf, mich nur langsam vorwärtszubewegen, damit mein Herz nicht so stark belastet wurde, daß es überfordert gewesen wäre.

Am Fuß der Rampe wendete ich meinen Rollstuhl sorgfältig, damit ich die Rampe rückwärts hinauffahren konnte, weil das leichter für mich ist, wenn ich allein bin. Ich dachte über den Schatten nach, der so eilig in die schattigen Hügel verschwunden war.

Ich lauschte, und jetzt hörte ich Geräusche. Aber das waren Geräusche, die nicht ungewohnt waren, Geräusche, die mir vertraut waren. Ich hörte meine leibliche Mutter Mary langsam im Sternenlicht herankommen, in ihrer gewohnten schaukelnden Art. Ich hörte die leisen Töne ihres Gesanges, als sie sich der Haupttür des Hauses näherte.

Als ich meinen Rollstuhl langsam rückwärts die Rampe hinauffuhr, hörte ich, daß mein Bruder hinter mir zu sprechen und zu schreien anfing, aber das war auch kein ungewohntes Geräusch. Ich mußte nur hineingehen und mit ihm reden. Er kam dann sicherlich mit Mary und mir nach Hause und legte sich wieder ins Bett. Dann würde er ruhig bis zum Morgen schlafen.

Als ich meinen Rollstuhl langsam dicht an den Türbogen heranmanövriert hatte, wurden seine Rufe immer lauter. »Es brennt«, rief er, aber diese Worte waren nichts Ungewohntes. »Es brennt, es brennt. Und es stimmt wirklich.«

Dann kam ein explosionsartiges Geräusch und ein Schrei, Geräusche, die ungewohnt waren.

Da beeilte ich mich, meinen Rollstuhl durch den Türbogen durchzukriegen.

Aber der Türbogen war plötzlich zur gezahnten Öffnung geworden. Er war plötzlich die gezahnte Öffnung, durch die alles hindurch muß.

Die Nacht war jetzt zu Ende und von Lärm erfüllt.

Alle Sterne fielen herab.

Und von diesem Platz im Jetzt aus, hinter und in und jenseits von dem Baum, von wo aus ich die ewige Sicht habe, sehe ich den Leuten zu.

Die Leute arbeiten und schauen und warten. Sie

durchmessen die Gezeiten und wenden die Erde. Sie stehen lauschend an den Gestaden.

Sie lauschen und hören vor allem die Ruhe. Es ist die Ruhe, mit der die Bäume wachsen, die Fische sich durch das Wasser schlängeln, die Wolke dahinschwebt, die offenäugige Ruhe der Nacht. Denn die Küsten sind die stillen Orte, die keinen Samen aufnehmen, die vor langer, langer Zeit leer ausgingen, als Zorn und Angst einige Lebewesen in den schützenden Bauch des Meeres schickten und einige Lebewesen in die beschützenden Arme des Landes.

Der Mann, der zerkrümelte Erde zwischen seinen Fingern hindurchrieseln läßt, hört vor allen Dingen das, aber er lauscht auch den Schatten, die hereinbrechen, und dem Flüstern an den Grenzen des Landes.

Die Frau, die die Leine auswirft, hört beim Auswerfen ihr Schwirren und Aufklatschen.

Die, die mit Netzen fischen, hören das Knarren der Ruder und das Gleiten des Netzes, wenn es am Heck ins Wasser gelassen wird.

Die, die mit Worten oder Holz arbeiten, lauschen dem Rhythmus, den die Worte und das Holz haben.

Denn obwohl sie auch den herannahenden Schatten und dem Flüstern an den Grenzen des Landes lauschen, können sie von da aus, wo sie sind, die Geräusche nicht deutlich wahrnehmen. Sie können nicht wie ich in dieser Zeit des Jetzt die Geräusche dieses Jetzt-Ortes deutlich hören, dieses Jetzt-Ortes, der jenseits des sanften Zudrückens der Augen liegt.

Von wo sie sind, sehen die Leute die Baumstämme und Äste ans Ufer treiben. Sie sehen, wie sie im Rhythmus der Gezeiten und der Sonne bleichen. Sie hören, wie die Steine rollen und sich hin- und herbewegen, und sie sehen, wie sie den Strand mit Mustern verzieren. Aber sie können nicht deutlich erkennen, daß die großen Baumstämme in die richtige Lage gerollt werden, oder sehen, daß sie sich selbst dahinterkauern. Sie können nicht genau sehen, daß sich die Steine in ihren eigenen hohlen Händen einnisten. Sie können nicht klar erkennen, daß da weiße Stöcke stehen, und können sich nicht vorstellen, die weißen Stöcke zu befühlen und in die Hand zu nehmen.

Sie nehmen die Bewegung im Haus nicht deutlich wahr, das Murmeln und Zusammenkommen.

Sie nehmen die Schritte nicht deutlich wahr, von denen einige ihre eigenen waren. Sie können die schattenlosen Formen nicht sehen, Formen, von denen sie selbst die Schatten sein können, die das sonnengebleichte Holz aufheben und schultern.

Und sie nehmen die tekoteko nicht deutlich wahr, wenn sie kommen, die Knochen aufnehmen und sich ihnen still anschließen.

Ko wai ma nga tekoteko
Ka haere mai?
Ko nga tipuna
O te iwi e.

Ko wai ma nga tangata
Ka whakarongo atu?
Ko te iwi
O tenei whenua.

Ko wai te tamaiti
Ka noho ai i tera?
Ko ia
Te potiki e

Ko ia
Te potiki e.

No reira, e kui ma, e koro ma, e hoa ma. Tamariki ma, mokopuna ma – Tena koutou. Tena koutou, tena koutou katoa.

Ka huri.

Nachwort

Auf die Frage, was Schreiben für sie heiße, meinte Patricia Grace kürzlich in einem Interview, zunächst schaue sie in sich hinein, um zu entdecken, was dort zu finden sei, was sie sich angeeignet habe und worüber sie Bescheid wisse, kurz, was Teil ihrer selbst sei. Darauf folge ein Prozeß kreativer Gestaltung, durch den das im Inneren Befindliche bewußt gemacht werde. Ein Vorgang, so ließe sich hier ergänzen, der poetisch umschrieben zu Beginn von *Potiki* auch die künstlerische Arbeit des Schnitzers auszeichnet, mit der den im Holz verborgenen Figuren ans Licht verholfen wird: »Aus der Mitte, aus dem Nichts, aus dem, was man nicht sieht, aus dem, was man nicht hört, da kommt ein Schieben, ein Rühren und ein Vorwärtskriechen...«

Zugleich, so fügte Grace hinzu, habe sie stets versucht, sowohl aus der Sicht der Pakehas zu schreiben, der weißen Bevölkerung des Landes, wie auch aus der der Maoris, der polynesischen Ureinwohner von Aotearoa. Angesichts ihrer Herkunft – der Vater war Maori, die Mutter Pakeha – verwundert das nicht, wuchs Patricia Grace doch in einer gemischt-kulturellen Umgebung auf. Dies mag auch erklären, warum ihre besondere Aufmerksamkeit stets menschlichen Beziehungen gilt, ganz gleich, ob ihre Erzählungen nun um eine Familie oder eine größere Gemeinschaft kreisen, ob es sich um geistige Beziehungen, solche zum Land oder zur Umwelt handelt, oder ob unterschiedliche Kulturen im Mittelpunkt stehen.

Ergänzt werden sollte aber auch, daß Patricia Grace mit ihrem Schreiben, das sie durchaus als politisches

Handeln verstanden wissen will, die Maori-Literatur fördern und junge Autoren ermutigen möchte. Vieles aus der eigenen Kultur sei den Pakehas, ja selbst den Angehörigen »der eigenen Rasse«, wie sie die Maoris immer wieder nennt, noch zu vermitteln. Vieles, was die Älteren aus der mündlichen Überlieferung bewahrt hätten, sei noch aufzuschreiben und so vor dem endgültigen Vergessen zu retten. Und auch die eigene Sprache, die sie als Kind weder erlernen konnte noch durfte, müsse wieder ihre Bedeutung zurückerhalten.

Ein solches Selbstverständnis der bekanntesten Maori-Schriftstellerin läßt sich mühelos der noch kurzen Tradition der englischsprachigen Maori-Literatur zuordnen, die, vom Werk einiger Vorläufer wie dem Dichter Hone Tuwhare abgesehen, Ende der sechziger, Anfang der siebziger Jahre einsetzt und eng mit dem Beginn von Maoritanga, der politischen und kulturellen Renaissance der polynesischen Minderheit Neuseelands, verknüpft ist. War zunächst Witi Ihimaera mit seinem Erzählband *Pounamu, Pounamu (1972)* und dem Roman *Tangi (1973)* zu deren Wegbereiter geworden, so stellte sich mit Graces Kurzgeschichtensammlung *Waiariki* 1975 zum ersten Mal eine Maori-Autorin mit einem englisch verfaßten Werk vor. Hier wie in ihrem Roman *Mutuwhenua – The Moon Sleeps (1978)* und einigen Geschichten im zweiten Erzählband *The Dream Sleepers (1980)* stehen neben Maoris auch Pakehas im Mittelpunkt der Handlung. Zentraler jedoch für Graces Schreibweise während dieser ersten Phase ihrer literarischen Entwicklung – wie im übrigen auch für die der englischsprachigen Maori-Literatur allgemein – sind eine Erzählhaltung und ein Ton, die der neuseeländische Kritiker Peter Beatson trotz seiner überspitzten Formulierung nicht ganz zu unrecht als »ein Wehklagen, ein nostalgisches Zurückblicken auf den Untergang einer vergangenen Welt« bezeichnet hat; als eine Literatur, »die es nicht darauf anlegt, den weißen Leser allzusehr zu beunruhigen«.

Dies allerdings beginnt sich gegen Ende der siebziger und vor allem im Verlauf der achtziger Jahre vor dem Hintergrund einer Reihe bedeutsamer politischer Ereignisse erheblich zu ändern. Hierzu zählen 1975 der Landmarsch der Maoris vom Norden der Nordinsel nach Wellington und die Auseinandersetzungen um ihren Besitzanspruch auf das Gelände der Raglan Golfanlage und auf Bastian Point in Auckland, die sich über die Jahre 1977 und 1978 hinziehen. Das dramatische Geschehen in *Potiki* stellt hier den vielleicht unmittelbarsten Bezug eines literarischen Maori-Textes zu den politischen Auseinandersetzungen jenes Zeitabschnittes dar. Nicht nur Tokos Geschichte von Te Ope erinnert an die Ereignisse in Raglan und Bastion Point und verleiht ihnen so Vorbildcharakter für das Handeln der Tamihana-Gemeinschaft in *Potiki*; auch die Wertschätzung, die das Land und die Gemeinschaft in diesem Roman ebenso erfahren wie der Widerstand seiner Menschen gegen den Versuch der Pakehas, die Maori-Kultur für marktwirtschaftliche Zwecke zu vereinnahmen, verkörpern das gewachsene Selbstbewußtsein der Maoris in einer Zeit, die endgültig Abschied genommen hat von jeglicher nostalgischen Verklärung einer glorreichen Vergangenheit und von der so häufig praktizierten passiven Hinnahme ihrer Unterdrückung. So rückt denn auch jene Beschäftigung mit den Pakehas – oder besser mit der Beziehung zwischen Weißen und Maoris, die für Grace in *Mutuwhenua* eine so wichtige Rolle gespielt hatte – in den Hintergrund, während die Ausformulierung und praktische Umsetzung der eigenen kulturellen Werte und Vorstellungen deutlich die Thematik der gegenwärtigen Maori-Literatur prägt. Einen vorläufigen Höhepunkt bieten hier zweifellos die Romane *Potiki, The Matriarch (1986)* von Ihimaera, *Once Were Warriors (1990)* von Alan Duff sowie Patricia Graces unlängst erschienene Erzählung *Cousins (1991).*

Der Prozeß der Behauptung und Bestätigung der eigenen kulturellen Identität erfährt darüber hinaus Bekräftigung durch den Wert, der nun der eigenen Sprache sowohl für den täglichen Umgang wie auch als literarisches Ausdrucksmittel zugemessen wird. Hiervon zeugt zum einen das Anwachsen der Maori-Literatur und zum anderen ein veränderter Sprachgebrauch in den englischen Texten. Zwar rücken Grace, Ihimarea, Duff, Keri Hulme und eine stetig wachsende Zahl international noch kaum bekannter Autoren nicht grundsätzlich von der Verwendung des Englischen ab, doch wie in *Potiki* ziehen auch sie immer stärker die eigene Sprache in ihren Werken heran, verwenden Maoriwörter, Redewendungen und Sätze und erläutern sie in Glossaren. Grace weicht in ihrem Roman zum ersten Mal von der Praxis ab, Maori zu erläutern, denn wie sie meint, verfügten auch Maori-Leser nie über Glossare, wenn sie sich mit fremdsprachigen Texten beschäftigen mußten. Nicht erst in *Potiki*, sondern schon in »A Way of Talking«, der Eingangsgeschichte von *Waiariki*, führt Grace ihren Lesern vor Augen, wie wichtig es für das Selbstverständnis der Maori-Schriftsteller ist, sich die eigene Sprache wieder anzueignen und sie zu rehabilitieren. Denn nur so lassen sich die hier aufgehobenen kulturspezifischen Inhalte bewußt machen und in ihrer Gültigkeit für die Gemeinschaft bestätigen. Das eigene kulturelle Erbe, das sich in Bezeichnungen wie »whanau« und »iwi«, »marae«, »wharenui«, »papakainga« und »urupa«, »mana«, »maui«, »karakia« und »tangi«, »tekoteko« und »poupou«, aber auch in den Mythen und Geschichten um Tumatauenga und Maui, Potiki und Rohana mitteilt, bekräftigt in den Worten des Kritikers Roger Robinson »die besondere Beziehung zwischen der einzelnen Stimme und der der Gemeinschaft, zwischen der ›verborgenen Sprache im Inneren‹ und der Macht der gemeinsam gesprochenen Sprache«. In gewisser Weise läßt sich dies auch für den englischen Sprachgebrauch in *Potiki* behaupten, denn Graces Gespür für den Rhythmus und die Melodik des Maori befähigt sie, das fremde Idiom umzugestalten und den eigenen Zwecken dienstbar zu machen. Wortumstellungen, durch die die übliche Satzstruktur verändert wird, wörtliche Übersetzungen vor allem in der direkten Rede, ja, ganz allgemein die häufige Verwendung der gesprochenen Sprache und der Einbezug von Gedichten und Liedern verweben sich in *Potiki* zu einem Stil, den Robinson zutreffend »orale Prosa« nennt. Damit aber verschafft Patricia Grace nicht nur der Stimme der Maoris weit über den Kreis ihres eigenen Volkes hinaus Gehör, sondern reiht sich auch in die Gruppe jener Schriftsteller ein, die die fremde englische und ihre Muttersprache dazu benutzen, Grenzen zu überschreiten und so zu einer interkulturellen Verständigung beizutragen.

Dieter Riemenschneider

ae: ja, gut
aroha: Liebe, Mitgefühl, Fürsorge
cockabullies: galaxias fasciatus; neuseeländischer Fisch mit stumpfer Nase
Dingi: kleines Beiboot
haere mai mokopuna...: Willkommen, Enkel, eßt Brot, trinkt Tee. Hier ist Essen aus dem Meer. Seid ihr müde? Seid ihr hungrig? Hier ist Essen aus dem Meer.
haere mai te awhina o te iwi...: Willkommen, und komm und hilf deinem Volk. Komm und iß mit uns, komm und trink Tee.
haerema : willkommen; kommt her
haka: Gesang und Tanz
he aha to pirangi: Was wollt ihr?
he aha te mea nui i te ao...: Was ist das wichtigste auf der Welt? Es sind die Menschen, Menschen, Menschen.
he tangata: Menschen
heke: Dachsparren
hikihiki: schaukeln, wiegen
hoha: mühsam
hongi: Begrüßung, indem man die Nasen aneinanderdrückt.
iwi: Nation, Volk
ka pakaru te upoko: Der Kopf ist zerschmettert.
ka tika: richtig, in Ordnung
kahawai: Seetaucher; lachsartiger Fisch
kai: etwas zu Essen
kakaho: linum monogynum; Pflanze
kamokamo: Kürbisart

karaka: corynocarpus laevigata; Baumart
karakia: Zauberkraft
kehua: Geist
kei te pai e Pa: Alles in Ordnung, Pa.
kelp: olivbrauner Fisch in den Küstengewässern Neuseelands
kia kaha: Gib uns Kraft (eine Eingangsformel, bevor man etwas zu tun beginnt).
kiekie: freycinetia banksii; eine Kletterpflanze, deren Blätter zur Korbflechterei benutzt werden
kihikihi: Zikade
kina: evechinus; Seeigel
ko James ahau...: James, dein Enkel (Kind). Wie geht es, Pa?
ko Tokowaru-i-te-Marama...: Du Acht-in-einem-Monat, du, der du nicht mehr lebst.
ko wai ma nga tekoteko...:

Wer sind jene geschnitzten Figuren,
Die auf uns zukommen?
Es sind die Ahnen des Volkes.

Wem hören die Menschen zu?
Den Menschen dieses Landes.

Wer ist das Kind,
Das dort drüben sitzt?
Es ist jemand.
Das jüngste.

Es ist jemand.
Das jüngste.

Deshalb, verehrte Großmutter, Großvater, Freund, Kinder, Enkel, seid gegrüßt. Seid gegrüßt, ihr alle.
Wendet euch um.

ko wai tenei: Wer ist da?
koha: Hochachtung, Geschenk
korero: erzählen, sagen
koroua: der Älteste eines whanau
kotukutuku: Fuchsia excorticata; Baumart
kua hinga: Es ist alles zu Ende.
kui: Frau; gebräuchliche Anrede für eine Frau
kuia: Großmutter
kumara: Süßkartoffeln
manaakitia te manuhiri: Begrüßt eure Gäste.
manuhiri: Gäste, Besucher
manuka: leptospermum scoparium und leptospermum ericoides; wegen seiner aromatischen Blätter Teebaum genannt
marae: Versammlungsplatz vor dem wharenui
marama: wörtl.: Monat, Mond, klar; hier: Name der Katze
mere pounamu: kurze, flache Waffe aus Jade
mo te ao pouri: Seid traurig.
moki: latridopsis ciliaris; ein Fisch
mokopuna: Enkelkind
muka: bearbeitete Flachsfasern
ngaio: myoporum laetum; Baumart
ngakihi: saxostrea glomerata; Auster
nikau: rhopalostylis sapoida; neuseeländische Palme
no reira...: Dann faßt alle Mut.
paepae: Querbalken am Hauseingang, um die Schweine aus dem Haus fernzuhalten
pakeha: Menschen vornehmlich europäischen Ursprungs, Fremde
pakeke: Ältester
papakainga: dörfliche Niederlassung, Dorf
paraoa parai: Maori-Brot
paua: Muschelart

pingao: desmoschoesnus spiralis; Strandpflanze, deren getrocknete Blätter bronzefarben sind; wurden vielfach beim Weben eingesetzt
pito: Nabel
pohara: ziellos, durcheinander
pohutukawa: metrosideros excelsa; Baumart
porangi: verrückt
poroporoaki: sich verabschieden
potiki: das jüngste Kind
pounamu: Jade
poupou: geschnitzter Pfosten eines Hauses
rimu: dacrydium cupressinum; häufigster Weichholzbaum
taiaha: Kampfspeer, dessen eines Ende wie eine Zunge mit zwei Gesichtern auf jeder Seite geformt und mit einem Haar- oder Federbusch geschmückt ist und dessen andere Seite aus einer glatten, flachen Klinge besteht.
takoto: Seid anwesend.
tamaiti: Kind
tamure: pagrosomus auratus; Schnappbarsch
Tane: Tanemakatu, Vater der Wälder und Geschöpfe des Waldes
Tangaroa: Vater der Fische und Reptilien
tangi: weinen, ein Trauerlied singen
taniwha: Wunderkind
taonga: alles, was einem lieb ist
tatarakihi: Zikade
Tawhiri Matea: Vater der Stürme und Winde. Die Götter Tawhiri, Tane, Tangaroa, Tu, Rongo und Haumia sind die Söhne des Urpaares Rangi (Himmel) und Papa (Erde).
tekoteko: geschnitzte Figur am geschnitzten Giebel eines Hauses

tena koe e Koro: Sei gegrüßt, alter Mann.
tihe mauriora: wörtl.: Ich begrüße den Atem in dir/ euch; hier: Ich grüße euch.
tihei maurimate: Die Toten seien gegrüßt und mögen leben.
tino pai o koutou...: Bringt den Begräbnisplatz der Familie in Ordnung. Hört auf die Worte der alten Frau. Eßt, eßt, trinkt.
tipuna: Ahnen
titiro ki a Rona...: Sieh dir Rona im Himmel an: Weil der Mond verärgert ist, fingen die Äste des Baumes Rona ein und entführten sie in den Himmel.
tukutuku: Zierflechtwerk zwischen den senkrechten Hauspfosten
Tumatauenga: Gott des Krieges – hat viele Namen: Tu mit dem bösen Gesicht, Tu, der den Krieg liebt, Tu, der Menschen verschlingt, Tu mit dem schmalen Gesicht
tuna: anguilla dieffenbachii; Aal
tupapaku: Leiche(n)
turangawaewae: Identität, eigener Lebensort im Verhältnis zu dem der anderen
tutu: (ein)tauchen
uri: Nachkomme
urupa: Bestattungsplatz
waiata: Lied
waiata tangi: Trauerlied
whakairo: Schnitzmuster
whanau: Großfamilie
whanaunga: Verwandte
whanaungatanga: Ort, wo sich die Großfamilie trifft
whare whakairo: reichverziertes, geschnitztes Versammlungshaus

wharekai: Haus, in dem das Essen zubereitet und gemeinsam gegessen wird
wharenui: großes, mit Schnitzereien versehenes Versammlungshaus
whariki: Matte, die auf dem Boden ausgerollt wird